GESCHICHTEN UM DEN BÜSCHELER UND ANDERE WESEN

PAUL BÄNZIGER

GESCHICHTEN UM DEN BÜSCHELER

UND ANDERE WESEN

IKOS-Verlag Maur-Zürich

Paul Bänziger
Geschichten um den Büscheler und andere Wesen
Erstauflage
© IKOS-Verlag Maur-Zürich 1994
Umschlagfoto: aus Privatbesitz des Autors
Printed in Germany
by Konkordia Druck GmbH, Bühl/Baden
ISBN 3-906473-05-8

Inhaltsverzeichnis

zum Autor:

Foto: © Orl.

*Paul Bänziger wurde 1920 als Sohn eines
Pfarrers im Appenzellischen geboren und
verbrachte seine Kindheit in der damals
noch rauhen und wilden Landschaft des
Toggenburgs und des Alpstein.
An der Universität Zürich studierte er
Geschichte und Germanistik, gründete
1948 die Dolmetscherschule Zürich und
1969 die Schule für Angewandte Linguis-
tik, die er seither leitet.
Generationen von Studierenden hat Paul
Bänziger begleitet und für geschichtliche,
mythische und persönliche Zusammen-
hänge sensibilisiert. Doch die Stadt ist ihm eigentlich fremd geblieben, denn tief wurzeln Naturbezogenheit und das Erbe seines Vaters,
der schon früh die östlichen Weisheiten mit ihren mystischen Erfahrungen der christlichen Theologie gegenüberstellte. Deshalb zieht
es ihn übers Wochenende hinauf in die Berge oder ins Gasterland zu
seiner Familie, zu Hund, Katzen und Geissen.
Erholung und Inspiration für sein literarisches Schaffen findet Paul
Bänziger auf seiner Alp im Avers, im Bündnerland.*

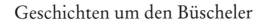

Geschichten um den Büscheler

1

Die Büscheler befinden sich, heisst es, gerne in den Nagelfluhgebieten der Voralpen. In diesen uralten Gebirgen ist manches aus den Urzeiten geblieben, nicht nur kleinere Fels- und Waldgeister, sondern auch ältere Wesen, von denen wir Heutigen nur noch selten etwas erahnen. Eines dieser Gebiete sind die Gröppen. Die Gletscher in den Eiszeiten haben sie nicht überdeckt und kein breites Tal herausgehobelt. Der Gröppenfluss musste sich daher selbst durch das Gestein nagen. Gelang es ihm, grössere Hindernisse zu durchbrechen, entstanden tiefe Schluchten, in denen das Wasser, wenn etwa eine lockere Stelle der Nagelfluh dies ermöglichte oder wenn ein grösserer Geröllbrocken in der Strömung während Jahrtausenden mahlte, tiefe Becken ausgespült hat. Das Geschiebe legt der Gröppen auf breite Schotterebenen ab, welche der Fluss in mehreren kleinen Bächen durchfliesst. Je nach Grösse werden diese Schottergebiete von den Anwohnern "Boden" oder "Bödeli" genannt. Die Nagelfluhschichtungen haben zur Folge, dass der Gröppen einen recht abwechslungsreichen Verlauf nimmt und immer wieder seine Richtung wechselt. Zuerst durchfliesst er ein Hochtal von 1100 bis 900 Metern Höhe. Es zieht sich von Osten nach Westen, so dass das Tal einen Nord- bzw. Südhang aufweist. Die Nordseite wird während des Winters von der Sonne kaum beschienen, und zudem bilden die horizontalen Felsbänder, die steil aufeinandergeschichtet sind, an manchen Stellen eine hohe, abweisende Wand. Wenn die zahlreichen Wässer im Spätherbst gefrieren, entstehen wundersame Eisgebilde von oft grosser Mächtigkeit, die zusammen mit den immer wieder hinunterbrechenden Schneerutschen dieser ganzen Talseite einen unfreundlichen Charakter verleihen. Etwa dreihundert Meter ob der Talsohle zieht sich eine Art Hochplateau hin. Einige wenige Schichtfalten sind noch etwas höher und bilden Köpfe und Fluhen, welche die Landschaft überragen. Das Gebiet dazwischen ist ziemlich flach und an manchen Stellen etwas sumpfig. Dichte Nebel, vor allem morgens und abends, sind die Folge, und man erzählt, dass selbst Wanderer, die die Gegend gut kannten, durch Ähnlichkeiten getäuscht worden seien und stundenlang im Nebel herumgeirrt wären. Im Winter aber wehen oft eisige Stürme, und der Skifahrer tut gut, sich nicht allzusehr in den Abend hinein zu verspäten.

Der Pfarrer von Wald liebte es, in diesen Nagelfluhgebieten zu wandern, wobei er die von Touristen besuchten Gebiete tunlichst mied. So ging er eines Tages auch durch das Gröppental. Es war noch früh am Morgen, die linke Talseite lag noch im Schatten, und die hohen Tannen und Ahorne, die dort das Strässchen säumen, verbreiteten ein kühles Halbdunkel. Wie der Pfarrer durch den Alpmorgen schritt, bald die lustigen Kaskaden eines Bächleins betrachtend, das, den Weg überfliessend, das Weitergehen hemmte, bald durch die Tannen auf die Südseite schauend, wo die ersten Sonnenstrahlen in den Sieben Lärchen spielten, löste sich plötzlich ein Mann aus den Büschen der Nordseite und trat auf den Wanderer zu. Der Pfarrer erschrak; bevor er aber etwas sagen konnte, sprach der Fremdling: "Eer Pfaffe händ s Wäse nöd, s Wäse händ er nöd." Dann, ohne eine Antwort abzuwarten, verschwand der Mann über die steile Böschung hinunter in die dichten Tannen beim Gröppen. Wenn man den Pfarrer bat, den Mann zu beschreiben, konnte er keine näheren Angaben machen. Es sei, nach dem Benehmen zu schliessen, ein Büscheler gewesen, sagte er, ein Mann aus den Wäldern. Eine Pelerine habe er getragen, wie man sie etwa bei Schäfern sieht, und einen grossen, breitrandigen Hut, so dass man das Gesicht nicht deutlich habe erkennen können. Dennoch habe man seinen Blick gespürt.

An einem schönen Juninachmittag hat der Pfarrer von Wald den Büscheler ein zweites Mal gesehen. Er hatte einen Freund mit dem Velo ins benachbarte Städtchen begleitet. Bei der Rückfahrt fühlte er beim alten Gasthaus an der Furt einen fast unüberwindbaren Drang, dort einzukehren. Dies fiel ihm auf, denn er pflegte nicht Wirtshäuser zu besuchen, und trotz des schönen Wetters war er auch nicht besonders durstig. Ausser ihm war noch ein zweiter Gast in der Wirtsstube. Er sass auf der Bank beim Ecktisch, dort, wo die beiden Bankseiten zusammenstossen, lehnte sich weit über den Tisch und umschloss mit den Händen ein Bierglas. Es musste ein alter Mann sein, denn seine unordentlich herunterhängenden Haare waren weiss, die Hände gefurcht, und auch das wenige, was man vom Gesicht sah, war nicht nur verwittert, sondern trug viele Merkmale langen Lebens. Neben ihm auf der Bank lag eine zusammengeknüllte Pelerine und darauf ein grosser Lodenhut. Der Mann beachtete den eintretenden Pfarrer anscheinend nicht. Er schien in eine Art Selbstgespräch vertieft zu sein, denn man hörte ein leises Gemurmel, und auch das Gesicht bewegte sich, wie wenn der Mann spräche. Der Pfarrer bestellte eine Stange Bier und nahm ein paar Züge, konnte dabei aber nicht lassen, den anderen seltsamen Gast zu betrachten. Da stand dieser plötzlich auf, trat vor den Pfarrer, hielt ihm seine mächtige Faust drohend schüttelnd vor das Gesicht, und sprach die gleichen Worte, die der Pfarrer schon in den Gröppen gehört: "Eer Pfaffe händ s Wäse nöd, er händ s Wäse nöd." Und nach kurzem Zögern: "Natur und Geist; Natur und Geist." Dann trat der Mann zurück, holte Pelerine und Hut, zahlte der Wirtin beim Hinausgehen und nickte nur kurz zum Abschied.

Die Wirtin, die bemerkt hatte, dass der Pfarrer völlig ratlos da sass, trat zu ihm und sagte: "Kennen Sie den Büscheler nicht? Er kommt so ein-, zweimal im Jahr hier vorbei, spricht aber nichts. Heute habe ich ihn zum ersten mal reden gehört, als er..." Die Wirtin stockte. Sie wollte nicht wiederholen, was der Büscheler gesagt, denn es war ja nicht gerade schmeichelhaft für den Pfarrer. Dieser erkundigte sich: "Wissen Sie sonst etwas über den Mann?" "Er lebt im Wald, hat keine feste Behausung. Man weicht ihm aus, denn er redet mit den Pflanzen und Tieren. Und er ist ungeheuer stark. Man sagt in den Gröppen, er habe mal ein Kalb, das sich verirrt hatte, den ganzen Kohlwald hinauf getragen, als ob es ein kleiner Hund wäre." "Hat denn der Mann keinen Namen?" "Den kennt man nicht. Ich weiss auch nicht, warum man ihn den Büscheler nennt, denn ich kenne niemanden, der von ihm Büscheli* gekauft hätte. Von ihm nicht und vom andern nicht." "Vom andern Büscheler? Gibt es denn zwei?" Die Wirtin schaute vorsichtig um sich, fasste aber dann Mut, denn es war ja der Pfarrer von Wald, der mit ihr sprach, und der böte sicher Schutz. "Die alte Mettlerin hat mir gesagt, sie habe einmal zwei Büscheler gesehen, hinten in der Kohllochhöhle; sie sassen vor der grossen Höhle. Und einer davon war der Büscheler, der jetzt bei mir war; die Mettlerin hat ihn mir genau beschrieben." "Und der andere?" "Den konnte die Mettlerin nicht so deutlich sehen. Er sei im Schatten tiefer drin in der Höhle gesessen. Es sei aber der, hat die Mettlerin weiter behauptet, den es schon immer in den Gröppen gegeben. Manchmal reite er auch, und darum heisse es gegen den Alpstein zu "Rappenloch". Er habe einen schwarzen Rappen." Mehr wusste die Wirtin nicht. Der Pfarrer zahlte, bestieg sein Rad und fuhr nach Hause. Es war ihm sonderbar zumute. Als Pfarrer von Wald hatte er schon manches von alten Wesen, Waldgeistern und auch Zauberern und Hexen vernommen. Er hatte sogar lachend zu Freunden bemerkt, er müsse nicht in die Mission gehen, um Götter fremder Kulturen kennenzulernen, wie er dies ursprünglich gewollt, er hätte hier Gelegenheit genug, mythologische Kenntnisse zu sammeln. Aber der Mann im Wirtshaus war keine mythische Figur, er war real, hatte sein Bier getrunken, bezahlt, Fäuste gemacht. Und darum war der Büscheler keine Einbildung. Was war der Büscheler?

Der Pfarrer von Wald versuchte auf verschiedenen Wegen, sein Wissen über den Büscheler zu vermehren. Aber vom Büscheler sprach man nicht gerne, das zeigte sich immer wieder bei den Nachforschungen.

Zwar gab es neben dem Pfarrer andere Neugierige, die gerne mehr gewusst hätten, doch denen bekam es nicht gut. So hiess es, den Langenegger habe seine Frau immer aufgestachelt, er solle doch mal nachschauen, ob es stimme, dass die Büscheler drunten im Gröppenloch baden, sogar nackt. Darauf hatte sich dann der Langenegger hinter das Erlengebüsch beim Gröppenloch versteckt. Aber wie er so lauerte, wurde er plötzlich von hinten gepackt und mitsamt den Kleidern ins Gröppenloch geworfen, so dass er beinahe ertrunken wäre, denn er konnte nicht schwimmen.

Ob es allerdings der Büscheler gewesen war, der ihn ins Wasser geworfen, wusste der Langenegger nicht zu sagen, denn er hatte gegen das Ertrinken kämpfen müssen und so keine Zeit gehabt, sich umzusehen. Und es konnte ja kaum der Büscheler gewesen sein. Der Langenegger war ein starker Kerl, und so rasch in den Fluss werfen konnte man ihn nicht. So behauptete er mehr und mehr, er sei ausgeglitten, und wenn ihm seine Erinnerung sagen wollte, er hätte doch ein Lachen gehört, ein Lachen, das dann noch eine Weile über dem Gröppenloch weitergelacht hätte, dann sagte er sich, er könne, ja müsse sich getäuscht haben.

Wo der Büscheler wohnt, konnte der Pfarrer auch nicht in Erfahrung bringen. Es gibt stets etwelche Hütten, Ställe oder Heustadel, welche nicht gerade benutzt werden, so dass der Büscheler am einen oder anderen Ort Unterschlupf finden kann. Möglich, dass die Eigentümer von Privatalpen oder die Alpvögte darum wissen, aber sie sprechen nicht davon. Es kam ja vor, dass frisch gespaltenes Holz unter dem Schermen* aufgeschichtet lag oder dass gar der Herd noch warm war. Immer aber war alles in schönster Ordnung, und so war es wohl am besten, den Büscheler - denn der musste es ja gewesen sein - nicht zu vertäuben, sonst konnte es sein, dass er Unordnung machte.

Einmal glaubten ein paar Burschen, sie müssten sich nicht an diese Regeln halten, und suchten die Alpen nach dem Büscheler ab. Sie fanden ihn nicht, dafür aber eine Herde Geissen, von denen sie glaubten, sie gehörten dem Büscheler. Und so liessen sie ihre Verärgerung an den Geissen aus, trieben sie auf steile Bänder, von denen sie kaum mehr herunterspringen konnten, und neckten sie mit Salz, das sie ihnen zum Riechen boten, nicht aber zum Schlecken gaben. Plötzlich aber stürzte sich die ganze Herde auf die Burschen. Diese mussten auf Tannen klettern und dort warten, bis die Geissen sich verzogen. Die Burschen beteuerten zudem, der Bock sei auf zwei Beinen auf sie losgerannt. Im Dorf hiess es, es könne nur der Teufel gewesen sein. Der Senn vom Pfingstboden aber, als er hiervon hörte, nannte das alles eine Lumperei, es seien seine Geissen gewesen, und sein Bock gehe nie auf zwei Beinen, und wenn die Buben nochmals seine Geissen vergelsterten*, werde er schon zum Rechten schauen. Seither hat niemand mehr versucht, es mit den Geissen aufzunehmen - man konnte ja nie wissen.

Besonders aber verwirrte den Pfarrer bei seinen Erkundigungen, dass mehr und mehr von einem jungen Büscheler gesprochen wurde. Nun konnte man aber den Alten, den die Mettlerin gesehen zu haben glaubte - sie bestätigte ihre Aussage auch dem Pfarrer gegenüber -, unmöglich als jungen Büscheler bezeichnen, und auch der Pfarrer hätte den Mann, der ihm in der Gröppen erschienen, nicht jung nennen können. Den Büscheler aber, den er im Wirtshaus getroffen, der war ganz eindeutig ein alter Mann, daran gab es nichts zu rütteln. Und doch erzählte ihm einer von der Schönau, dass der junge Büscheler schon mehrfach dort aufgetaucht sei. Er kaufe im kleinen Lädeli allerlei Dinge für den Alltagsbedarf, wie sie etwa in den Berghütten benötigt werden; Petroleum, Streichhölzer, Mehl, Teigwaren, Würste und dergleichen mehr. Dann gehe er jeweils in die Wirtschaft, trinke schweigend und bedächtig einen halben Roten und verschwinde dann mit freundlichem, aber knappem Gruss in die Berge. Gesprächig sei er nicht und oft gebe er auf Fragen Antworten, die mehr verwirrten als klärten. So hielt es der Pfarrer von Wald für richtiger, sich an das zu halten, was die alte Mettlerin erzählte und an das, was er von Lärchenbodenbauern erfuhr, die zwar wortkarg aber seit jeher mit dem Büscheler verbunden waren und in manchem so lebten, wie sie glaubten, dass es dem Büscheler recht sei.

13

2

Das Lärchenbodenälpli gehört seit altersher zum Lärchenbodenheimetli im Dorf Wald. Ob das Heimetli dem Älpli oder das Älpli dem Heimetli den Namen gegeben hat, lässt sich nicht mehr feststellen. Sicher aber ist, dass es einen besonderen Bezug gibt zwischen den Lärchen und den Bauern auf dem Heimetli und Älpli. Lärchen werden nur gefällt für Hütten- und Hausbau und etwa für Türen und Fensterrahmen. Als Brennholz wird das Holz absterbender Lärchen verwendet, oder das von sturmgefällten oder lawinengebrochenen. Lärchenäste, wie man sie im Frühling unter den Bäumen findet, werden zu Büscheli verarbeitet. Diese werden in den zwölf Nächten* zum Heizen des grossen Kachelofens im Heimetli benutzt. In diesen Nächten aber herrscht der alte Gott Odin, auf den der Büscheler in manchem zurückverweist.

Für die Lärchenbauern ergaben sich aus diesem Zusammenhang mit dem Büscheler manche Schwierigkeiten. Man sagt ihnen nach, sie könnten mehr als andere, und mehr als einmal soll eine Lärchenbäuerin auch im Winter auf dem Älpli verblieben sein, weil sie fürchtete, als Hexe verfolgt zu werden.

Der Einbruch der modernen Zeit ins Bergbauerndorf hätte diese Gerüchte wohl zum Verstummen gebracht, wenn nicht die Geschichte mit dem Zauren* gewesen wäre. Albert, der Bauer, der nach dem zweiten Krieg das Heimetli bewirtschaftete, hielt etwas auf Tradition, und so ging er an einem Silvestermorgen auch mit den grossen alten Treicheln zum Schellenschütteln und Zauren. Doch kaum hatte die Gruppe mit Schütteln begonnen, gesellte sich ein offenbar angetrunkener Bursche mit Kuhglocken dazu, störte das Schellenschütteln mit seinen kleinen Glocken und möögte* dann ins Zauren. Albert verwies dem Burschen sein Benehmen, und dabei entschlüpfte ihm die Bemerkung: "Wenn ti uufläätig* benimmscht, muescht di nöd wundere, wenns dr au uufläätig goot." Kurz darauf erlitt der Bursche einen Motorradunfall, und man begann zu munkeln, dass dies dem Lärchenbauern zuzuschreiben wäre.

Daher lebten Albert und seine Frau Berta recht zurückgezogen mit ihrem einzigen Kind, Margrit.

Als Margrit etwa dreieinhalb Jahre alt war, wies sich der Büscheler. Es war ein gewittriges Jahr und die Bauern hatten alle Hände voll zu tun, das Heu rechtzeitig in den Gaden* zu bringen. Da hatten weder Berta noch Albert viel Zeit für Margrit, und Grossmutter Emma, die im Dorf blieb und dort alles zu besorgen hatte, konnte das Kind auch nicht bei sich haben.

An einem Nachmittag blieb die Kleine einmal mehr sich selbst überlassen, langweilte sich und brach vom Gröppenheimetli auf, um dem Gröppen nach aufwärts zu laufen, soweit es ging. Wie sie später erzählte, war sie bis zum Kohlloch geklettert. Berta und Albert merkten erst bei beginnendem Gewitter, als alles Heu im Gaden war, dass Margrit fehlte. Zuerst machten sie sich keine Sorgen, denn Margrit spielte oft irgendwo im Stall, war auch etwa bei den Hühnern oder baute sich unter dem hohen Farnkraut Häuschen. Doch als der Regen immer stärker wurde und das Gewitter zur Flucht ins Haus zwang, fehlte das Kind immer noch. Albert nahm die Sturmlaterne und zog auf die Suche, während Berta zu Hause blieb, falls die Kleine auftauchte. Nach einer Stunde kehrte Albert zurück. Es schien zwecklos, in den weiten Alpengebieten zu suchen, und am Fluss und in den Bachtobeln, die dem Kind hätten gefährlich werden können, hatte er nachgeschaut. Das unausgesprochene "hätt ich doch," "hätten wir doch" auf den Lippen sassen die beiden da. Albert stellte überall Lichter auf, damit das hell erleuchtete Haus dem Kind den Weg weisen könne. Lange blieb es still. Dann gab der Bläss an, sprang in das Gewitter hinaus und nach kurzem brachte er Margrit. Auf die Frage, wie sie wieder heimgefunden hätte, erzählte Margrit strahlend, der Grossvater hätte sie gebracht. Berta dachte erst, sie meine ihren Vater, aber nach vielem Fragen stellte sich heraus, dass Margrit eigentlich ihren Urgrossvater meinte, den Lärchenbodenbauern, der noch vor dem ersten Krieg gestorben war. Margrit identifizierte den Mann auf dem Foto, und auf alle ungläubigen Fragen der Eltern antwortete sie trotzig, es sei aber der Grossvater oder dann eben der Urgrossvater gewesen. Nur, und so viel kam mit der Zeit heraus, er habe eine etwas andere Kleidung getragen als auf dem Foto, einen grossen Hut, der ihn vor dem Regen geschützt habe, und eine Pelerine wie der Hans Walser. Die Nana im Dorf aber meinte nur, als man ihr das Ereignis erzählte: "Siehst du, er kommt eben doch noch!" Albert fragte nicht weiter. Man sprach ja vom Büscheler nicht, auch nicht bei den Lärchenbauern. Nach diesem Ausreissen änderte die Lärchenbäuerin ihr Verhalten gegenüber der alten Mettlerin. Sie hatte bis dahin dafür gesorgt, dass die Mettlerin nicht allzuviel um das Kind war, denn sie fand, die Geschichten, welche die Alte erzählte, könnten ein etwas wirres Weltbild entstehen lassen. Aber dies schien nun das kleinere Übel, und so wurde die Mettlerin wieder für allerlei Arbeiten gerufen, nicht nur für die Wäsche, auch fürs Flicken, Glätten und sonstige Hausarbeiten, welche die Mettlerin noch versehen konnte. Als Margrit im Sommer immer öfter in die Gröppen drängte und da dort das Risiko, dass die Kleine irgendwohin ausriss, noch grösser war als im Dorf, bat man die Mettlerin, auch ins Lärchenheimetli im Gröppental zu kommen, Margrit etwa beim Beerenpflücken und beim Tannzapfensammeln mitzunehmen. Abends dann - die Mettlerin blieb stets zwei bis drei Tage - erzählte sie der Kleinen, oft in buntem Durcheinander, was sie alles gehört, gesehen, erträumt und geschaut hatte.

Margrit verstand es, halb Vergessenes, nur halb Verstandenes aus der alten Mettlerin heraufzuholen, und so hörte sie manche Märchen, Sagen und uralte Geschichten, die eigentlich nicht für Kinderohren bestimmt und auch nicht immer leicht verständlich waren. Doch das reale Dasein und das geistige Denken gehörten für sie der gleichen Wirklichkeit an, eines ging unmerklich ins andere über, jedes konnte auf jedes wirken. So wussten später weder Margrit noch die alte Mettlerin, wie der Besuch beim Wurzelweibchen in Wirklichkeit verlaufen war, oder genauer, in welcher Wirklichkeit er verlaufen war. Genug, dass die Mettlerin und Margrit sich an alles erinnern konnten, und dass sie die gleichen Erinnerungen hatten.

Es hatte damit begonnen, dass die Mettlerin eines Nachmittags auf der Stör vom Wurzelweibchen zu erzählen begonnen hatte. Das Wurzelweibchen, so sagte die Mettlerin, hat seinen Namen nicht davon, dass es hauptsächlich von Wurzeln lebt oder etwa Enzianwurzeln ausgräbt und verkauft. "Nun, das tut es wohl auch", meinte die Mettlerin auf die Frage Margrits, "aber es heisst hauptsächlich darum Wurzelweibchen, weil es wie eine alte knorrige Wurzel aussieht, wie eine lebendig gewordene Wurzel. Es ist eigentlich ein Kräuterweibchen, kennt alle Kräuter weit und breit, weiss, wo die Kräuter am besten gedeihen und wann man sie pflücken darf und wozu sie alle dienen." "Aber was macht denn das Wurzelweibchen mit den Kräutern?" "Nun, es bringt sie heim in seine Hütte, trocknet sie, füllt sie ab. Hie und da kommt dann jemand die Kräuter holen. Vielleicht jemand wie der Pfarrer Künzle oder so." "Hast du das Kräuterweibchen auch schon gesehen und besucht?", wollte Margrit neugierig wissen. "Ja, einmal ist es auf dem Holzweg, den dein Vater zum Holzplatz hat anlegen lassen, an mir vorbeigegangen. Es trug eine Krätze*, wie sie früher die Hausierer hatten, mit vielen Fächlein, einen langen, braunen Rock und ein weissgetupftes rotes Kopftuch. Es hat ganz deutlich "grüezi" gesagt, ist dann aber so rasch weiter gegangen und im Wald verschwunden, dass ich nichts mehr fragen konnte. Und einmal traf ich es - ich glaube wenigstens, dass es das Wurzelweibchen war - auf einem der Wege, die von Hexentanzplatz zu Hexentanzplatz führen. Dort sah ich es aber nicht genau. Und einmal" - die Mettlerin stockte ein wenig - "einmal bin ich auch in seiner Hütte gewesen, weit oben im Kohlwald, auf den grossen Felsen, die du von dem Lärchenbödeli in der Gröppen siehst. Die Hütte ist gar gschpässig*, das Wurzelweibchen...." Aber Margrit fiel der Mettlerin in die Rede: "Nächstes Mal musst du mit mir zum Wurzelweibchen gehen, gell!" Die Mettlerin konnte nicht anders, sie musste es versprechen, hoffte aber, Margrit würde dies wieder vergessen und versuchte, das Kind durch andere Erzählungen abzulenken. Doch Margrit tat alles, um den Besuch beim Wurzelweibchen durchzusetzen. Da die Mettlerin ihrerseits das Hüttchen und den Steg dorthin so genau beschrieben hatte, glaubte sie selbst mit der Zeit, dass das Hüttchen Wirklichkeit sei, und so gab sie eines schönen Sonntags, als sie beim Lärchenbauern in den Gröppen auf Besuch war, dem Drängen Margrits nach und ging mit ihr das Wurzelweibchenhäuschen suchen.

Die alte Mettlerin, die nicht mehr besonders gut zu Fuss war, musste oft rasten und hoffte jedesmal, dass auch Margrit der Wanderung genug habe. Das Kind aber drängte weiter, immer weiter den Nagelfluhrücken hinan. Wie sich die beiden oben, dort, wo sich nach der Erzählung der Mettlerin das Häuschen befinden sollte, hinsetzten, sozusagen vor dem letzten, entscheidenden Vorstoss, und wie sie - beide ermüdet - unter einer schattig-kühlen, grossen Wettertanne, am Rande einer Lichtung einen kleinen Imbiss nahmen - die Mettlerin einen grossen Schluck Enzian - nun, da war das Häuschen vor ihnen. Sie klopften, traten ein, es duftete nach Thymian und Pfefferminze, das Wurzelweibchen erschien und gab ihnen Silbermäntelitee mit Enzian zu trinken. Sie blieben eine ganze Weile, verabschiedeten sich und waren wieder unter der grossen Tanne, von der aus sie zum Hüttchen gekommen waren. Auf dem Heimweg fragte Margrit die Mettlerin nach verschiedenen Dingen, die sie in der Hütte beobachtet hatte, nach den vielen Tieren, die sich dort getummelt. Die Mettlerin gab einsilbig Auskunft. Für sie war das, was nur geglaubt Wirklichkeit war, nun plötzlich ganz Wirklichkeit gewesen, unfassbar, aber völlig wirklich in seiner Unfassbarkeit. Wie nach Abmachung gingen die Mettlerin und Margrit das Wurzelweibchen nicht mehr suchen. Es konnte ja sein, dass es nicht immer Besuch wollte, und vielleicht, so sinnierte die Mettlerin, war es auch mehr als nur das Wurzelweibchen gewesen.

Wie Margrit älter wurde, tauchten neue Interessen auf, und unaufhaltsam begann sich Fremdes in die Welt des Wurzelweibchens und des Büschelers zu schieben. In der Primarschule gab es damals noch die sogenannten styffen und unstyffen Ferien, das heisst, bei schönem Wetter war kein Unterricht, und die Kinder halfen im Bauernbetrieb. Da der Pfarrer von Wald, der auch Schulpräsident war, sich recht tolerant zeigte, sah das für Margrit öfters so aus, dass sie bei schönem Wetter in die Gröppen mitgenommen wurde, bei Wetterumschlag aber gleich dort blieb, da das Kind ja nicht im Regen und Sturm zurück ins Dorf gebracht werden konnte. Im Winter hielt aber Berta darauf, dass Margrit regelmässig zur Schule ging, und wenn die Schneeverhältnisse allzu bedrohlich wurden - das Lärchenheimetli liegt über 1000 Meter über Meer - ging Berta oder Albert mit dem Kind ins Dorf, damit es beim Unterricht nicht fehlen musste. Aber die Schulbuchtexte, der Hauch von Fortschritt und Fortschrittsgläubigkeit, der über den Schulen liegt, sie wirkten doch auf Margrit ein, liessen die alten Vorstellungen langsam in den Hintergrund gleiten. Berta und Albert widerstrebten dieser Entwicklung keineswegs. Für beide war es einfacher, wenn sie die eigenen Rückbindungen an Lärchenmarie und Büscheler etwas vergassen, den Bauernbetrieb möglichst gut führten und ihn behutsam modernisierten.

So stand es ausser Diskussion, dass Margrit die Sekundarschule im Nachbardorf besuchte. Dies aber brachte einen tieferen Einschnitt mit sich als die Primarschule. Denn Margrit konnte nun nicht mehr die meiste Zeit im Sommer in den Gröppen weilen, sie musste im Dorf bei Grossmama Emma bleiben und von dort täglich mit dem Postauto zur Schule fahren. Dabei waren es weniger diese Fahrten, die Margrit zu schaffen machten, war sie doch den Ortswechsel gewohnt, mal Dorf, mal Älpli, sondern die neuen Gesichter, die neuen Erfahrungen. Vieles, was man im Elternhaus nicht als wichtig erachtet hatte, Sport, Sensationen, neue technische Erzeugnisse, liess sich nun nicht mehr übersehen, man sprach davon im Bus und in der Schule. Margrit war in Gefahr, in die Rolle des abseitigen Bergbauernkindes zu geraten. Schon am dritten Schultag änderte sich dies jedoch. Lehrer Lang wollte die

Kinder, die aus verschiedenen Dörfern stammten, dadurch etwas miteinander vertraut machen, dass er den geographischen Bereich, aus dem sie kamen, auf einer Landkarte mit Fähnchen markierte. Schon hier hatte Margrit Pluspunkte mit ihren zwei Fähnchen, dem Dorffähnchen und dem Gröppenfähnchen. Wie dann Lang die Siedlungsformen herausarbeiten wollte, zeigten sich die Sagenkenntnisse Margrits. Sie wusste vom Riesen Sepp zu erzählen, dessen Sack voller Häuschen am Gyrenspitz einen Schranz bekam, sodass die Häuschen über alle Hügel purzelten. Darum wohnen die Appenzeller und die Toggenburger weit voneinander auf ihren Heimetli. Lehrer Lang sah das Resultat seiner Lektion gewissermassen vorweggenommen. Zwischen dem Lehrer und dem Bergbauernkind stellte sich gerade dadurch eine fruchtbare Vertrautheit ein.

Schwieriger gestaltete sich der Kontakt mit der Klasse. Zwar hatte sich Margrit als gute Schülerin eine gewisse Stellung in der Schulhierarchie erworben, aber sie blieb das Einzelkind, das gewohnt war, eigene Wege zu gehen. Die andern Schüler und Schülerinnen akzeptierten diese Situation, aber in Margrit blieb eine gewisse Unruhe zurück, die sich, wenn etwa doch eine Freundschaft entstehen wollte, in zu grosser Zuwendung, wechselnd mit Zurückhaltung äusserte, sodass dauernde Beziehungen nicht entstehen konnten. Zu den Buben war das Verhältnis noch komplizierter. Zwar war die sexuelle Neugierde bereits erwacht, aber die Sexualität hatte ihre Ausdrucksformen der Lust und des Spielens noch nicht gefunden. So war denn auch das erste Kontakterlebnis ein Misserfolg. Beim Nachhauseweg forderte sie der Nachbarsbub, den sie recht gut mochte, auf: "Chomm mer züched d'Hose ab, das isch vil glätter!" Margrit fand das eine gute Idee und machte mit. Wie sie aber so halbnackt im Hemd dastanden, wussten beide nicht recht, was nun weiter passieren sollte, und Margrit, resolut wie immer, meinte sachlich: "Das isch doch langwiilig und din Pippi isch jo vill chliner als der vom Geissbock." Sie zog die Hosen wieder an, dem Nachbarsbub blieb nichts anderes übrig, als das gleiche zu tun, und ein nächster Versuch endigte mit einer klaren Weigerung Margrits, wieder mitzumachen.

Wichtiger wurde für Margrit das Erlebnis auf der Silberplatte. Die Silberplatte ist einer der höchsten Berge in der nördlichen Kette des Säntismassivs und trägt ihren Namen zu recht, nicht etwa, weil sie mit einer silbernen Platte bedeckt ist, sondern weil der weisse Schrattenkalk je nach Sonnenbestrahlung, besonders aber im Vollmondlicht, weithin wie Silber leuchtet. Margrit fühlte sich schon früh von der Silberplatte angezogen, denn wenn man abends zu den Sieben Lärchen emporstieg, schaute die silberne Platte hell über die Alpen hinüber. Es schien Margrit, dass man dort, wo so viel Licht war, auch für sich viel Licht holen könnte. Die Mettlerin freilich, die sonst manches erklären konnte, wollte nicht sagen, was es mit dem besonderen Glanz auf sich habe. Oder vielmehr, sie wich einer Erklärung aus. Denn es gebe Wesen, von denen man besser nicht spreche, und solche Wesen zeigten sich in silbernem Glanze in der Nacht an, und es wäre ja möglich, dass dies mit der Silberplatte etwas zu tun habe.

Als im Spätsommer des ersten Sekundarschuljahres der Unterricht einen Tag ausfiel, beschloss Margrit, auf die Silberplatte zu steigen. Zur Grossmutter, die sie ertappte, wie sie den Regenschutz, Brot und Apfel als Znüni verpackte, sagte sie nur: "Weisst du, heute habe ich frei, und da möchte ich einmal ein wenig wandern gehen, einfach so ein Stück dem Säntisweg nach", fügte sie beschwichtigend und gleichzeitig korrekt bei, denn um von Urnäsch nach der Silberplatte zu gelangen, benutzt man bis Tierwies den Säntisweg. "Aber komm dann rechtzeitig zurück", meinte die Grossmutter, die aus Erfahrung wusste, dass man der Enkelin bei solchen Plänen besser nachgab.

Margrit schritt tüchtig aus. Sie war schon um zehn Uhr auf der Tierwies, im alten Gasthaus. Zwar waren die paar Gäste ein wenig erstaunt, als das halbwüchsige Mädchen eine Ovomaltine trank und dann auf dem ungewöhnlichen Weg nach der Silberplatte weiterging. Aber viel Gedanken machte sich wohl niemand. Margrit sah nicht danach aus, als ob sie angesprochen werden möchte. Sie war glücklich. Die Sonne schien, ja brannte beinahe auf das schmale Weglein. Der karge Rasen duftete nach Erde, Blumen und Hitze, und da sie als einsame Wanderin wenig Lärm machte, konnte sie zuschauen, wie unten im Karrenfeld die Murmeltiere sich tummelten. Es war grosser Friede. Margrit überlegte sich, ob sie versuchen sollte, die Platte zu überschreiten, eventuell barfuss, oder ob man sie nördlich umgehen musste, um auf den Gipfel zu gelangen. Aus der Nähe zeigte aber die Silberplatte ein anderes Bild. Nicht mehr die glitzernde, weisse Fläche, sondern eine mächtige Karrenplatte, tief zerfurcht und durchfurcht. Und wie um die Furchen zu unterstreichen war inzwischen der Himmel düsterer geworden, die Sonnenstrahlen brannten nur noch über die Ränder dunkler Wolken. Margrit liess sich nicht entmutigen. Wenn nicht über die Platte, wenn nicht um die Platte herum, dann eben durch die Platte, sagte sie sich und stieg, wenn auch mit leisem Unbehagen, in jene Furche ein, die eine Fortsetzung des Wegleins zu sein schien. Aber sie war in ein Labyrinth eingestiegen. Überall öffneten sich Seitenrisse, Seitenfurchen, die vielleicht vom Ziele weg, vielleicht zum Ziele hin führten. Nur die ererbte Zähigkeit liess Margrit weiterklettern, immer neue Furchen als Durchstieg erproben. Es gelang, sie erreichte das Steinmannli oben auf dem Gipfel, schaute hinunter in die Gröppen, wo sie gerade noch die Sieben Lärchen ausmachen konnte. Eine Rückbindung ans Heim, ans Vertraute. Dann setzte ein stürmischer Wind ein, es begann durch die Furchen der Platte zu heulen und zu orgeln, und über dem Lütispitz zuckten erste Blitze. Margrit zog den Regenschutz über, umging die furchige, labyrinthische Platte nördlich und eilte in grossen Sprüngen hinunter zum Weglein. Dort begannen die ersten Tropfen zu fallen, der Sturm schlug böig über den Grat, ein Blitz krachte beim Graukopf, dann auf einen Silberplattenkopf. Das Gewitter begann derart zu toben, dass Margrit nicht mehr weitergehen konnte, auch nicht weiterzugehen wagte. Ein Felsriss bot ein wenig Schutz. Sie drückte sich hinein, beglückt über die noch warme, trockene Erde im Innern der Spalte. Dann krachte ein Blitz unten im Karrenfeld, aufgeschreckte Dohlen zogen krächzend gegen das Tal, Nebelfetzen jagten einander in gespenstigem Grau und dicke Hagelkörner prasselten auf den Felsen, unter dem Margrit sich barg. Ob der Blitz, der ins Grünhorn einschlug, unter dessen Felsen sie sich verbarg, ihr für kurze Zeit das Bewusstsein geraubt hatte, oder ob der Nebel, der plötzlich das weite Karrenfeld überzog und aufbrandend sie umhüllte, sie in sich gerissen, Margrit wusste dies später nicht mehr zu sagen.... Sie war in eine Leere getaucht, die gleichzeitig Fülle war, in ein Meer, das gleichzeitig sicheres Land war...

Dann zog das Wetter weiter, Felsgräte zeigten sich aus dem Nebel, die Dohlen kehrten in grossem Bogen zurück. Grün schimmerte feucht auf, die Sonne schaute wieder durch eine Wolkenritze und liess warme zitternde Nebelschwaden aus dem feuchten Rasen und von den feuchten Felsen steigen. Margrit kroch aus ihrer Spalte. Erst nach geraumer Zeit erinnerte sie sich ihrer selbst, erinnerte sich auch der Grossmutter, die wohl im Dorfe auf sie wartete und sicher voller Ängste das Gewitter verfolgt hatte. Kaum wagte sich Margrit beim Rückweg in die Wirtsstube der Tierwiese. Sie meinte, die Leute müssten ihr ansehen, was sie erlebt hatte. Aber wiederum kümmerte sich niemand um sie. Sie trank ihre Geissmilch, ass einen Nussgipfel und stieg eilends die steile Wand hinunter zur Schwägalp und von dort zum Rossfall, um wieder nach Hause zu gelangen. Glücklicherweise fragte kurz nach dem Rossfall ein Autofahrer, ob sie mitfahren wolle, sie sagte ja, obschon man ihr das abgeraten hatte. Aber Margrit wusste sich stärker als irgendwelche Autolenker. Der fuhr sie nach Urnäsch, liess sie aussteigen und fragte sich erst im nachhinein, warum er all dies so unbeteiligt getan.

Wie Margrit zum Dorf kam, traf sie auf die Grossmutter, die gerade ihr Verschwinden dem Landjäger - so nannte man im Dorf nach altem Brauch den Polizisten - melden gegangen war. Schnell sprang Margrit zum Landjäger, um weiteren Alarm zu verhindern, konnte auch noch rechtzeitig eine Suchaktion stoppen. Natürlich sagte ihr der Landjäger, sie sei gerade in letzter Minute gekommen, bevor Grossalarm ausgelöst worden wäre, wobei er bei sich selbst dachte, wie gut, dass ich bei Aufregung von Eltern und Grosseltern erst etwas zuwarte.

Margrit eilte nach Hause, erzählte der Grossmutter von einer wunderschönen Wanderung nach der Tierwiese, - Gewitter, nein, das wäre nicht der Rede wert gewesen. Über das, was sie erlebt, konnte sie nicht sprechen, nicht mit der Grossmutter, nicht mit irgend jemandem. Es war nicht aussprechbar, es war ganz anders gewesen, ganz anders als das, was sie sonst etwa erlebt.

Als Margrit in der dritten Sekundarschule war, erhielt Albert einen Brief von Lehrer Lang, worin der Lehrer den Vater bat, bei ihm vorzusprechen, da die Zeit der Berufswahl für Margrit gekommen sei und er dem Vater dafür Vorschläge unterbreiten möchte. Albert und Berta berieten miteinander: es war klar, dass - wenn der Sekundarlehrer anstatt des Berufsberaters zum Beratungsgespräch einlud - eine schulische Weiterbildung zur Diskussion stand. Margrit sollte aber als einzige Tochter Erbin beider Heimetli werden. Beide Eltern hätten es gerne gesehen, wenn dieser Besitz, den sie so umsichtig besorgt hatten, von ihrem Kinde weiter gehegt würde. Margrit half an den Wochenenden und in den Ferien, sobald es die Aufgaben erlaubten, tüchtig in Garten, Hof und Stall mit. Sie molk die Kühe bereits so gut und flink, dass Berta und Albert ihr in den ersten Ferien, die sie sich gönnten, den ganzen Betrieb für einige Tage überlassen konnten. Es bestand so durchaus die Möglichkeit, dass Margrit eine Bäuerinnenschule besuchen konnte, um später den Hof zu übernehmen. Aber eben, für eine Person war das zu viel Arbeit, Knechte waren rar, und ob Margrit einen Mann finden würde, der zu ihr passte, der sie

nicht einfach des Erbes wegen begehrte, das war beim zurückhalten-
den Wesen von Margrit eine schwer zu beantwortende Frage.

So ging denn Albert zu Lang, um zu erfahren, wie denn etwa eine
Weiterbildung aussehen könnte. Des Lehrers Neigung zu Margrit
hatte sich im Laufe der Sekundarschulzeit eher verstärkt. Allerdings
hatte das Silberplattenerlebnis einen Schatten geworfen: Margrit hatte
nachher in einem der Erlebnisaufsätze geschrieben: "Steine leben nur
von Geist". Denn für Margrit waren die Berge lebendig, und Geist, so
hiess es ja, wäre Leben. Diese Überlegungen konnten vom Lehrer nicht
akzeptiert werden, da die Voraussetzungen für ihn nicht nachvoll-
ziehbar waren. Aber er bemühte sich doppelt, Margrit zu einer aufge-
klärteren Weltauffassung zu führen und die dunklen mystischen Ein-
flüsse, denen das Bergbauernmädchen auf seinem Heimetli ausgesetzt
sein musste, zu bekämpfen. Margrit leistete diesen Versuchen keinen
Widerstand. Sie tat einfach das, was nach einem unerklärbaren Erlebnis die beste Zuflucht ist, sie verbarg das Geschaute in ihrem Innern.
So hoffte Lang, Margrit würde studieren, würde die grosse Literatur-
wissenschaftlerin, mit ihm - doch das gestand er sich nicht ein - als
einer Art Mentor im Hintergrund. Albert hatte für solche geheimen
Wünsche des Lehrers wenig Verständnis. Studium und Literatur
mochten ja gut und recht sein, aber nicht für seine Tochter. Die gehörte nach Alberts Meinung aufs Land, und wenn schon Weiterschulung,
dann eine, die aufs Land zurückführte.

Die Meinungen waren allzu gegensätzlich, als dass Vater und Lehrer
sich hätten einigen können. Beide gelangten an den Pfarrer von Wald,
der hier der gegebene Vermittler war. Ein Argument, das Albert vorbrachte, schien ihm wesentlich. Albert wies nämlich darauf hin, dass
die Tendenz, alle Begabten studieren zu lassen, letztlich zu einer geistigen Verödung der Dörfer führen müsse, und dass es daher gerade für
ihn, den Pfarrer von Wald, eine Aufgabe sein müsste, gescheite Leute
im Dorf zurückzubehalten.

Das Resultat dieser Erwägungen war, dass Margrit selbst entscheiden
sollte. Margrit aber wusste bereits, was sie wollte. Sie würde die Mittelschule besuchen, das Primarlehrerpatent erwerben und nachher versuchen, eine Stelle im Dorf oder in der Nähe zu kriegen. Die drei Bera-
ter gaben sich damit zufrieden. Erstens wussten sie aus Erfahrung, dass
es nicht gerade einfach war, Margrit von einem Entschluss, den sie einmal getroffen, abzubringen, und zweitens war der Vorschlag Margrits
wohl der beste Kompromiss.

Für Margrit kam nun aber eine harte Zeit. Sie besuchte das Lehrerseminar in Rorschach. Anstelle der Berge war nun der See, anstelle des ruhigen Bauernhofes die Stadt, und das Schlimmste, anstelle der hellen, warmen Novembertage in den Bergen die langen grauen Tage des Nebels mit dem düsteren Ton der Nebelhörner über dem See, dem Verschwimmen von Tag und Nacht in diffusem, schwärzlichem Grau. Margrit lebte sozusagen nur von Wochenende zu Wochenende. Damit sie ja den Bodensee-Toggenburg-Zug nicht verpasse, nahm sie samstags ihr Reisebündel gleich mit in die Schule, um dann erst am Montagmorgen auf die erste Schulstunde zurückzukehren. Während der Woche arbeitete sie bis zum nächsten Samstag hart, verbissen. Wenn schon ins Tiefland verbannt, sollte das doch Früchte tragen: Wissen, Lehrerdiplom, berufliche Aussichten.

3

Nach Beendigung ihrer Ausbildung sah sich Margrit erneut vor die Frage gestellt, ob sie nun eine Lehrerinnenstelle annehmen solle, oder ob sie zu Hause, wo Arbeit mehr als genug auch für sie vorhanden war, mithelfen müsste. Sie schob die Entscheidung vorerst hinaus, indem sie nur Vikariate zu den Zeiten, wo im Heimetli weniger Arbeit anfiel, annahm, und sonst hauptsächlich das Gröppenälpli besorgte. Es bestand auch Aussicht, dass Margrit die Unterlehrerinnenstelle in Wald übernehmen konnte, denn die Lehrerin, die dort amtete, hatte Mühe, sich dem Dorf anzupassen, sodass zu erwarten war, dass sie früher oder später anderswo Arbeit suchen würde.

Ohne es sich ganz zuzugeben wartete Margrit wohl darauf, dass die alten Wesen ihr irgendwie kund täten, was sie machen sollte. Sie hatte sich während der Lehrerinnenausbildung einige Zeit von vertrauten Verhaltensweisen entfernt. Wie sie dann aber sehen musste, wohin ein entfremdetes Verhältnis zur Natur führte, hatte sie in sich mehr und mehr den Traditionen der Lärchenbauern wieder Raum gegeben. Sie hatte ihren Vater unterstützt, als er dagegen kämpfte, dass durch seine Wiesen eine Skipiste angelegt würde, sie war, wie Albert, gegen eine weitere Erschliessung des Gröppengebietes durch Strassen, da sie in der Schwägalp sah, dass eine solche Erschliessung gleichzeitig eine Zerstörung bedeutete.

Es mag sein, dass dieses Harren das Ereignis, das eintrat, vorbereiten half. Sicher ist, dass Margrit das, was sich begab, als sie an einem heissen Sommertag nach dem Heuen an den Gröppen baden ging, als etwas empfand, das unwirklich und wirklich gleichzeitig war. Margrit hatte tüchtig mitgeholfen beim Worben, Zetteln und Einbringen des Heus. Verschwitzt und durstig hatte sie noch mit den Eltern das Vesperbrot eingenommen, dabei gegen ihre Gewohnheit ein grosses Glas Bier getrunken, und war dann zu einem Bade zum Gröppen hinuntergestiegen. Es gab dort mitten zwischen den Nagelfluhfelsen eine tief ausgeschwemmte Stelle, die sogar ein paar Schwimmzüge erlaubte. Dicht dabei hatte die Laune des Wassers eine kleine Sandbank angespült, die auch zwei Erlengebüschen Platz bot. Margrit kühlte sich erst in deren Halbschatten etwas ab, doch dann lockte sie das Wellenspiel des Wassers. Sie zog die Kleider aus, schwamm und plantschte herum, bis das doch recht kühle Bergwasser sie zwang, wieder ans Land zu steigen. Sie streckte sich auf der Sandbank aus, genoss wohlig die Tageshitze, die durch das Gebüsch zu ihr herunterdrang. Langsam entschwand sie sich, fühlte sich eins mit dem Sand, auf dem sie lag, mit dem Wasser, das neben ihr rauschte, mit der Luft, die sie umhüllte. Dann war etwas anderes neben ihr. Doch es erschien nicht als ein anderes. Es gehörte zu Fels und Wasser und Gras. Ihr schien, dies müsste so sein, es wäre dies das, was zu all dem anderen Leben gehörte. Und ihr ganzes Wesen sagte ja zu diesem andern und nahm es in sich auf.

So sonderbar war dieses Erlebnis im Gröppen gewesen, dass Margrit dazu neigte, das ganze als wunderbaren Traum aufzufassen. Als aber die erste und dann auch die zweite Monatsblutung ausblieb und es ihr öfters übel wurde, suchte sie eine Ärztin auf. Diese sagte ihr, dass sie schwanger sei. Margrit erschrak nicht allzusehr, irgendwie hatte sie das erwartet. Als Bergbauerntochter begann sie aber sofort, sich mit der neuen Lage auseinanderzusetzen. Eine Aussprache mit den Eltern kam vorerst nicht in Frage. Sie hätten, zu Recht, nach Margrits Ansicht, zuerst einmal nach dem Vater gefragt. Aber wie den Unbekannten ausfindig machen? Nach einigem Überlegen beschloss Margrit, den Pfarrer von Wald aufzusuchen. Die freundschaftlichen Beziehungen ihrer Eltern zum Pfarrer hatten sich auch auf Margrit übertragen.

Der Pfarrer liess sich alles genau erzählen und sann eine Weile nach. Dann begann er plötzlich zu schmunzeln und meinte: "Ich glaube, wir suchen zu weit. Ich glaube, dass es der junge Büscheler ist, der zu dir kam. Ich vermute sogar, dass er dich schon vor eurer Begegnung gesehen hat, so dass vielleicht die Begegnung nicht ganz zufällig war. Hübsch, wie du bist und gescheit, wie du aussiehst - und bist, musstest du ja einem jungen Büscheler Eindruck machen." "Das ist ja gut und recht", unterbrach Margrit ein wenig unwillig. "Aber wie finde ich den Unbekannten, den jungen Büscheler, wie Sie ihn nennen?" "Nun, ich hab's ja eigentlich gesagt", meinte der Pfarrer, "er hat dich wohl lieb, liebt dich nach eurem Erlebnis noch mehr." "Aber warum kommt er denn nicht, warum schreibt er nicht?" "Nun, du rechnest vielleicht allzusehr mit den heute in Liebesdingen freieren Ansichten. Wie, wenn der Unbekannte etwas altmodischer ist, mindestens altmodischer erzogen worden ist? Dann ist er jetzt verunsichert, er weiss nicht, ob du ihm nicht das Zusammensein nachträgst, ihn vielleicht als böswilligen Verführer betrachtest." "Unsinn", protestierte Margrit, "Wenn schon verführt, dann ich ihn!" "Das tut nichts zur Sache. Aber es geht um das

26

Kind." Margrit errötete leicht, sagte aber nichts. "Und weil er dich lieb hat, wird er in den Gröppen öfters in deiner Nähe sein. Also gehst du am nächsten schönen Tag zu eurem Badeplatz und wartest. Er wird kommen."

Margrit schien zwar das Rezept allzu einfach, aber ein anderes kannte sie nicht, also probierte sie es aus.

Der Pfarrer bekam recht. Als Margrit am nächsten warmen Sommertag nach dem Baden aus dem Gröppen stieg, trat ein Mann auf sie zu, mit einer eigentümlichen Mischung von Scheu, Unsicherheit und weltmännischem Gebaren. Sie erkannte ihn. Die Scheu wollte auf Margrit übergreifen, dann aber erinnerte sie sich ihrer kühnen Aussage vor dem Pfarrer von Wald, trat auf den Unbekannten zu und küsste ihn. Er erwiderte den Kuss. Aber dann bog er sich leicht zurück. Sie begriff, legte ihm die Hände auf die Schulter, schaute ihn an und sagte: "Ich bekomme ein Kind". An das hatte er nicht gedacht. Margrit sah es ihm an. Er war völlig verunsichert, trat einen Schritt zurück und streifte Margrit mit einem ratlosen Blick. Sie lächelte: "Du siehst natürlich noch nichts, aber es ist schon so." "Bist du mir böse?" "Nein, ich freue mich", sagte Margrit, trat auf den Mann zu und küsste ihn wieder. Zuerst zaghaft, dann heftiger, in plötzlichem Erleben, dass sie nun seine Frau, Mutter seines Kindes sei, gab er ihr seinerseits Kuss auf Kuss. "Du", sagte er, "du". Und dann "Ich liebe dich." Margrit sagte nichts. Es schien ihr als sei alles richtig so. Doch dann erwachte ihr Wirklichkeitssinn. "Wer bist du?", fragte sie. "Ich heisse Gregor Stocker. Ich bin Geologe und streife in meiner Freizeit oft durch die Gröppen, weil ich diese Gegend liebe und..." Gregor zögerte ein wenig, "und ich suche hier ein Erlebnis, das ich einst in den Bergen Persiens gehabt habe, ein mystisches Erlebnis. Man hat mich hierher verwiesen." "Dann bist du also der junge Büscheler?" "Mag sein, dass man mich so nennt, aber ich bin kein Büscheler. Vielleicht möchte ich einer werden. Der Alte in der Zentralbibliothek in Zürich hat mich auf ihn aufmerksam gemacht. Vielleicht ist er ein Wesen, das Gott gefunden hat." Beide schwiegen. Dann sagte Gregor unvermittelt: "Wollen wir heiraten?" Margrit musste ob des Gedankensprunges lachen, meinte aber rasch, als sie merkte, dass er das Lachen auf den Heiratsvorschlag und nicht auf den Gedankensprung bezog. "Heiraten ist nicht das dringendste, wir können unsere Beziehung auch sonstwie regeln. Was ich brauche, ist das Wissen, dass du mich lieb hast und dass du für das Kind Vater bist. Und damit ich nicht davon abhängig bin, ob du auftauchst oder auch nicht" - Gregor warf dazwischen, dass er bestimmt auftauche, - "muss ich wissen, wo ich dich erreichen kann." Gregor, der es nicht ungern sah, dass man ihn für ebenso unfassbar wie einen Büscheler hielt, schluckte ein wenig, überwand sich aber, suchte nach einer Visitenkarte und gab sie Margrit. "Fein, das genügt, ich werde mich an den Herrn Dr. Gregor Stocker halten, hoffentlich mit Einkommen höherer geologischer Schichten", nahm Margrit den Informationston lächelnd auf, nahm aber den verdutzten Gregor unvermutet bei den Ohren, küsste ihn zwei-, dreimal wild und meinte: "Nun, wo finde ich dich, wenn ich dich küssen will, wenn ich dich einfach sehen will?" Diesem Liebesansturm konnte Gregor nicht standhalten. "Dann müssen wir eben doch heiraten", meinte er. Und es war ihm ernst mit der Wiederholung seines Antrages. Die Tatsache, dass er Vater wurde, die intuitive Erfassung seines Bezuges zum Büscheler durch Margrit und wohl auch deren Leib, den er, nur notdürftig bedeckt durch das Badtuch, immer vor sich sah und der ihn lockte und lockte, all das führte dazu, dass Gregor, sonst zurückhaltend, scheu und misstrauisch gegenüber Frauen, kaum mehr etwas anderes wünschte, als mit Margrit verbunden zu sein. Wieder aber hielt Margrit zurück. "Es wär schön, deine Frau zu sein. Aber das braucht Zeit. Wir müssen uns vorher besser kennenlernen", sagte sie etwas altklug. "Ich möchte aber jetzt schon wissen, wo du zu finden bist, wenn du nicht bei deinen Geologen bist." "Nun, ich habe einen Unterschlupf oben auf Guferen." "Auf Guferen? Dort gibt es ja nur drei alte halbzerfallene Schöpfe." "Gab es. Ich habe die Alp gekauft und die Hütten wiederherstellen lassen. Dort wohne ich, wenn ich in den Gröppen bin." "Aha, darum trifft man den jungen Büscheler einmal hier, einmal dort. Von der Guferen aus bist du ja rasch unten beim Kräzerli oder beim Rietbad oder - ", sie lächelte, "beim Auboden." Offensichtlich sprach Margrit gerne vom jungen Büscheler. Anders Gregor. Zwar schmeichelte es ihm, sich "jungen Büscheler" nennen zu hören. Aber ganz tief im Innern fand er es auch ein wenig unheimlich, mit dem Namen jenes Wesens genannt zu werden, das er suchte und das zu finden er sich doch auch fürchtete. "Wie aber gelangtest du denn nach Guferen?" nahm Margrit ihre Fragen wieder auf. "Das ist eine lange Geschichte, und erst noch eine, die ich selbst nicht richtig verstehe".

"Als ich von Persien zurückkam", begann er zu erzählen, "hatte ich den Wunsch, mein unerklärliches mystisches Erlebnis besser zu verstehen. Ich ging in die Zentralbibliothek in Zürich, um mir einschlägige Literatur zu verschaffen. Da stellte ich denn bald fest, dass ich mich auf ein sehr schwieriges Gebiet gewagt hatte. Ein Teil der Bücher ist rein religionswissenschaftlich, und da hatte ich mit meiner geologischen Ausbildung etwas Mühe. Der Rest beinhaltet seichtes Geschwätz und Gefühlsduselei, womit ein nüchterner Naturwissenschaftler nichts anfangen kann. So war ich nahe daran, aufzugeben, als ein uralter Mann, der neben mir im Lesesaal seinen Platz hatte, mich ansprach und sagte, die Götter seien noch da, man müsse sie nur sehen. Diese Bemerkung liess mich nicht mehr los. Ich wollte anderntags um nähere Einzelheiten bitten, aber der Uralte war nicht mehr zu finden." Margrit unterbrach ihn. "Wie hat er denn ausgesehen?" "Das kann ich dir nicht sagen, er sah eigentlich gar nicht aus, er war einfach." Margrit nickte: "Genauso ist mir ein Uralter auch erschienen. Aber nicht in Zürich, sondern in der Stiftsbibliothek St. Gallen. Ich war aus Neugierde einmal hingegangen, und da sass er an einem der alten Lesepulte. Wie ich an ihm vorbeiging, hat er mir gesagt, ich solle nicht vergessen, auf den Fallenkopf zu gehen und nachzuschauen, ob dort die Bläulinge tanzten. Ich wusste nicht, was das bedeuten sollte, bin aber bei nächster Gelegenheit auf den Fallenkopf gestiegen, und da tanzten viele Bläulinge." Nachdenklich schaute Margrit vor sich hin und das Gehörte liess auch Gregor verstummen. Nach einer Weile fuhr er fort: "Der Rat des Uralten liess mir keine Ruhe. Wo aber waren diese Götter, wie konnte man sie schauen? Einiges Nachsinnen führte mich zur Annahme, die Götter müssten am ehesten noch in den Bergen leben, in Gebieten, die noch verschont waren von technischer Zivilisation. Denn eine Aphrodite im Tram, ein Zeus in der Bahnhofhalle oder ein Apoll bei Mc Donald, das war doch zu absurd. Wenn aber die Götter in den Bergen waren, so mussten die Einheimischen am ehesten von ihnen wissen, und dieses Wissen musste sich in deren Sagen und Erzählungen irgendwie niederschlagen. So begann ich mich mit Volkskunde und Sagenliteratur zu beschäftigen. Das Buch des Urner Arztes Eduard Renner gab weiteren Aufschluss. Ich ahnte nun, dass manche Götter vielleicht nur als unfassbare Wesen auftauchten, als ES. Aber ich wollte selbst Erfahrungen machen, beschloss, eine Gegend zu durchstreifen, die noch einigermassen unberührt war. Dann sah ich zufällig in einer Zeitung ein Inserat: <Einsame Hütte im Toggenburg zu verkaufen> und meldete mich. Es waren nicht eine, sondern drei Hütten auf Guferenalp. Die Lage ist wunderbar, mitten zwischen Felsen und einigen Tannen, wie ich es mir geträumt. Ich holte den Calgari, einen Tessiner Maler mit alter Baumeistertradition, den ich aus meiner Geologenarbeit kannte. Er baute mir die bewohnbare oberste Hütte wetterfest aus, machte aus der mittleren einen Schopf und aus der unteren einen Stall. Dort halte ich sogar ein paar Geissen."

Ein Blitz schreckte beide jäh auf, und mit dem Blitz kam der Regen. Zuerst bargen sie sich unter einer Tanne, dann aber meinte Margrit, sie gehe lieber nach Hause, ob er mitkommen wolle. Gregor verneinte: "Es ist wohl besser, wenn du erst mit deinen Eltern sprichst. So mit der Tür ins Haus fallen möchte ich nicht, und dann haben wir ja auch noch nicht fertig gesprochen wegen der Heirat." Margrit nickte. Gregor legte ihr trotz ihres Sträubens seinen Regenmantel um und setzte ihr seinen Allwetterhut auf. Dann verabschiedete er sich. Margrit ging zum Lärchenheimetli.

"Wo hast du denn gesteckt?" war die Begrüssung von Mutter Berta. Dann aber, als sie Hut und Mantel bemerkte, "und was hast du denn hier für einen Mantel und Hut?" Erst wollte Margrit irgend eine Erklärung suchen, dann aber fiel ihr ein, dass dies wohl die beste Gelegenheit wäre, mit ihrer Mutter zu sprechen. So sagte sie denn ohne Umschweife: "Die sind von Gregor." "Von Gregor?" fragte Berta erstaunt. "Ja, von Gregor. Und ich bin auch schwanger!" Dass die Unruhe, die Margrit in den letzten Wochen gezeigt, von einer Liebschaft stammen könnte, hatte Berta geahnt, doch das war etwas zuviel an Neuigkeiten. Berta antwortete vorerst nicht, sie ging zum Herd, machte Feuer, mahlte Kaffee, holte Beckeli*, wie sie in den Alphütten gebräuchlich sind, stellte die Kaffeekanne auf den Tisch. "Bist du sicher, dass du in anderen Umständen bist?" Margrit bejahte und erzählte, dass sie bereits beim Arzt und beim Pfarrer von Wald gewesen sei. Berta, die schon beim Kaffeekochen ihre Fassung wieder gewonnen hatte, fragte weiter, und brachte so bald alles, was ihr wichtig schien, in Erfahrung. Sie lenkte das Gespräch auf die Zukunft und wie diese denn gestaltet werden könne, als Albert aus dem Stall rief, es solle eine der Frauen helfen kommen. Berta ergriff die Gelegenheit, nochmals etwas Zeit zum Überdenken zu gewinnen und auch Albert vorzubereiten. Denn dass er sofort orientiert werden müsse, war selbstverständlich. Es dauerte eine ganze Weile, bis Berta und Albert aus dem Stall zurückkamen, denn Albert molk von Hand, und nach dem Melken musste man noch die Milch in die Gebsen* giessen. Das bot genügend Zeit und Gelegenheit, Albert ins Bild zu setzen. Er war natürlich gar nicht erfreut, doch als später im Haus der Name Gregor

Stocker fiel, unterbrach er seine Frau. "Den kenn ich. Der Senn auf der Pfingstbodenalp hat mir erzählt, einer namens Gregor Stocker hätte die verfallenen Hütten auf der Guferenalp gekauft und wieder herstellen lassen." Hier warf Margrit ein, "Gregor hat mir erzählt, dass ihn die Leute manchmal für den jungen Büscheler halten. Und das ist ja sicher gut, oder, Papa?" Albert nickte. Ein Lärchenbauer konnte nicht gegen einen Büscheler sein. Aber die Büscheler gehörten nicht zu den Menschen, waren Wesen eigenen Gesetzes. Konnten sie in einer Familie leben? Andererseits - und das sprach Albert nicht aus - hatte er immer befürchtet, dass irgendein Fremder ihm mal die Margrit wegholen käme, dass er dann die Höfe verkaufen müsste. So war der künftige Schwiegersohn ja einer, der anscheinend die Gröppen liebte und der Büscheler wurde ihm ja nur nachgesagt, und zudem, wenn Margrit ein Kind erwartete, ging das Ganze wohl doch recht natürlich zu und her. Der Gedanke an den Hof gab den Ausschlag. "Nun, dann bring doch den Gregor Stocker zu uns, ich will mit ihm reden, irgendwie können wir das sicher in Ordnung bringen." "Aber nicht unbedingt mit einer Heirat", stellte Margrit etwas trotzig fest. Albert hätte natürlich eine baldige Heirat gerne gesehen. Aber er sah ein, dass man der Sache Zeit lassen musste, und so schwieg er.

Das Gewitter, das Margrit und Gregor auseinandergetrieben hatte, war nicht eines der rasch wieder vorbeiziehenden Sommergewitter. Es leitete vielmehr eine Reihe von trüben und regnerischen Tagen ein, und erst als schuhtiefer Sommerschnee auf den Höhen gefallen war, besserte sich das Wetter. Margrit hatte beabsichtigt, gleich anderntags zu Gregor zu gehen, ihn zu den ihrigen herunterzuführen und die hängigen Fragen zu regeln. Vor allem aber wollte sie wissen, wie denn Gregor wohne. Aber Albert legte ein Veto ein. Es sei völlig unsinnig, im Nebel durch den Kohlwald aufzusteigen, auf der Kohlwaldalp gebe es keine guten Wege hinüber nach den Guferen, und da könnte selbst ein Ortskundiger in die Irre gehen. Er hätte keine Lust, Margrit in diesem einsamsten Gebiet der Gröppen suchen zu gehen. So musste sich Margrit gedulden.

4

Gregor wäre gerne zu Margrit gegangen. Aber seine Scheu vor neuen Menschen und neuen Kontakten, eine grosse Unsicherheit auch, wie er sich den Eltern Margrits gegenüber benehmen sollte, hielten ihn zurück. Er beschloss daher, alles für einen Besuch Margrits, den er als sicher erwartete, vorzubereiten und ging trotz schlechten Wetters nach Urnäsch, um einzukaufen. Er erstand aufs Geratewohl Fleisch, Käse, Süssigkeiten, Dörrobst, Früchte, Likör, Wein und verpackte alles möglichst regen- und drucksicher, bekam noch eine Plastiktasche mit der Aufschrift <Vogue>, und machte sich auf den Heimweg. Glücklicherweise hatte Gregor in seiner Hütte hinter der Küche einen Raum, der ständig gekühlt wurde durch gedeckt zugeführtes Quellwasser. Dort sortierte er das Mitgebrachte und zog sich mit einer Flasche Weisswein ins Wohnzimmer zurück, wo der Kachelofen eine angenehme Wärme verbreitete. Dann begann er mit der Durchsicht der mitgebrachten Post. Reklamematerial wanderte ungelesen in den Papierkorb, dann kamen die Briefe an die Reihe. Einer war von der Geologengemeinschaft Hinterrhein und enthielt die dringende Bitte, sofort für eine Expertise ins Unterengadin zu reisen, es sollten Zufahrtsstrassen und Baugrund eines stillgelegten Kurhauses untersucht werden, da eine Wiedereröffnung geplant sei. Eine lockende Aufgabe, da vielleicht durch die geologische Expertise ein Bauunfug vermieden werden konnte. Aber jetzt, da Gregor Margrit erwartete!? Ging er nicht, geriet die Geologengemeinschaft in eine schwierige Lage. Ging er, fand Margrit eine verschlossene Türe - und all die Einladungsvorbereitungen! Arbeitslos durfte er auf keinen Fall werden, er brauchte das Geld. Er musste den Auftrag annehmen. Also heftete Gregor eine Mitteilung an die Türe, falls Margrit während seiner Abwesenheit kommen sollte: "Liebste Margrit, Du kennst doch dies:"Du bist mîn, ich bin dîn: des solt dû gewis sîn. Das "slüzzelîn" liegt im Holzschopf, oben rechts auf dem Balken. Nimm bitte dieses <slüzzelîn>, schliesse damit meine Hütte auf und, so hoffe ich, Du wollest "immer darinne sîn". Und damit Dir das "drinne blîben" mehr Spass macht, geh in den Kühlraum gerade hinter der Küche. Dort findest Du alles, was ich für Dich und mich für unser Wiedersehen hier oben eingekauft habe. Bitte schreib mir ein Wort, wann und wo ich Dich am besten erreichen kann. Es herbstelt ja schon, und wir müssen diesen unseren ersten Sommer noch geniessen. In inniger Liebe küsst Dich - Dein Gregor - PS: Nach Guferen kommt keine Post, ich bin postlagernd Urnäsch."

Am nächsten Morgen watete Gregor durch knöcheltiefen Schnee hinunter nach der nächsten Bahnstation, um ins Unterengadin zu fahren. Sobald das Wetter sich gebessert hatte, brach Margrit nach Guferen auf. Albert wollte sie begleiten. Aber Margrit machte ihm begreiflich, dass es einen sonderbaren Eindruck auf Gregor machen würde, wenn sie jetzt gleich mit dem Vater anrückte, und den Weg zur Hütte werde sie wohl finden. Sie packte aber doch für alle Fälle etwas Proviant ein, nahm den Regenschutz und stieg gegen die Kohlwaldalp auf. Schon von Ferne hörte sie Kuhglocken. Die Alp war also noch bestossen.

Sonst liebte es Margrit, unter der grossen Tanne bei der Kohlwaldalphütte zu rasten. Heute aber umging sie die Alpweide, indem sie gegen den Gröppen hinunter hielt, der hier nurmehr ein freundliches Bächlein ist, wenn es auch jetzt infolge der Regenfälle und der Schneeschmelze recht bedrohlich zu rauschen versuchte. Gregor erwartete sie wohl, und sie freute sich darauf, ihn zu überraschen. Wie sie sich neugierig näherte, schien die Guferen verlassen. Das Geissengehege war leer, und keinerlei Rauchspur lag über der Alp. Margrit wurde unsicher und beschleunigte ihren Schritt, stiess zuerst auf den Stall. Keine Spur von Geissen. Man sah zwar, dass sie vor kurzem hier gewesen waren, aber seit ein, zwei Nächten nicht mehr, sonst wären die Geissbölleli nicht so eingetrocknet gewesen. Der Holzschopf war geschlossen, die Türe aber konnte geöffnet werden. Margrit schaute hinein. Hier war offensichtlich vor kurzem noch Holz gespaltet worden, frische Scheiter lagen beim Scheiterstock. Aber kein Gregor. Längst hatte Margrit die Idee einer Überraschung aufgegeben. Wenn er nur hier wäre! Die Wohnhütte war jedoch verschlossen, Gregor nicht da. Dann entdeckte Margrit den Brief, zögerte aber, ihn zu öffnen. War Gregor verschwunden und hinterliess ihr eine Erklärung? Fast fühlte sich Margrit versucht, den Brief ungeöffnet wegzuwerfen. Dann siegte ihre Neugier. Es konnte ja auch etwas anderes sein. Und wie sie ihn öffnete und las, entspannten sich ihre Züge, fast begann sie sich ein wenig zu schämen, dass sie so rasch Böses gedacht. Sie eilte zum Holzschopf, suchte das slüzzelîn und trat in Gregors Behausung, zuerst eher zaghaft, dann aber überwand sie ihre Scheu, holte aus dem Kühlraum einen Krug Geissmilch und einige Süssigkeiten und begann ein gemütliches Mal. Den Alkoholvorrat allerdings liess sie unberührt;

man merkte, Gregor wusste um Schwangerschaften nicht allzugut Bescheid. Plötzlich erschrak Margrit. Aus dem Nebenzimmer, das sie noch nicht betreten hatte und auch nicht betreten wollte, da Gregor davon nichts geschrieben hatte, ertönte ein lautes Geräusch. Margrit lauschte. Und dann: ein recht deutliches, aufbegehrend-klägliches Miauen. Margrit öffnete, und heraus schoss ein mächtiger schwarzer Kater, rieb sich an ihren Beinen und verlangte gebieterisch Geissmilch. Kaum hatte er genug geläppelt, drängte er ins Freie und nachdem Margrit ihm die Tür geöffnet, verschwand er Richtung Holzschopf, vermutlich zur Mäusekontrolle. Margrit musste lächeln. Gregors Wunsch, Büscheler zu werden, erstreckte sich offenbar auch auf die Farbe des Katers. Ob es auch Raben gab? Sie trat vor die Türe, um sich zu vergewissern. Auf der hohen Wettertanne, die nahe beim Waldsaum stand, erhob sich krächzend ein Rabenpaar, vertraut und unvertraut, erinnerte es doch an jenes auf der alten Tanne beim Lärchenheimetli. War der Büscheler in der Nähe? Margrit überwand das unheimlich-heimliche Gefühl, das sie bei diesem Gedanken überkam und ging in die Küche zurück. Gelockt hätte es sie jetzt, die anderen Räume zu betreten. Aber sie hielt sich zurück. Bevor sie wegging, wollte sie jedoch eine Notiz hinterlassen. So setzte sie sich an den Küchentisch, fand mit einiger Mühe etwas Papier, einen Bleistift hatte sie in ihrem Rucksack, und so schrieb sie:

"Liebster, da sitz ich nun in Deiner Küche, ein wenig enttäuscht, denn ich hatte mich so sehr gefreut, Dich zu treffen. Aber Du hast völlig recht gehabt, den Auftrag anzunehmen. Dein schwarzer Kater hat mich statt Deiner begrüsst. Schreib mir, wenn Du wiederkommst oder, noch besser, kehre über die Gröppen zurück und schau bei uns vorbei. Meine Eltern sind von allem unterrichtet und möchten Dich gerne kennenlernen. Ich freue mich riesig auf Deinen Besuch, in inniger Liebe und mit innigem Kuss - Margrit"

Margrit legte den Brief auf den Tisch, schaute nach, ob sich der schwarze Kater wieder eingeschlichen hatte, schloss die Türe und legte den Schlüssel zurück, rechts auf den Balken im Holzschopf. Aber sie mochte noch nicht nach Hause gehen. Wenn sie den Weg übers Kohlloch nahm, konnte sie in einer Stunde beim Lärchenheimetli sein, da blieb genügend Zeit. Sie legte sich unter die grosse Wettertanne am Waldrand, freute sich am starken Spätsommerduft der Tannennadeln und liess sich von der Sonne durchwärmen. Das Kind sollte viel, viel Sonne haben. Margrit schauderte beim Gedanken, dass sie noch letztes

Jahr den Winter weitgehend sonnenlos hatte verbringen müssen. Doch wie würde es jetzt sein? Die Hütte von Gregor war schön gelegen hier ob dem Guferenwald. Aber im Winter, von anfangs Oktober bis anfangs Mai, könnte man unmöglich hier leben, zu viel Schnee, zu riskante Abstiege. Und alle Zugänge führten durch Wälder, die nicht für Skis geeignet waren. Besass Gregor wohl eine Wohnung im Tiefland? Er hatte nicht davon gesprochen, und da er ja seine Aufträge an recht unterschiedlichen Orten ausführte, nützte ihm eine Wohnung auch nicht allzuviel. Aber wollte, sollte sie überhaupt mit Gregor zusammenwohnen? War sein Weg zum Büscheler ein Weg, den man zu zweit gehen könnte? Wollten sie überhaupt eine gegenseitige Abhängigkeit? Sie liebte Gregor, obwohl sie ihn erst kurze Zeit kannte, aber sie wollte sich selbst bleiben, nicht in den Schatten seiner Persönlichkeit geraten. Es musste eine Beziehung geschaffen werden, die beiden gerecht wurde. Also musste sie wirtschaftlich von Gregor unabhängig bleiben, mochte er auch für das Kind aufkommen. Feste Pläne zu machen schien ihr aber verfrüht. Sie musste eine Stelle suchen, die ihr Zeit für das Kind liess, nicht allzu weit weg von den Gröppen, denn dass das Kind zum guten Teil bei den Grosseltern sein würde, das nahm Margrit an. Sie erhob sich und machte sich auf den Heimweg, wobei sie den Umweg über den Fallenkopf nahm. Die Bläulinge tanzten wie noch nie.

Am nächsten Sonntag gegen zehn Uhr verkündete das wilde Gebell des Bläss einen unbekannten Besucher. Margrit eilte hinaus und stiess beinahe mit Gregor zusammen. Sie umarmte ihn und führte ihn in die Stube. Da das Wetter nicht besonders günstig war - einige Nebelschwaden hingen über dem Fallenkopf - waren Berta und Albert zu Hause. Margrit überbrückte die leicht heikle Situation des Vorstellens geschickt, indem sie sagte: "Mama, Papa, das ist Gregor Stocker, der mir Mantel und Hut geliehen hat. Er möchte den Regenschutz holen und euch kennenlernen." Händeschütteln. Albert fragte, wie Gregor auf Guferen zurecht komme. Gregor erzählte, wie er die Hütten instand gestellt und wieweit er umgebaut habe. Die beiden Männer kamen sich im Gespräch über den Hüttenbau langsam näher. Mutter Berta hatte anfangs interessiert zugehört, mit der Zeit aber fand sie, nun sei des Männergeredes genug, die Hauptsache, wegen der Gregor hier sei, sei schlussendlich nicht der Hüttenbau, sondern Margrit und das werdende Kind. So unterbrach sie recht unvermittelt: "Nun, glauben Sie, dass Margrit dort bei Ihnen wohnen und ein Kind aufziehen kann?" Gregor antwortete, die Guferenhütte sei nur im Sommer bewohnbar, er habe ein Zweizimmerstudio in Thusis... Margrit unterbrach: "Dass ich zu Gregor ziehe, steht nicht zur Diskussion. Wenn wir einmal zusammen wohnen wollen, werden wir schon etwas Passendes finden", fuhr sie mildernd fort, als sie fühlte, dass sie mit ihrer schroffen Antwort ihre Mutter allzusehr verwirrt hatte und dass es auch Gregor etwas befremdete, dass sie gar nicht zu ihm ziehen wollte. Im übrigen finde sie, dass Gregor nun zur Familie gehöre. Das müsse gefeiert werden, sie schlage vor, dass man bei dieser Gelegenheit von Papas Wacholderschnaps trinke und Duzis mache. Sie allerdings werde keinen Alkohol trinken, Gregor selbst sei schuld, wenn sie nun einige Monate "trocken" bleiben müsse. Margrits Vorschlag wurde ohne weitere Worte angenommen. Albert und Gregor fanden nach dem dritten und vierten Wacholderschnaps immer mehr Gefallen aneinander, sogar das Wort "Büscheler" tauchte etwa in ihren Gesprächen auf, während Margrit von Berta in die Küche aufgeboten wurde. Etwas Besonderes musste doch aufgetischt werden. Gamspfeffer von einer Gemse, die Albert dem Hans Walser abgekauft hatte, war im Speisekämmerchen vorrätig. Zutaten aus Gedörrtem und frisches Gewürz gabs ebenfalls, und so kam es auf dem Lärchenhof zu einem gemütlichen Zusammensein. Beim Kaffee verschwand aber Margrit plötzlich, kehrte nach ein paar Minuten in Bergkleidern zurück und sagte: "Das Wetter ist etwas besser geworden, ich möchte Gregor zurückbegleiten in seine Hütte." Gregor stimmte natürlich zu, und Albert und Berta blieb nicht viel anderes übrig, als ebenfalls ihr Einverständnis zu geben, natürlich nicht ohne Ermahnung, Margrit möchte doch vor Einbruch der Dunkelheit zurück sein. Worauf Margrit nur etwas rätselhaft antwortete: "Mit dem jungen Büscheler werde ich ja kaum Gefahr laufen, und der alte ist ja auch in den Gröppen."

Damit verabschiedeten sich die beiden von den Eltern und zogen gegen die Guferenalp. Zuerst herrschte Schweigen. Margrit brach es, als Gregor über die Aubodenbrücke gehen wollte. "Nein, nicht den Kohlwald hinauf, bitte, ich möchte über das Kohlloch und den Fallenkopf zu deiner Hütte." Gregor verstand und lenkte den Schritt Richtung Waldtobel. Im Kohlloch hielt Margrit an. Es war ziemlich warm geworden, und es lockte sie, ins erfrischende Nass des Gröppen zu tauchen, wie sie hier öfters tat, wenn sie alleine war. Nach kurzer Scheu sagte sie zu Gregor, sie möchte sich etwas abkühlen, zog sich aus und plantschte ein wenig im Bach. Gregor fand das Aus- und Anziehen zu mühsam. So schaute er zu und freute sich am Spiel von Wasser und Sonne um Margrits Leib.

Dann stiegen sie steil an zum Fallenkopf. Eine leise Enttäuschung machte sich breit, als sie oben anlangten: es flatterten keine Falter. Bald aber kamen die Bläulinge, zuerst nur zwei, drei, dann immer mehr, und nicht nur Bläulinge, auch andere Sommervögel mischten sich darunter, setzten sich den beiden auf Arme und Beine, auf den Hals, und einer sogar auf die Lippen Margrits. Sie kamen erst gegen sechs Uhr in der Guferen an. Die beiden Geissen standen schon im Stall und meckerten empört, dass Gregor sie erneut so lange allein gelassen. "Wo hast du Melkstuhl und Melkfett?", fragte Margrit. Nachdem ihr Gregor das Gewünschte geholt hatte, setzte sie sich neben die braune Geiss und begann zu melken. Aber die Milch wollte nicht so recht kommen, sodass Margrit Gregor fragte, ob er knödle, streiche oder gewöhnlich melke. Auf die Auskunft, dass er etwa streiche, melkte Margrit auf diese Art weiter, erhielt aber kein besseres Ergebnis. Gregor tröstete sie: "Ich bekomme auch nicht mehr als einen halben Liter von der Lili, das ist halt so." "Aber die andere, die Weisse?" "Die Angelika ist besser, oft bis anderthalb Liter." Angelika war erst etwas störrisch und versuchte in eleganter Attacke, den Milchkessel wegzuschleudern. Aber Margrit liess sich nicht beirren und molk sogar mehr heraus als Gregor gesagt hatte.

Während Gregor das Feuer im Herd anzündete, schaute Margrit im Kühlraum nach, was noch etwa vorhanden wäre vom ersten Besuch her. Da Gregor am Vortag erst spät abends gekommen und Sonntagmorgen früh zum Lärchenheimetli hinuntergestiegen war, fand sie noch reichlich Vorräte, und es gab ein gemütliches Nachtessen in der Hüttenküche. Gregor musste viel erzählen von all dem, war er im Beruf und auf der Guferen machte. Es begann zu dunkeln. Gregor wurde unruhig. Sollte er Margrit daran erinnern, dass sie nun aufbrechen müsste, oder sollte er schweigen und hoffen, sie bleibe bei ihm? Margrit spürte seine Unsicherheit, liess ihn ein wenig zappeln und sagte dann unvermittelt, wie es ihre Art war: "Nun möchte ich aber deine anderen Zimmer anschauen. Ich muss doch wissen, ob Platz für mich ist." Gregor nahm eine dicke Kerze, Margrit gab er auch eine, und der schwarze Kater machte sich, in richtiger Berechnung der Lage, bereit, mitzugehen. Die Stube, wie Gregor es nannte - und es war tatsächlich eine Stube - war viel gemütlicher, als sich Margrit vorgestellt hatte, ausser dass noch ein Duft daran erinnerte, dass der schwarze Kater eingesperrt gewesen war. "Da fehlt noch eine Couch", meinte Margrit sachlich und fuhr weiter: "dann rücken wir halt diesmal ein wenig zusammen, allzuwarm ist es ja nicht mehr." "Nun, ich heize auf alle Fälle", nahm Gregor den nüchternen Ton auf, "aber es dauert etwa drei Stunden, bis der Tavetscher* warm ist." "Macht nichts, dann musst eben du solange Ofen sein", lachte Margrit und umarmte Gregor. "Und deine Eltern?", wagte Gregor schüchtern zu bemerken. "Papa und Mama werden schon verstehen, und übrigens, was sollen sie Angst haben, wenn ich bei dir bin?" Während Gregor Holz nachlegen ging, schaute sich Margrit in der Stube um. Über dem Schreibtisch, der in einer Ecke stand und somit an zwei Wandflächen angrenzte, hingen zwei Frauenbildnisse. Das eine stellte eine archaische, mit harten Strichen gezeichnete Frau dar, umgeben von ornamental angeordneten Tieren. Das andere kam ihr bekannt vor, es war die Abbildung einer Artemisstatue.

Gregor trat wieder hinzu: "Diese Göttin - es ist auf beiden Bildern dieselbe - hat es mir seit langem angetan. Sie hat viele Namen. Am besten passt nach meiner Ansicht der Titel, den man ihr in Griechenland gegeben hat: Herrin der Tiere." "Da fühlt sie sich wahrscheinlich wohl hier auf Guferen, bei all den Gemsen und Füchsen und Raben. Aber warum hast du kein Bild eines Herrn der Tiere?" "Vielleicht, weil ich mir eher eine weibliche Gottheit herbeiwünsche..." "Und ich also eine männliche. Aber die ist ja hier. Der Büscheler!"

Eine verlegene Stille trat ein. Man durfte von alten Wesen nicht so sprechen, als ob sie anwesend wären. Margrit fasste sich rasch wieder, versuchte abzulenken: "Aber deiner Herrin der Tiere bist du noch nie begegnet hier in den Gröppen?" "Nein, ich habe auch nie etwas darüber erzählen hören. Aber im Bündnerland soll es Fänggenweibchen* geben." Margrit schüttelte den Kopf, dachte nach, rief dann plötzlich: "Ich hab's! Das Wurzelweibchen! Beim Wurzelweibchen waren viele, viele Tiere."

Gregor schaute Margrit fragend an, und sie erinnerte sich, dass sie ihm noch nicht vom Wurzelweibchen erzählt und von der seltsamen Wanderung, die sie zusammen mit der alten Mettlerin unternommen. Sie holte dies nach. Gregor hörte erstaunt zu. Wiederum ein Erlebnis, das offensichtlich real gewesen, wie sein Gespräch mit dem Uralten und Margrits Begegnung mit ihm, was aber wiederum so gar nicht zusammenpasste mit seiner naturwissenschaftlichen Welt. So schwieg er, als Margrit geendet hatte. Margrit erriet: "Vielleicht meinst du, ich sei auch ein solches Wesen, das nicht zu deiner Wirklichkeit passt? Schau, ich bin real, wirklich!" Sie umarmte ihn kräftig und liess ihn erst wieder los, als er ihr feierlich erklärt hatte, dass sie für ihn wirklich sei, und dass er sie wirklich liebe. Nach einer Weile erhob sich Gregor, um nach dem Ofen zu schauen und ging in die Küche. Als er wieder zurückkam, war Margrit tief unter der Couchdecke verschwunden. Nur eine leise Bewegung kündete an, dass sie ihn erwartete...

In der nächsten Zeit sahen sich Gregor und Margrit nur wenig . Er hatte viel Arbeit zu erledigen und sie half in Haus und Hof. Wie nicht selten, war dann das Wetter im November ziemlich warm, wenigstens oben in den Bergen, während das Mittelland unter einer dicken Nebeldecke lag und fror. Gregor hatte für diese Zeit vierzehn Tage Ferien eingeplant. Er wollte vor Kälteeinbruch nochmals auf Guferen gehen, wollte einwintern und nochmals Stille, Sonne, Berge geniessen. Auch Margrit drängte es nach Guferen. Das Zusammenleben mit den Eltern war nicht immer einfach. Margrit hatte sich in den Jahren am Seminar und nachher angewöhnt, ihr Leben weitgehend selbst zu gestalten. Es bedrückte sie, wieder eng in der Familie eingespannt zu sein. Zudem lastete stets die stille Frage nach ihrer Verbindung mit Gregor. Die Eltern wollten als angesehene Bauern mit ihrer Tochter Staat machen können, wie es bisher immer der Fall gewesen war. Schon wurde etwa Berta gefragt, warum denn Margrit keine Stelle annehme, warum sie keine bekomme, und oft kamen auch anzüglichere Bemerkungen.

Niemand war mehr oben auf den Alpen, die Hütten verschlossen. Es lag eine tiefe Stille über der Landschaft, die gleichzeitig Müdigkeit und Hinüberträumen ist. Unten in der Schlucht und in Felswinkeln, in welche die schrägen Sonnenstrahlen nicht mehr einzudringen vermochten, hielt sich ein früher Schnee. Die harten Fröste, die jede Nacht das Wasser des Brunnentroges zentimeterdick gefrieren machten, hinderten Blumen und Bäume, die Wärme der Tage als Frühling zu erleben. Lange, immer vergilbtere Gräser legten sich, wo die Kühe und Geissen nicht völlig abgeweidet hatten, über den Boden, und unter den Lärchen wuchs der gelbliche Teppich der Lärchennadeln. Auch die Wasser störten die Ruhe nicht, denn die Bäume hielten, was etwa noch an Feuchtigkeit in der Erde war, für sich zurück. Auch hatten die Oktoberregen und Schneefälle nicht so viel Wasser gebracht, dass es nun unvermindert hätte sprudeln können. Margrit und Gregor waren glücklich. Glücklich in jenem intensiven Glück, das weiss, dass es begrenzt ist, das weiss, dass der Winter kommen wird, und dass es so tief, so eingeglüht sein muss, dass es den Winter überdauert. Beide hatten sich vorgenommen, zu planen, Zukunft vorzudenken. Aber die Fülle der Gegenwart war zu gross. Zurück in die Vergangenheit freilich gingen sie etwa, zurück zum Büscheler, zum Wurzelweibchen, oft in ahnendem Zurücktasten in sich selbst oder im andern. Dabei hatte der bedeutend ältere Gregor keineswegs die Führung. Es war Margrit, die sich, vielleicht vom Wurzelweibchen her, noch tieferen Seinsschichten bewusst war, während Gregor eher Wissensdaten zur Deutung beisteuerte.

Am zweiten Tag zog Margrit eine Kleidung an, die sie sich während der Oktoberregen geschneidert hatte. Starke, feste Berghosen mit erweiterungsfähigem Bund, dazu eine Bluse, die nach Amazonenart geschnitten war und die rechte Brust frei liess. "Wir gehen heute zum Wurzelweibchen", meinte sie zu Gregor, als er sie erstaunt betrachtete. Am späten Vormittag, als die Sonne die Alp durchwärmt zu haben schien, brachen sie auf. Aber schon der Guferenwald erwies sich als abweisend. Die ganze Kühle des Oktoberschnees und der Nachtfröste hatte sich in ihn verkrochen, sodass Margrit nicht nur froh war, dass ihre Bluse einen zweiten Teil zur Bedeckung der freien Brust hatte, sondern sich auch einen Pullover überstülpte. Als sie auf die Kohlwaldalp hinaustraten, flohen drei Hirsche in den Kohlwald hinein, gerade dorthin, wo Margrit glaubte, das Hüttchen des Wurzelweibchens suchen zu müssen. Aber der Wegweiser war trügerisch. Wohl schreckten sie einige Raben auf, die krächzend davonflogen, aber sie flogen hinüber auf die Hochalp. Nach einer Weile mühsamen Herumkletterns im Wald beschlossen beide einhellig, den Versuch aufzugeben, zumal Margrit sich wegen der Schwangerschaft nicht allzuviel zumuten durfte. Fast wollte ein wenig Missmut aufkommen. Doch als sie aus dem Wald getreten waren und sich unter einer Wettertanne wieder erwärmten, kniete Gregor plötzlich zu Margrit, öffnete ihr Kleid, schob die Hülle von ihrer Brust und legte seine Hand darauf. "Wie dumm wir waren, wir suchen im Kohlwald, was bei uns ist, Du." Margrit erschrak ein wenig. "Dies darfst du wohl nicht sagen, es ziemt sich nicht." "Ich meine auch nicht, dass du die Herrin der Tiere bist. Aber sie ist in dir und wohl auch in den Hirschen, die geflohen sind - und im Eichhörnchen, das da frech Zweiglein herunterwirft." Ein frisch abgenagtes Tannenzweiglein war auf Margrits Brust gefallen. "Küss es weg", lachte Margrit.

Am siebenten Ferientag kam Hans Walser, der alte Jäger. Er schien sich gar nicht zu verwundern über die Anwesenheit Margrits, setzte sich zu ihnen und meinte, nachdem er einen kleinen Schluck Kaffee und einen grossen Schluck Wacholderschnaps getrunken: "Soo, wönders wieder probiere?" Beide schauten erstaunt, fragend auf den Alten. Walser zögerte ein wenig und fuhr dann fort: "Die Nana* von meiner Nana hat gesagt, sie habe von ihrer Nana gehört, dass immer wieder einmal ein junger Büscheler und eine junge Büschelin hier oben wären. Es sei nie gut gegangen. Die letzte Büschelin hätten sie verfolgt und gesagt, sie sei eine Hexe. Sie habe sich in den Kohlwald zurückgezogen, dort hätten sie sie nicht erwischt. Der junge Büscheler soll ins Bündnerland geflüchtet sein." Walser hielt inne und zog an seiner Pfeife. "Glücklicherweise sind wir über die Zeit der Hexenverfolgungen hinweg", warf Gregor ein. "Zwar bin ich oft im Bündnerland, wenn ich nicht hier oben sein kann, das wenigstens trifft zu." "Dann bleibt die Hexe auf mir sitzen", schmunzelte Margrit, "was ich gerne annehme. Die alte Mettlerin hat mir auch von dem erzählt, was du da sagst, Hans, aber sie hat auch gewusst, dass das keine Hexe war, sondern eine weise Frau. Sie konnte mit den Kräutern gut umgehen und hat vielen Leuten geholfen." "Gerade darum ist sie ja verfolgt worden", murmelte Walser, "und würde sie auch heute verfolgt." Margrit kam ein Gedanke. Sie eilte in die Hütte und holte das Bild der Herrin der Tiere und zeigte es Walser. "Glaubst du, dass die Büschelin so ausgesehen hat?" Walser warf einen Blick auf das Bild und meinte: "Ich kenne dieses Bild, Gregor hat es über seinem Schreibtisch. Man sollte es nicht herausholen. Sie hat das nicht gern!" Gregor erinnerte daran, dass es von der Herrin der Tiere immer geheissen habe, dass sie im Verborgenen sei. Doch Walser gab keine Antwort. Vermutlich wollte er nicht reden, weil es nicht richtig war und man besser schwieg, sowieso hier oben mitten im Gebiet des Büschelers. Trotzdem blieb Walser sitzen, trank nochmals einen Schnaps mit Kaffee und noch einen. Offenbar hatte er noch etwas mitzuteilen. Und richtig. Er begann an seinem Rucksack zu nesteln und brachte eine Schachtel zum Vorschein, die er Margrit übergab. Margrit öffnete die Schachtel und war erstaunt und beglückt, als ein Wurzelmännchen zum Vorschein kam. "Ein Alräunchen", rief sie aus. Walser schwieg missbilligend. Margrit hätte wissen müssen, dass man solche Dinge nicht benannte. Doch dann erhellte sich seine Miene wieder und er sagte: "Die Nana von meiner Nana hat dies im Kohlwald gefunden und gesagt, man solle es einer Büschelin geben, wenn es

41

sie wieder gäbe und wenn sie" - hier zögerte er leicht - "guter Hoffnung sei". Margrit stand auf, trat zu Walser hin, küsste ihn auf beide Wangen und sagte einfach: "Ich erwarte ein Kind." Walser, zuerst völlig verdutzt über die in den Bergen so ganz unüblichen Küsse, sagte einfach: "Dann ist es richtig." Er drückte Margrit die Hand. Gregor hatte die Szene erstaunt beobachtet. Er hatte wohl mal etwas von Alräunchen gehört, aber nie eines gesehen. Schon wollte er die Hand ausstrecken, um es näher zu betrachten, als Margrit es an sich nahm, ihm ein Zeichen gab und das Wurzelmännchen wieder sorgsam in seine Schachtel packte. Walser hatte dies beobachtet: "Ich sehe, du weisst, was es will", meinte er und setzte sich, um wieder einen grossen Schluck zu nehmen. Es war nicht leicht, ein Alräunchen, das seit Generationen in der Familie war, weggeben zu müssen, nur weil eine Urahnin es so bestimmt hatte. Aber ein Zuwiderhandeln kam nicht in Frage. Man musste dem Alräunchen den Willen lassen, das wusste er. So konnte er nur hoffen, dass das Alräunchen mit Margrit weiter in der Gröppen blieb und ihn beschirmte, ihn und die Seinen und die Tiere. Ein Weilchen sassen die drei schweigend nebeneinander. Dann machte sich Walser erneut an seinem Rucksack zu schaffen, zog nochmals ein Paket heraus und reichte es, diesmal, Gregor. "Ich war letzthin in Wald, da hat mich der Pfarrer gesehen und zu sich hereingerufen und mich gefragt, ob ich nächstens wieder einmal auf die Guferen gehe. Woher er das gewusst hat, weiss ich nicht. Er hat mir dann gesagt, ich solle doch für dich etwas zum Lesen mitnehmen und hat dann rasch etwas in diesen Karton verpackt. Gut, dass das Paket im Rucksack war, sonst wäre das Zeug auseinandergefallen", bemerkte Walser missbilligend, als er sah, dass ein Buch schon halb herausgeglitten war. Gregor dankte, gab Walser eine Schachtel Stumpen, die er für ihn gekauft hatte. Dann verabschiedete sich der alte Jäger. Auf Guferen war es diesen Abend noch ruhiger als sonst. Margrit hatte das obere Kästchen des Eckschränkleins ausgeräumt und richtete es für das Alräunchen ein. Erinnerungen an alte Puppenspiele verschmolzen dabei mit Vorahnungen auf das Kind. Aber war das Stücklein Wurzelwerk nicht ein Fetisch, Magie, Aberglauben? Sollte sie als Lehrerin mit moderner Seminarausbildung nicht über solch alten Gebräuchen stehen? War das vereinbar mit dem gesunden Menschenverstand, über den sie normalerweise verfügte? Und doch. Hans Walser hatte dem Geschenk grosse Bedeutung beigemessen, man hatte auch gespürt, wie schwer er sich von dem Alräunchen trennte. Plötzlich begriff Margrit: Indem sie das Zeichen angenommen hatte, war sie zurückgeführt worden in den Kreis derer, die von Wurzelmännchen und Wurzelweibchen wussten. Darum wollte Walser sicher gehen, ob sie schwanger sei. Gebären und Sterben waren Grundbedingung des Lebens. Margrit schloss das Kästchen ab, holte Hammer und Nagel, schlug einen Nagel neben dem Bild der Herrin der Tiere ein und hängte den Schlüssel dort auf.

Gregor schaute zu. Er begriff nicht. War Margrit etwa abergläubisch? War sie solch alten Bräuchen und Vorstellungen verfallen? Konnte sich das geistige Streben, das er bei Margrit bemerkt zu haben glaubte, mit solch krudem Aberglauben verbinden? Margrit spürte seine Verwunderung, trat auf Gregor zu und küsste ihn. "Du musst mir das Alräunchen schon lassen, Liebster", meinte sie, "Es ist mit ihm nicht so, wie du glaubst, es ist für mich Vermächtnis und Verpflichtung." Gregor antwortete nicht, für den Arztsohn und Geologen war das eine zu fremde Welt. Aber er wusste nun, und Margrit wusste es; er war kein Büscheler.

Beim Morgenessen fragte Margrit Gregor, wo er denn auf Hans Walser gestossen sei. "Nicht ich auf ihn, er ist auf mich gestossen. Als ich nach dem Kauf der Guferen hierher kam, um die Umbauten abzuklären, fand ich, dass die Wohnhütte anscheinend benutzt wurde. Es gab frische Scheiter, in der Tischschublade war Besteck und als ich das Küchenschränklein öffnete, war darin ein Topf Bienenhonig und einige Weinflaschen. Ich machte mir eben Gedanken über diese Entdeckung, als jemand von der Türe her rief. "Was suchen sie hier?" und drohend auf mich zukam. Es war Hans Walser. Ich antwortete, ich hätte die Hütten gekauft und mache Inventar. Noch während ich sprach, wurde mir der Zusammenhang klar. Offenbar hatte Walser hier einen Stützpunkt für seine Schweifereien in den Gröppen, briet hier wohl auch etwa eine Gemse, oder ein Rehböcklein, das seinen Weg ungeschickterweise gekreuzt hatte. So fragte ich denn, ob die Sachen ihm gehörten. Er zögerte ein wenig, meinte aber dann, dem sei so. Darauf stellte ich mich vor, fragte nach seinem Namen und lud ihn zu einem Schluck Wein ein. Aus dem Schluck wurden mehrere, er taute langsam auf, und als ich ihm dann sagte, er könne weiter die Hütten als Unterschlupf benützen, war unsere Freundschaft besiegelt. Und ich muss sagen, er hat das nie ausgenützt. Er ist selten aufgetaucht, wenn ich hier war, hat dafür jeweils zum rechten geschaut, wenn ich weg war, auch während des Winters ist er anscheinend etwa heraufgekommen. Und, um es zu gestehen, ich kam so hie und da zu einem guten Braten." "Ich bin froh, dass du mit Hans Walser gut auskommst. Seine Familie stammt aus dem Bündnerland, und es sind Jenische. Jedenfalls sind die Walsers hier nie ganz aufgenommen worden, obschon sie schon seit Menschengedenken ihr Heimetli im Charpf haben. Den Hans selbst haben die Leute gern, aber sie haben auch Scheu vor ihm, denn es heisst, er wisse mehr als andere." "Das scheint ja auch zu stimmen, nachdem, was er hier gestern geboten hat", warf Gregor ein. Margrit überhörte geflissentlich die leichte Gereiztheit, die in Gregors Äusserung mitschwang und fuhr fort: "Mein Vater schätzt Hans sehr, und hat bei der Alpauslosung immer nach Kräften geschaut, dass Hans eine Alp erhielt, weil er wusste, dass keiner besser mit dem Vieh umzugehen verstand. Aber natürlich hast du recht, er wildert auch, und ich habe schon manchen ähnlichen Braten gegessen wie du. Ich glaube zwar, Hans wildert nicht im üblichen Sinn, er schiesst kein Tier, ohne dass er dies überlegt. Ein guter Heger muss auch ein guter Jäger sein, hat mein Vater jeweils gesagt, wenn etwas von Hans auf den Tisch kam. Aber das Gesetz nennt dies natürlich Wildern." "Also ein alter Zauberer, ein Erbe der alten Höhlenmaler!" Margrit spürte, dass wegen Hans Walser und wegen des Alräunchens Spannungen entstanden waren und lenkte ab: "Die Sonne wärmt schon tüchtig. Gehen wir hinaus, noch einmal!" Am Abend reiste Gregor ab ins Engadin.

44

Macsur

1

Niemand weiss, wie alt der alte Noeck ist. Es ist auch nicht sicher, ob er es selbst weiss. Denn Schwellenwesen, die zwischen den Welten wohnen, haben ihre eigene Zeit, wenn man bei ihnen überhaupt von Zeit sprechen darf. Sicher jedoch ist, dass der alte Noeck schon lange da ist, und es heisst, er sei sogar schon dagewesen, als die Granitrücken, die das Hochmoor umgrenzen, langsam aus dem Eis der Vergletscherung auftauchten. Mächtige Bergstürze haben über die Alp Felsbrokken verstreut, deren feinziseliertes Schrattengefüge mit den ruhigen, gemütlichen Granitrücken kontrastiert. Unter den Bergsturzfelsen sind kleinere und grössere Hohlräume, in denen mancherlei Wesen Unterschlupf finden.

Ob der alte Noeck im Winter in einer solchen Höhlung schläft, weiss man nicht, doch ist dies anzunehmen, denn es ist ja nicht wahrscheinlich, dass er allein wach bleibt, wenn fast alle andern Wesen ihren langen Winterschlaf halten.

Im Sommer sitzt der alte Noeck jeweils tagsüber bei einem alten Wurzelstock, daneben oder darin, und es ist bis anhin nicht sicher auszumachen gewesen, ob er wirklich zugegen gewesen ist oder ob der Wurzelstock seine Anwesenheit nur vorgetäuscht hat.

Hirsche, Gemsen, Rehe und Füchse hüten sich, dieser Stelle im Wald nahe zu kommen.

Einmal trieb jedoch ein unerfahrener Hirt aus dem Unterland die Kälber geradewegs über den Wurzelstock. Ob dabei eines den alten Noeck getreten hat, ist nicht sicher. Sicher aber ist, dass der alte Noeck böse wurde und die Kälber alle in die weichsten und tiefsten Stellen des Hochmoores trieb, wo sie jämmerlich bis zum Bauch einsanken und nur mit grösster Mühe wieder herausgezogen werden konnten.

Aber es wäre falsch, aus dieser Geschichte schliessen zu wollen, dass der alte Noeck bösartig ist. Mitnichten, wenn man seine von alters her anerkannte Stellung auf der Alp nicht gefährdet, ist er ein liebenswürdiger Geselle, wenn auch mal zu Schabernack geneigt.

Hans Walser, der es ja wissen muss, behauptet auch, der Noeck helfe den Tieren. Nicht einem Tier gegen das andere - das wäre gegen die Ordnung - sondern den Tieren gegen die Menschen. So sei es der alte Noeck, der die Tiere jeweils vor Jagdbeginn warne. Er habe auch einmal eine Gemse gerettet, die er, Walser, mit aller Sicherheit getroffen habe. Die Gemse sei ihm drei Tage später wieder völlig munter begegnet. Eine Täuschung könne nicht vorliegen, denn sie habe ein verkürztes Krickel gehabt. Darum habe er auf dieses Tier nicht mehr geschossen und den andern Jägern gesagt, es stehe unter Schutz. Noch lange sah man die Gemse mit verkürztem Horn fast ohne Scheu nahe den Wegen äsen.

Es heisst, dass der alte Noeck bei sonnigem Wetter jeweils auf dem breiten Granitrücken, der das Hochmoor gegen das Tal hin begrenzt, ein Sonnenbad nehme. Dass er gerne die Wärme geniesst, trifft sicher zu, aber bräunen lassen tut er sich bestimmt nicht, denn das ist gar nicht möglich, ist er doch von Kopf bis Fuss dicht behaart. Er hat schon manche grauen Haare, aber wichtig dürfte das für den Noeck nicht sein; er ist eher nachlässig in der Körperpflege. Moosstücklein und Zweiglein haften in seinem Pelz und wenn er ein Moorbad genommen hat, lässt er die grauschwarze Schicht trocknen, bis sie von selbst abfällt.

Man nimmt an, dass der alte Noeck mit dem Bergesalten verwandt ist. Andererseits gehört er sicher auch in die Familie der Fänggen, und da es von den Fänggen heisst, sie seien früher Bergriesen gewesen, scheint es so, als ob die alte Generationenfolge der Götter auch hier in den Bergen oben gelte. Wenn dem so ist, gehören der Noeck und der Bergesalte der ersten Generation gleich nach dem Chaos an, was auch erklärt, warum ihre Gestalt noch wenig gefestigt ist.

In der jüngsten Generation finden sich die Feen, Dialen und Disen. Für all diese späteren Wesen ist der alte Noeck eine Art Grossvater und benimmt sich auch so; einmal etwas brummig, einmal etwas schläfrig, doch stets hilfsbereit, wenn es darauf ankommt. Und seine Hilfe kann recht wichtig sein, hat er doch Zugang zum Unter- und Überbewussten, ist also ebenso Meister der Träume, wie Hüter des Zuganges zur Welt der Götter.

Die Alp, auf welcher der alte Noeck und der Bergesalte wohnen, ist vom allgemeinen Rückgang der Alpwirtschaft betroffen. Der Bergesalte hat darum mehr gelitten, denn nicht weit von seiner Wohnung zwischen den rötlichen Granitblöcken war früher ein Kuhstall mit gegen vierzig Stück Vieh, mit Käsehütte, Kühlhütte und Sennhütte. Das bot im Sommer manche Unterhaltung, und abends stellte der Senn nach dem Melken für den Alten stets eine so grosse Schüssel frische Milch auf den hohen Stein beim Gatter, dass der Alte auch Milch für den Winter einfrieren konnte. Für diese Verpflegung erbrachte der

Bergesalte keine andere Gegenleistung, als dass er etwa eine Kuh, die sich zu hoch auf die Felsbänder gewagt hatte, zurücktrieb. Jetzt muss er selbst wieder Gemsen halten. Dies führt zu Konflikten mit den Jägern, und es heisst, dass einer derselben, wohl ein Unterlandjäger, vom Alten derart unsanft die ganze jähe Halde hinuntergestossen worden sei, dass er dann unten im Tobel sogar durch den Lawinenschnee gebrochen und arg durchnässt in den Wildbach gestürzt sei.

Wie sich der alte Noeck zur Veränderung auf der Alp verhält, ist schwer auszumachen. Einmal ist ja die untere Sennhütte im Sommer weiter bewohnt, wenn auch dort nicht mehr gekäst wird. Und der Übergang war für den Noeck wohl auch darum weniger merklich, weil nach dem Zweiten Weltkrieg jahrelang Jenische als Hirten auf die Alp kamen. Diese wussten um die alten Regeln und Gebräuche und wenn sie, wie etwa gemunkelt wird, ein wenig wilderten, so hüteten sie sich, Tiere, die den Schutz des Noeck genossen, zu schiessen. Der Noeck seinerseits war nicht nur den jungen Fänggen, sondern auch den Kindern der Jenischen ein guter Grossvater, so dass diese stets heil zurück zur Hütte kamen, wenn sie ins Dorf einkaufen gegangen waren. Doch die jenischen Hirtennomaden kamen immer seltener und die jungen fahren nun Auto.

Solange der alte Padrutt Alpvogt war, blieb die Ordnung erhalten. Als er jedoch altershalber abgeben musste, geriet die Alpgenossenschaft mehr und mehr ins reine Nutzdenken. Die Frontage, an welchen die Bauern jeweils im Frühjahr gemeinsam die Alp gesäubert hatten, entfielen als zu aufwendig. Das hatte zur Folge, dass immer weniger Vieh auf die Alp getrieben werden konnte, was wiederum deren Wirtschaftlichkeit verminderte. Es wird nun gespart, an der Sennhütte, überall, und der Alpvogt stellt für das Viehhüten irgendwelche Unterländer, sogar Städter ein, denen es mehr um Sommerferien zu tun ist, als um die Alp. Es sind Hirten, die keine Steine mehr zusammentragen, nicht mehr heuen und der Vergandung* keinen Einhalt bieten.

Es scheint nicht, dass der Noeck diesen Unterländern besondere Beachtung schenkt. Höchstens dass er mal brummt, wenn sie allzuviel Lärm machen. Aber er nimmt wohl zu Recht an, dass die Möchtegernhirten eine vorübergehende Erscheinung sind, die für ihn, der seit Jahrtausenden die Dinge sich wandeln sieht, nicht wesentlich ist. Es mag auch sein, dass er sie als Abwechslung betrachtet, als eine Art Menschenzirkus, der ganz unterhaltsam ist, sofern er nicht zu lange dauert.

Anders die jüngeren Fängginnen und Fänggen. Diese haben offenbar Spass an der Bereicherung der Alpenfauna. Anstatt nur Gemsen und Steinböcke und wieder Gemsen und Steinböcke, treffen sie nun die verschiedensten Menschlein mit immer komischeren Kleidungen oder auch Entkleidungen. Ein paar jüngere Dialen haben sich sogar angewöhnt, im kleinen Teichlein, das die Menschen auf der Waldlichtung gebaut haben, zu baden. Sie hätten es sogar ein wenig darauf angelegt, von den Menschenmännchen gesehen zu werden, wenigstens behauptet dies der alte Hans Walser nicht ohne ein kleines Schmunzeln. Die Fänggenburschen ihrerseits zeigen manches Interesse für die Hirtinnen aus dem Unterland, locken etwa Kälber weit weg von der Hütte, damit die Hirtinnen sie suchen müssen und erschrecken diese dann, wenn sie mühsam durch die Felsen und Gebüsche klettern.

Besonders unterhaltsam für die jüngeren Fänggen und Fängginnen war jener Sommer, da Ruedi und Colette auf der Alp hüteten. Er war Soziologe mit vielen Freundinnen, sie Romanistin mit vielen Freunden; beide wurden oft besucht, so dass dauernd ein buntes Treiben herrschte.

2

Warum Eva Landolt Ruedi und Colette auf der Alp besuchte, wusste sie selbst nicht genau. Sie kannte Ruedi aus der Mittelschulzeit, hatte ihn dann aber aus den Augen verloren, da sie sich den Naturwissenschaften zugewandt hatte und Zahnärztin werden wollte. Sie befolgte die Familientradition, die als Berufsgattung lauter Bankiers und Ärzte vorwies. Colette kannte sie nur aus den Äusserungen Ruedis, den sie zufällig einmal in der Mensa getroffen und der sie dann auf die Alp eingeladen hatte. Trotzdem entschloss sie sich zum Besuch auf der Alp.

Sie verstaute schon am Vorabend den wohlgepackten Rucksack im Auto, vergass auch nicht Regenschutz und Schlafsack. Fast bereute sie, die Einladung angenommen zu haben, als sie bei der Rückkehr aus der Garage eine Mitteilung auf ihrem Schreibtisch vorfand, sie möchte doch Silvy, Josy und Walty mitnehmen, die kämen auch für ein paar Tage auf die Alp. Da sie nicht einmal eine Telefonnummer der unerwünschten Mitfahrer hatte, blieb ihr nichts anderes übrig, als gute Miene zum bösen Spiel zu machen und dem Vater, der mit spöttisch besorgtem Tone fragte, ob sie vielleicht seinen grossen Wagen wolle, zu versichern, das sei nicht nötig. Einmal unterwegs, vertrug sich die Gruppe aber recht gut.

Nahe beim Maiensäss, wo sie gemäss Ruedis Anweisung parkieren sollte, war Eva sogar froh, dass sie nicht allein im Wagen sass. Sie hatte einen Wegweiser übersehen und war munter über eine Brücke gefahren, um dann festzustellen, dass es nur eine Holzfällerbrücke war, denn nicht nur das Strässchen, nein jeglicher Weg endigte nach der Brücke. Die Räder sanken in den weichfeuchten Waldboden ein und nur mit vereinten Kräften gelang es, den Wagen zurück zum Maiensäss-Strässchen zu schieben und zu stossen.

Eigentlich hatte man das Mittagessen auf der Alp einnehmen wollen. Aber als Eva ihr Auto parkiert hatte, war es bereits gut zwölf Uhr. Das Grüpplein beschloss daher, auf dem Maiensäss eine Zwischenverpflegung einzunehmen und erst nach einer Pause den Weg unter die Füsse zu nehmen. Weiterfahren konnte man ja nicht; ein kurzer Augenschein überzeugte rasch, dass Ruedi nicht übertrieben hatte, als er kategorisch erklärte, dass eine Fahrt auf die Alp unmöglich sei.

Beim Um- und Einpacken vom Auto in die Rucksäcke stellte sich heraus, dass sie übergenug Chiantiflaschen für die Gastgeber eingepackt hatten. Einhellig fand man, es wäre nun doch etwas zu viel, und so wurde beschlossen, mindestens eine Flasche fürs Picknick zu öffnen.

Als das Grüpplein endlich wieder aufbrach, voll bepackt und sogar in den Händen noch Plastiktaschen, machten sich die frühnachmittägliche Sonne und der Wein bald bemerkbar, und sobald der Weg in den Wald einbog, musste sich Walty bereits seines Hemdes entledigen. Nach kurzem Zögern fand Silvy, das "oben ohne" sei für die Frauen genau so recht und billig wie für Männer und streifte ihr T-Shirt ab. Josy tat es ihr nach. Eva öffnete nur ihre Bluse, da sie sonst, wie sie erklärte, die Rucksackriemen zu sehr drückten. Walty schlug vor, über das Hochmoor zu gehen. Ruedi habe ihm den Weg erklärt, länger sei er nicht, und vielleicht könne man sogar noch ein Moorbad nehmen. Ganz so günstig erwies sich allerdings der Weg nicht, denn einige fünfzig Meter war er überhaupt nicht sichtbar, man musste sich zwischen gestürzten Tannen durchkämpfen, und dann ging es so steil aufwärts einem Hirschpfad nach, dass man sich am Heidekraut festhalten musste. So wurde zwischen dem unteren und dem oberen Moor eine weitere Rast notwendig.

Eva erwies sich dabei als berggewohnter als die andern und fand unter einem Felsen reines, kühles Wasser. Doch wie sie sich vor dem Wiederaufbruch nochmals erfrischen und etwas trinken wollte, rief Walty, der es sich ein wenig weiter oben auf einem Granitrücken gemütlich gemacht hatte, plötzlich: "Pass auf, du wirst gleich gefressen!" Eva schreckte zusammen, sah aber nichts, sodass sie zu Walty emporstieg, da er von seinem Liegeplatz aus auf den Felsen wies. Der Fels zeigte ein Gesicht, zwei grosse dunkle Augen, die schwer deutbar auf das Grüppchen schauten, verwitterte Wangen und oben wilde Haare, die ins Gebüsch übergingen. Fast unwillkürlich schloss Eva ihre Bluse ein wenig, war ihr doch, als ob dieses Gesicht sie anschaue. Auch Josy und Silvy zogen unter dem Vorwand, hier oben sei es doch merklich kühler, ihre T-Shirts wieder an.

Als sie endlich auf der Alp ankamen, war Eva erstaunt, wie ganz anders Ruedi hier oben aussah und sich benahm. Gebräunt und mit verwildertem Bart sprach er recht selbstbewusst, vor allem, wenn es um seine Hirtenpflichten ging. Und wie sie abends die beiden Burschen - auch Walty war mitgegangen - das Vieh heruntertreiben sah und deren laute, befehlende Treiberrufe hörte, fühlte sie, dass deren Herrschaftsgehabe sich auch auf die Frauen erstrecken wollte.

Der Abend verlief, wie solche Abende auf der Alp zu verlaufen pflegen: Immer wieder etwas essen, etwas trinken, viel Geplauder, dazwischen Musik aus dem Transistorradio oder vom Kassettengerät. Eva und Josy zogen sich gegen elf Uhr mit ihren Schlafsäcken in den alten Heustall zurück. Eva hoffte, eine gemütliche Nacht zu verbringen, da sie es liebte, wenn der Nachtwind durch die weiten Spalten zwischen den Balken eines Heustadels durchstrich. Aber kaum hatte sie sich im Heu eine Mulde gegraben und die allzu vorwitzigen Halme weggestrichen, erschienen auch Walty und Silvy, verliebt und laut; sie legten sich auf eine Decke ins Heu, und Eva musste deren wilde Umarmungen miterleben.

Dann wurde es ruhig, irgendwo raschelten noch einige Mäuse, unten im Wald bellte ein Fuchs. Auch diese Laute wurden bald eingehüllt durch das ruhige Atmen des Windes in den Wettertannen ob dem Stall. Eva schlief ein, oder es schien ihr so. Und dann wieder das Gefühl, angeschaut zu werden, intensiv beschaut zu werden, wie drunten im Hochmoor. Und dann war es neben ihr, berührte ihre Wangen, streifte weich ihre Lippen. Sie öffnete den Mund, auch ihre Lippen wurden weich, verschmolzen mit der andern Weichheit. Und nun war es bei ihr. Überall, bei den Brüsten, beim Schoss, ganz weich, ganz zart, überall. Und sie liebte es, liebte ihn. Und sie war sehr glücklich.

Als Eva am anderen Morgen erwachte, war das Glück noch bei ihr, doch dann, als sie aus dem Heustadel hinaus in die kalte Morgenluft trat, schien es zu verschwinden, schien es sich wie ein Nachtspuk zu verflüchtigen. Das war es ja auch gewesen, ein Nachtspuk, ein wirrer Traum, geboren aus Sonne, Wein, halbnacktem Männerkörper. Sie ging zum Brunnen und wusch sich, trank kühles Wasser. Aber anstatt zu verblassen, verstärkte sich die Erinnerung an das nächtliche Erleben und blieb bei ihr. Eva ging einige Schritte hinauf auf die Felsrippe neben der Hütte, setzte sich, schaute zu den schon besonnten Bergen. Es schaute auch, mit ihr, freute sich mit ihr an der Sonne, am Grün, das taufrisch der Sonne entgegenwuchs.

Da die andern noch einige Tage auf der Alp bleiben wollten, Eva aber dazu keine Lust verspürte, verabschiedete sie sich bald nach dem Frühstück. Das Wetter hatte sich geändert. Aus Süden hingen schwere Föhnwolken über den Gräten, schoben sich etwas vor, dann wieder zurück, der Wind riss wohl auch einmal eine einzelne Wolke bis zur Alp hin, so dass ein rascher Schatten sie überflog, und hoch oben breiteten sich die zarten Fächer der Cirruswölklein aus, zogen weit nach

Norden, verschwanden wieder, überschwebten neu den Himmel. Der Wald hatte nicht mehr das sanft atmende Rauschen der Nacht, sondern jenes mächtige Brausen, das den nahenden Wetterumschlag ankündigt. An windgeschützten Stellen aber war es heiss wie am Vortag, und es war, als ob das Leben sich dort konzentrierte, die Bienen und Hummeln summten intensiver, die Grillen zirpten überlaut, die Margriten und Pippau öffneten ihre Kelche, soweit sie nur konnten, und alles war durchdrungen vom starken Duft trockener Tannennadeln, rissiger Erde, von Harz und Wacholder.

Eva stieg südwestlich ab und kam zu einer kleinen Waldlichtung, links und rechts begrenzt durch Bächlein, von denen das linke sogar Weiherchen gebildet hatte. Bei näherem Zusehen bemerkte Eva, dass die Weiherchen künstlich angelegt worden waren, und beim oberen plätscherte das Wasser über einen hölzernen Kännel hinein, der so über das Weiherchen ragte, dass eine Dusche entstanden war. Eva, die vom raschen Gehen erhitzt war, konnte nicht widerstehen. Rasch vergewisserte sie sich, dass niemand zugegen war, zog die Kleider aus und kühlte sich im kalten Wasser. Weil sie kein Badetuch hatte, sprang sie nachher auf der kleinen Waldwiese herum, schüttelte sich mehrfach, um das Wasser etwas wegzuschleudern und setzte sich dann in eine geschützte Mulde, um sich von der Sonne ganz trocknen zu lassen.

Eva freute sich des Wassers und der Sonne und ihres Leibes. Nur ganz leise, verdrängt und doch immer wieder hervorlugend waren Hoffnung und Furcht, dass ES sich wieder zeigen könnte.

Eva folgte der Wegspur jenseits des rechts fliessenden Bächleins. Das Wetter hatte sich inzwischen verschlechtert. Die graue Wand des Blumenberges war völlig in Wolken gehüllt, Nebelschwaden strichen um den Granitrücken beim Hochmoor und erste Regentropfen fielen. Eva beeilte sich. Aber der Nebel war schneller, er nistete sich rasch ein zwischen die hochragenden Wurzelstöcke und Äste gestürzter Tannen.

Nach kurzer Zeit wusste Eva nicht mehr, ob sie sich dem Maiensäss näherte oder ob sie nicht in entgegengesetzter Richtung ginge. Da zerriss der Wind den Nebel. Sie glaubte, den Alpweg ausmachen zu können und hastete darauf zu. Sie sprang auf einen Wurzelstock, um nicht die Sicht zu verlieren. Doch ihrem Gewicht hielt der Wurzelstock nicht stand, Eva brach ein und glitt durch die nassen Wurzeln hinunter in ein Wasserloch. Glücklicherweise verletzte sie sich nicht, aber sie stak bis über die Knie in einem Gemisch aus Wasser, faulem Holz und

Erde. Je mehr sie sich bemühte, herauszukommen, desto tiefer sank sie ein. Und grau legte sich der Nebel wieder in den Wald. Dann war etwas bei ihr, half ihr, sich an einem grossen Tannenast empor zu ziehen, schützte sie vor erneutem Abgleiten, als sie mühsam auf einer flachliegenden Tanne auf festen Grund kletterte. Eva setzte sich erschöpft, über und über beschmutzt, Hose und Regenschutz zerrissen. Es regnete stärker. Plötzlich glaubte sie einen Durchgang zwischen den zersplitterten Tannen ausmachen zu können. Vielleicht ein Hirschwechsel. Er führte jedenfalls weiter. Kurz darauf war sie auf dem Alpweg. Eva schaute nochmals zurück nach dem Durchgang. Er war nicht mehr zu sehen. Sie schritt rasch zum Auto, säuberte sich so gut es eben ging und fuhr nach Hause.

Man kann annehmen, dass der alte Noeck die drei jungen Frauen und Walty gesehen hat, als sie auf die Alp zu Ruedi und Colette stiegen. Aber es ist völlig unwahrscheinlich, dass er nachts auf die Alp ging und als Alb Eva liebte. Möglich ist, dass er einem anderen Wesen half, Eva zu erscheinen. Vielleicht sah ein Bergwesen Eva auf dem Hochmoor, konnte sich nicht mehr von ihr losreissen und ging dann nachts zu ihr.

Das sind Vermutungen, aber der weitere Verlauf der Geschehnisse scheint sie zu bewahrheiten. Sicher ist, dass der alte Noeck bei allem eine Rolle spielt, denn ohne ihn, den ewig sich wandelnden Verwandler, wäre wohl der Besuch auf der Alp für Eva eine kleine unbedeutende Episode geblieben.

Zu Hause angekommen, versuchte Eva unbemerkt in ihre Zweizimmerwohnung zu schlüpfen. Diese war im elterlichen Hause, hatte aber einen separaten Eingang. Mama Dora jedoch, immer besorgt, ob ihren Kindern nicht etwas zugestossen sei, hörte Eva heranfahren und eilte zur Begrüssung an die Haustüre. "Kind, Kind, wie siehst du aus, das ist ja schrecklich, bist du gestürzt, hast du einen Autounfall gehabt, bist du verletzt?" Die aufgeregten Worte riefen auch Papa Fritz herbei. Er musterte Eva kurz, begann dann zu lachen und fragte unverblümt, in welchem Moorloch sie sich getummelt. Er habe gemeint, sie sei auf einer Alp gewesen. Eva musste versprechen, alles genau zu schildern, sobald sie sich wieder etwas zurechtgemacht hätte. "Das mit dem Moorloch stimmt ohne Zweifel", meinte Papa Fritz, nachdem Eva erzählt hatte, "doch irgendwo finde ich ein paar Pünktchen in deiner Erzählung, so kleine Pünktchen, wie du sie jeweils machst, wenn..." "Wenn ich müde bin", fiel ihm Eva in die Rede. Aber ihre Mutter hatte bereits aufgehorcht. "Was ist mit den Pünktchen?" fragte sie nun ihrerseits, "was für Pünktchen, wo?" "Nun, sicher keine Hans Hartmann-Pünktchen", lenkte Fritz ab, da er die aufsteigende Verärgerung Evas wahrnahm.

Hans Hartmann war seit langem mit den Landolts befreundet, er war Zahnarzt und hatte noch seine letzten Semester fertigstudiert, als Eva ihr Studium begonnen hatte. Obschon Eva keinerlei näheren Beziehungen zu Hans je gehabt, pflegten die Eltern sie doch etwa mit ihm zu necken; Mama Dora, um Eva daran zu erinnern, dass es nun bald mal Pflicht für sie als gute Tochter wäre, sich nach einem Mann umzusehen, und da sprach manches für Hans Hartmann; Papa Fritz, weil er Eva sowieso gern etwas hochnahm und weil ihm Hans einesteils lieb gewesen wäre als Schwiegersohn, andernteils fand er ihn im geheimen langweilig und benutzte dies, um ein wenig gegen einen Schwiegersohn und Rivalen zu plänkeln.

Eva konnte es trotzdem nicht lassen, noch rasch die Post durchzuschauen. Dabei stiess sie in einer Ärztezeitschrift auf einen Artikel, der ein Thema betraf, das sie letzthin mit Hans Hartmann erörtert hatte. Kurzentschlossen rief sie Hans an, welcher zu Hause war und sich angenehm überrascht zeigte, von ihr einen Anruf zu erhalten. Sogleich lud er Eva, wie sie so halb und halb erwartet hatte, auf einen der nächsten Tage in eines der exklusiven Esslokale in der Nähe der Stadt zum Nachtessen ein. Sie verabredeten sich auf Freitagabend.

Normalerweise zog sich Eva für solche Abende einfach an, fast zu einfach, fand etwa Mama Dora, denn, wie sie meinte, verlange gediegene Ambiance doch etwas Eleganz. An diesem Freitagabend jedoch drängte es Eva, chic auszusehen. Sie wollte Eindruck machen. Hans sollte sie etwas umwerben und dadurch Gedanken an das ES verdrängen helfen. Und ein Gedanke, den Eva sich selbst gegenüber kaum zugestand; das ES würde vielleicht auch kommen, sie schauen.

Hans war sichtlich angetan von Evas Äusserem, wenn auch ein wenig verlegen, denn er hatte sich in Erwartung ihrer sonstigen Lässigkeit recht einfach gekleidet. Eva, wohl wissend, dass er dies getan, um sich ihr anzugleichen, meinte lächelnd, sie hätte heute einfach mal das Bedürfnis nach mehr Weiblichkeit bei sich festgestellt und diesem nachgegeben. Was Hans wiederum, nicht ganz zu Unrecht, als kleine Vorgabe freundschaftlicher Beziehung auffasste. Eva hatte, wie alle Mädchen ihres Kreises, eine Einführung in die gesellschaftlichen Spielregeln genossen und beherrschte diese. So gab sie sich jetzt als aufmerksame Kollegin und Freundin, nutzte die Gelegenheit zu kleinen Komplimenten und dankte in reizender Form für Aufmerksamkeiten, an denen es Hans nach Überwindung der anfänglichen Unsicherheit nicht fehlen liess.

Wie üblich dauerte das Nachtessen mit Nachtisch und Kaffee bis nach zehn Uhr. Eva hatte eigentlich beabsichtigt, sich gegebenenfalls noch in ein anderes Lokal führen zu lassen, oder, wenn es zu spät würde, Hans Hartmann noch zu einem Glas Wein bei sich einzuladen. Aber sie fühlte sich plötzlich unsagbar müde, hatte nur noch den Wunsch, möglichst rasch schlafen zu gehen. Sie sagte dies freimütig, und Hans fuhr sie nach Hause. Sie verabschiedete sich mit einer kleinen, aber herzlichen Umarmung. Eva war froh, als sie wieder allein war. Sie ging in ihre Wohnung, schloss ab, duschte und schlüpfte ins Bett. Sie wollte tüchtig ausschlafen.

Hans Hartmann fuhr etwas verunsichert nach Hause. Hatte sich der Abend zuerst recht günstig gestaltet, so liess doch der fast abrupte Abschied einen bitteren Beigeschmack zurück. Dabei hatte Eva angeregt geplaudert, zudem entsprachen ihre Aufmachung und ihr gewandtes Benehmen ganz dem, was sich Hans von einer zukünftigen Gemahlin wünschte. Warum aber hatte Eva den Alpaufstieg so knapp erzählt? Hatten dieser Walty und dieser Ruedi noch eine andere Rolle gespielt? Zwar hatte sich Eva über das Alternativleben auf der Alp mockiert, aber was hiess das schon? Als Hans nach Hause kam und sich noch einen Whisky genehmigte, schwebte ihm plötzlich eine andere Eva vor, eine sinnliche, halbnackte Eva, und er verwünschte sich, dass er bei Evas kurzer Umarmung beim Abschied nicht mutiger gewesen war.

Während der Sommerferien musste Hans Hartmann in Zürich bleiben, da die verheirateten Kolleginnen und Kollegen Ferienpriorität genossen. Er hatte keine besonderen Pläne und vertrieb sich die jetzt reichlicher anfallende freie Zeit mit Wassersport und seiner Arztgehilfin Rosmarie, die seit kurzem auch seine Freundin war. Eva dagegen hatte sich schon im vorangehenden Jahr für einen medizingeschichtlichen Kongress angemeldet und war von der Kongressleitung trotz einigem Sträuben damit beauftragt worden, ein Zusatzprogramm auszuarbeiten, welches in einer Führung zu den Paracelsusstätten in Bad Pfäfers und anschliessend in einer kleinen Kraxelei zum Drachenloch bestand, da letzteres weiter oben an der Tamina liegt und so gut mit einem Besuch der Heilbäder verbunden werden konnte.

Eva hatte gehofft, dass die Vorbereitungen auf diese Führungen sie vom ES ablenken würde. Denn immer wieder, in Traum und Halbtraum, war er vor ihr, liess sich nicht verdrängen.

Aber die Thematik des Kongressausfluges war nicht geeignet, den ES vergessen zu machen. Das altsteinzeitliche Leben oben im Drachenloch, war es nicht verwandt, vielleicht Vorform des Alplebens, der Alpwesen, die Eva erlebt hatte? Und bei Paracelsus hatte sie eine Abhandlung über die Nymphen gefunden, in welcher der berühmte Arzt es als selbstverständlich darstellte, dass es Wesen besonderer

Seinsart gibt, als selbstverständlich auch, dass alles Seiende aufeinander einwirken kann, Gestirne, Pflanzen, Tiere, Menschen, Nymphen... Alles wirkt in Allem und auf Alles.

Eher verunsichert nahm Eva am Ausflug teil. Wie sie mit den Kongressteilnehmern vom Bad Pfäfers den Schluchtweg hinaufschritt, rief einer ihr zu, er begreife nun, warum man immer stritte, ob man Albdruck oder Alpdruck schreiben müsse. Hier drückten die Alpen so sehr, dass man wohl nachts davon träumen könnte, dass ein Alb zu einem käme. Eva schluckte, beherrschte sich aber und meinte lächelnd, so häufig seien in der Schweiz trotz Paracelsus die Alben auch nicht. "Ist der alte Glaube ganz ausgestorben?" fragte ihr Gesprächspartner ernsthafter. "Oh, nein", erwiderte Eva nach einigem Zögern, "in abgelegenen Gebieten hat er sich noch erhalten." "Und Sie selbst, Sie haben nie so etwas erlebt?" Eva erschrak, fasste sich aber rasch und meinte scherzhaft, es sei nicht gut, in einer Schlucht von Alben zu sprechen, sonst kämen sie. Und damit war das Gespräch abgeschlossen, der neugierige Kongressteilnehmer spürte, dass Eva hierüber nicht diskutieren wollte.

Eva wunderte sich über sich selbst. Sie hatte sich genau so benommen, wie man es den Berglern nachsagt. Sie hatte nicht über die Alben sprechen wollen, obschon hier Gelegenheit gewesen wäre, abzuklären, ob ihr Erlebnis von Wissenschaftlern ernst genommen würde und ein Gespräch darüber möglich sein könnte.

Der Schluchtweg, der es Eva erlaubt hatte, etwas vorauszugehen und ihren Gedanken nachzuhängen, war zu Ende. Sie musste sich wieder den Kongressteilnehmern widmen. Sie gab sich einen Ruck, wies die ES-Gedanken von sich und beschloss, Hans Hartmann künftig freundlicher zu begegnen. So konnte sie vielleicht den ES vergessen.

Beim nächsten Treffen mit Hans schlug sie einen kameradschaftlichen Ton an. Hans war froh darüber. Durch den Umgang mit Rosmarie hatte er sich angewöhnt, den Eroberer zu spielen, er fühlte sich Frauen gegenüber sicherer und spielte von Anfang an mit dem eitlen Gedanken, zwischen Eva und Rosmarie entscheiden zu können, ja lachender Dritter in einem Dreiecksverhältnis zu werden.

Dass bei Eva die Dinge gar nicht so anders lagen, ahnte Hans Hartmann nicht. Tatsächlich hatte Eva auch schon flüchtig überlegt, dass eine Verbindung zum ES keinerlei Hindernis für eine Beziehung mit Hans sein müsste. Dies verschwieg sie ihm natürlich, ebenso wie Hans nichts von Rosmarie erzählte. Und diese beidseitige Verschweigungstaktik erwies sich für den Abend als gute Grundlage. Beide hatten eine Art Rückversicherung, riskierten also nicht allzuviel und waren dementsprechend risikofreudiger. Das ungezwungene Plaudern erlaubte es Hans, Eva nach dem Essen noch zu sich einzuladen.

Als Hans beim Betreten seiner Wohnung Eva den leichten Umhang abnahm, küsste er sie auf den Hals. Sie wehrte sich nicht, liess sich auch von ihm die Schultern umfassen und an die Hausbar geleiten. Dann aber bat Eva unvermittelt, ob sie seine Wohnung anschauen dürfe. Hans murmelte etwas von "nicht aufgeräumt", konnte aber nicht gut ablehnen, hoffte sogar ein bisschen, sie würden dann in seinem Schlafzimmer verweilen können. Eva besichtigte alles genau, liess sich dabei wiederum von Hans um die Schulter fassen und machte über Einrichtung und Bilder launige Bemerkungen. Da Hans wusste, dass im Badezimmer einige Utensilien von Rosmarie standen, wollte er daran vorbeigehen. Doch Eva bat, ihr das Bad auch zu zeigen und bemerkte dort lächelnd, offenbar brauche er in seinem Junggesellendasein auch mal etwas Abwechslung, worauf Hans verlegen beteuerte, das komme ganz selten vor, aber es sei tatsächlich so, dass die Wohnung für ihn allein etwas zu gross sei und dass er oft eine Frau darin vermisse. Eva verstand die Anspielung, spürte aber mit gewissem Widerwillen, dass sie nur eine zusätzliche Eroberung sein sollte.

Nach dem Rundgang führte Hans Eva zu einem Sofa, schob ein Tischchen herbei, brachte zwei kostbare Weingläser und dazu einen erlesenen französischen Wein, zündete drei Kerzen an, die er auf dem Tischchen plazierte und setzte sich dicht neben Eva. Sie rückte nicht weg, liess es auch geschehen, dass er mit seiner Hand um ihre Schultern zu spielen begann, ja, sie hob sogar ihre Schulter seiner Hand ein wenig entgegen und liess ihn so spüren, dass sie ihn gerne spürte. Doch als er seine Hand etwas unter die Bluse schob und sich vorneigte, um sie zu küssen, rückte Eva plötzlich ab, musste zurückrücken, sie konnte nicht anders. Mochte der Weingenuss und die Kerzenlichtatmosphäre sie ein wenig eingelullt haben, sie realisierte jäh und fast gegen ihren Willen, dass es Hans Hartmann war, der sie liebkoste und dass sie gar nicht von ihm liebkost werden wollte, dass er ihr fremd, gleichgültig, ja fast widerlich war. Und die selbstbewusste, ja arrogante Eva, die sie an diesem Abend auf keinen Fall hatte sein wollen, war plötzlich da und sprach, bevor sie die Worte zurückhalten konnte: "Du hast offensichtlich die Schule der Verführung mit Erfolg besucht. Aber heute möchte ich keine zweite Lektion. Ruf doch bitte ein Taxi." Hans war völlig verblüfft. Alles war bisher so gut gegangen, nicht einmal die Spuren von Rosmarie hatten den Abend negativ beeinflusst, obschon er dies befürchtet hatte. Und jetzt plötzlich diese unbegründeten, ja beleidigenden Worte. Aber da war nichts zu machen, er wollte auch nichts mehr machen. Man hatte doch auch seinen Stolz.

Als Hans Hartmann wieder in seine Wohnung zurückgekehrt war, hatte er Lust, Rosmarie anzurufen. Er musste jedoch einsehen, dass es dafür zu spät war, trank allein den Rest des Weines und murmelte etwas vor sich hin wie "verfluchte, eingebildete Gans" und fand, dass es doch mit Rosmarie viel einfacher sei.

Eva fühlte sich erleichtert. Eine Beziehung mit Hans kam nicht mehr in Frage, es sei denn, sie würde sich den bürgerlichen Vorstellungen ihrer Eltern anpassen. Und das würde sie nie. Zu Hause trank sie eine Tasse kalte Milch, schlüpfte ins Bett und fiel in einen befreiten, tiefen Schlaf. Wie sie am Morgen erwachte, schien ihr, der ES sei bei ihr gewesen.

4

Anderntags fragte ihre Mutter beim Nachtessen, wie der Abend verlaufen sei. "Oh, es war sehr nett", antwortete Eva nur. Dora hörte das nicht allzu gern. "Nett" bedeutet ja, dass das so Bezeichnete gerade noch ertragbar war. Aber Dora beschloss, dieser Bedeutung keine Beachtung zu schenken und fragte: "Meinst du, wir sollten Hans" - sie sagte Hans, nicht Hans Hartmann und auch nicht Dr. Hartmann - "bald einmal einladen? Du bist jetzt doch zweimal mit ihm essen gegangen und da sollten wir uns erkenntlich zeigen." "Nun, es hat ihm ja Spass gemacht, mich einzuladen. Ich glaube nicht, dass wir verpflichtet sind, Dr. Hartmann unsererseits einzuladen." "Was meinst du, Fritz?", wandte sich Dora nun an ihren Gatten. "Ich meine gar nichts, wie immer in solchen Fällen", lächelte Fritz, damit der Tochter indirekt Schützenhilfe leistend. Dora schwieg pikiert, Fritz aber erhob sich und sagte maliziös: "Manntje, Manntje, Timpe Te, Buttje Buttje in de See..."

Eva begann den Tisch abzuräumen und zeigte somit auf ihre Weise, dass Hans Hartmann kein Gesprächsthema sei. Dora wünschte nicht unbedingt eine Verbindung Evas mit Hartmann, aber man sollte darüber reden, in einem Familiengespräch. Das wollte Fritz nicht begreifen, und Eva hatte anscheinend diese Haltung geerbt. Gut, dass Otto, der Sohn etwas anders veranlagt war. Der plauderte gern, manchmal sogar mehr, als Dora lieb war. Morgen würde er wieder einen ganzen Klüngel* mitbringen, hatte er Dora vorgewarnt. Sie war deswegen nicht ärgerlich. Lieber einen Klüngel von Leuten als diese verschlossenen Figuren wie Fritz und Eva. Und mit einer gewissen Schadenfreude meldete sie Eva, dass Otto nächsten Samstag für eine Party komme und dass er hoffe, sie sei auch anwesend. Ganz wider Erwarten sagte Eva, dass sie mitmachen werde. Evas Zusage war kein Zugeständnis, um Dora zu beschwichtigen. Nein, Eva wollte damit sich und den andern zeigen, dass sie das, wofür Hans Hartmann stand, bürgerliche Existenz, Beruf, Geld, keineswegs ablehnte.

Viel weniger klar war Eva, wie es mit dem ES weitergehen sollte. Man musste abwarten, und da kam die Party des Bruders gerade recht.

Otto Landolt, Evas Bruder, hatte Recht studiert, aber darauf verzichtet, auch das Anwaltsexamen zu machen, da er infolge weitläufiger Beziehungen eine Anstellung in einem Verbandssekretariat erhalten hatte, die ihm gutes Einkommen und wenig Arbeit bot. Er hatte eine Dachwohnung im Zentrum der Stadt, zog es aber vor, Parties im elterlichen Hause zu veranstalten, weil Mama Dora nicht nur gerne organisierte, sondern vor allem auch, weil die Haushalthilfe der Eltern das Aufräumen übernahm. Im übrigen hatte Otto so viele kleine Bindungen an Dinge und Menschen, dass ihm keine Zeit und keine Lust für eine grosse Bindung blieb, eine Lebensführung, die er mit einer Philosophie des Geniessens begründete, ohne sich je darüber weitere Gedanken gemacht zu haben. Partygäste lud er so ein, dass sowohl Pärchen wie Einzelgänger blieben, wodurch die Pärchen stets wieder gestört wurden und ein lockerer Ablauf mit vielen kleinen Zwischenfällen vorprogrammiert war.

So erstaunte es Eva nicht, als Otto sie bat, sich ein wenig dem Hubert Brunner anzunehmen. Er hätte ihn eingeladen, weil er eine unglückliche Liebe hinter sich habe und nun ein wenig durcheinander sei. "Na ja", meinte Eva, "also Psychopflegerin. Oder soll ich etwa die nächste unglückliche Liebe des armen Hubert werden?" Otto grinste: "Nein, nein, liebes Schwesterchen, dazu bist du mir zu gut!" "Ich werd's versuchen. Rechnung an Otto Landolt, nicht wahr?"

Hubert Brunner machte tatsächlich einen etwas kläglichen Eindruck. Er hatte nichts an sich, was auffallen konnte, wollte man nicht dieses völlige Fehlen von besonderen Eigenschaften als besondere Eigenschaft bezeichnen. Man konnte sich nicht vorstellen, dass er einer grösseren Leidenschaft fähig wäre. Hubert machte an der Party das, was man an einer Party in solchen Fällen eben macht: Er ass kleine Plätzchen und trank grosse Gläser Whisky.

Das übliche Resultat von Whisky und Liebeskummer begann sich schon zu zeigen. Da trat Eva zu ihm, legte ihm die Hand auf den Arm und fragte, ob er ihr nicht helfen könnte, Weinnachschub im Keller zu holen. Hubert schrak auf, schaute mit seinem schon leicht verschwommenen Blick auf Eva, nahm gehorsam den Weinkorb mit den leeren Flaschen und folgte Eva in den Keller. Dieser lag zwei Stockwerke tief unter dem Boden, da das Haus an einen steilen Hang gebaut ist. Es ist gegen die Bergseite mit dicken Natursteinen gesichert, doch hat der Bergdruck trotzdem Wasser durchgepresst. Deshalb überzieht eine Sinterschicht an manchen Stellen die Wand, was dem Keller ein uraltes Aussehen gibt, zumal die Durchgänge romanisch gewölbt sind und der Abstieg als steilstufige Wendeltreppe gestaltet ist. Eva ging voran und machte Licht, wählte unten im Keller passende Weine und hiess

Hubert voranzusteigen, da sie wieder das Licht auslöschen und schliessen wollte. Doch auf der Wendeltreppe, dort, wo das Licht von der unteren und der oberen Plattform her wenig Zutritt hat und der Sinter besonders dicht liegt, blieb Hubert stehen und strich mit der Hand über den Sinter. "Was ist?" fragte Eva. Hubert antwortete nicht. Er hatte den Mund leicht geöffnet, wie wenn ein grosses Erstauen ihn ergriffen hätte, presste seine Rechte an die feuchte Sinterwand und hielt sie dann Eva entgegen. Weiter unten, dort wo das Sickerwasser in die Kanalisation fliesst, ertönte ein leises Glucksen, da Huberts Hand der eindringenden Feuchtigkeit eine kleine Rinne nach unten gebahnt hatte. "Die unterirdischen Wasser, hörst du?"

Jetzt erschrak Eva. Die Angst, die sie im Bergsturzgebiet erlebt hatte, stieg wieder in ihr hoch, sie sah plötzlich die alten Tannen, das Sumpfloch, hörte die glucksenden Wasser. "Komm", sagte Hubert wieder, fasste Eva mit seiner noch sinterfeuchten, mit kleinen Sinterblättchen bedeckten Hand am Arm und zog sie mit sich auf den Boden des höheren Kellerstockwerkes. Eva schloss die Türe zum tieferen Keller und löschte das Licht. Dann lächelten sie einander zu, spontan. "Orpheus und Eurydike", sagte Eva, die sich zuerst wieder gefasst hatte. Warum sie gerade dies sagte, war ihr nicht klar. Kaum hatte sie's ausgesprochen, bereute sie. Das konnte, musste missverstanden werden. Doch wie sie auf Hubert blickte, sah sie einen andern Hubert. Er schaute fast so, wie der ES, die Augen waren klar und hell, hatten jene Weite, die man bei alten Berglern trifft. "Was hast du?" fragte Eva. "Ich weiss nicht, mir ist so sonderbar, vielleicht der Alkohol, ich habe so etwas noch nie erlebt, es ist, als wäre ich nicht mehr ich, sondern ein anderer, als hätte ich mein Wesen gewechselt." Und dann hielt Hubert inne, staunte ob seiner eigenen Äusserung. So hatte er noch nie gesprochen, er sprach, als spräche es aus ihm, irgend etwas. Eva schaute ihn prüfend an. Sie fürchtete sich. "Komm", sagte sie. Aber Hubert blieb stehen. "Ich muss mich zuerst ein wenig fassen, Liebste, geh voran, bitte! Ich komme bald nach." "Liebste" hatte er gesagt. Warum? Er wusste es nicht und Eva auch nicht. Aber das Wort stand nun im Raum, war zwischen ihnen. Hubert nahm ihr schweigend den Weinkorb ab, trug ihn in den Partyraum und bat sie, sich ein wenig in den Garten zurückziehen zu dürfen. Er komme gleich wieder helfen.

Auch die andern hatten etwas bemerkt und Otto kam und fragte Eva, was denn mit Hubert los sei. "Oh, nichts", sagte Eva, wobei sie aber leicht errötete. "Aha, der Gang in den Keller", schmunzelte Otto, fasste seine neben ihm stehende Freundin am Arm und zog sie zur Tür, durch welche Eva und Hubert eingetreten waren. Die anderen Partygäste lachten und setzten ihr Geplauder fort, während Eva die Weinflaschen entkorkte.

Eva war noch damit beschäftigt, etwas aufzuräumen, als Hubert wieder eintrat und sie fragte, ob er ihr nun behilflich sein dürfe. Er machte die wenigen Handreichungen, um die sie ihn bat, setzte sich dann wieder abseits wie vor dem Gang in den Keller. Anstatt Whisky nahm er jetzt ein Glas Wein. Er trank nicht mehr in sich hinein, sondern nur hie und da einen Schluck. Seine Haltung war gestrafft und seine Augen hell und klar. Und sie schauten auf Eva, nicht dauernd, es war kein Anstarren, aber immer wieder ging sein Blick zu ihr hin. Nach einer Weile trat sie zu ihm hin. "Du schaust mich an?" "Ja, entschuldige bitte, aber es ist irgend etwas in mir, das immer dich anschauen möchte, so als hätte es dich schon einmal geschaut und jetzt wieder gefunden und müsste nun in Wiedersehensfreude schauen, einfach schauen." "Warum brauchst du diese Worte, du sprachst doch sonst nicht so?" "Ich weiss es nicht, es ist dies einfach in mir, Eva." Eva reichte Hubert die Hand. "Ich glaube, wir wollen hierüber nicht weiter sprechen. Ich bin sehr müde." Und sie verabschiedete sich, was den andern nicht weiter auffiel, denn es geschah oft, dass sich Eva etwas früher entfernte.

Hubert blieb bis zum Ende des Abends, unterhielt sich auch etwa mit den andern, aber auf so sonderbare Art, dass sie sich später bei der Heimkehr zuflüsterten, mit Hubert sei bestimmt etwas nicht in Ordnung. Hubert befand sich in einem Zustand eigentümlicher Erregung. Bislang war sein Leben ruhig verlaufen. Er stammte aus kleinbürgerlichen Verhältnissen, hatte ohne besonders gute noch besonders schlechte Leistungen die Schulen durchlaufen und seine Lehre als Schriftsetzer abgeschlossen, hatte auch etwa Freundinnen gehabt, war auf den obligaten Indientrip gegangen, alles, ohne dass ihn etwas getroffen oder betroffen gemacht hätte. Nein, Wichtiges hatte sich in seinem Leben nicht ereignet, man konnte keine Tragödie und auch nicht einmal eine Komödie aus seinen Lebensabschnitten zusammenkleistern. Otto Landolt hatte er in der Sekundarschule kennengelernt, war von ihm als praktischer, allseitig verwendbarer Freund immer wieder gerufen worden, hatte auch dessen Doktorarbeit gedruckt, nachher Otto für die Drucksachen seines Verbandes beraten, kurz, er war einfach immer da. An Eva konnte er sich bis zurück an die Schulzeit erinnern. Eva war zu ihm stets freundlich gewesen, von der gleichen distanzierten Freundlichkeit, die sie auch gegenüber anderen zeigte. Vermutlich hatte sie auch etwa eine grössere oder kleinere Liebelei gehabt, davon merkte aber ausser den Betreffenden kaum jemand etwas. Nur einmal, so erinnerte sich Hubert, hatte er sie gesehen, wie sie im Ballkleid von einem Studenten zu einem der grossen Bälle abgeholt worden war. Und er wusste noch, es hatte ihn damals ein wenig geschmerzt. Aber er erinnerte sich auch, dass er stets vermieden hatte, von Eva mit einer Freundin gesehen zu werden. Und er sah sich wieder mit einem netten Mädchen in der Oper sitzen, sah, als dann Eva mit einem Begleiter erschien, wie er sich krampfhaft ins Programmheft gebeugt hatte, damit man ihn nicht erkenne, so krampfhaft, dass sogar seine Freundin ihn gefragt hatte, vor wem er sich den verstecke, ob er ein schlechtes Gewissen habe. Ein schlechtes Gewissen hatte er nicht, nein, aber es schien ihm nun, als wäre Eva für ihn immer etwas Besonderes gewesen. Vielleicht lag hierin der wichtigste Beweggrund dafür, dass er seit geraumer Zeit die Kantonale Mittelschule für Erwachsene besuchte, und dass er dort nicht den gängigsten Maturitätstypus gewählt, sondern sich auf die Griechischmatura vorbereitete. Er wollte aus dem Durchschnittlichen heraus. Nun war es geschehen, oder vielmehr, etwas war geschehen. Aber was? Widersprach es nicht allen Regeln des guten Geschmacks, war es nicht nach der Art billiger Romanheftchen, bei einem Gang in den Keller mit einem Mädchen anzubändeln? Aber war wirklich er es gewesen, der gehandelt hatte? War es nicht einfach über ihn gekommen?

Irgend etwas musste in ihm vorgegangen sein. Er erinnerte sich an Ovid, den er einmal gelesen, und es kam ihm vor, als wäre mit ihm eine Umwandlung, eine Metamorphose geschehen. Aber er lebte ja nicht in mythischer Zeit, welcher Gott hätte ihn verwandeln können? Und doch schien ihm, dass ein Wesen in ihm sei, das er früher nicht gekannt, dass er ein anderer sei. Oder vielleicht, dass er erst jetzt jemand sei.

Auch Eva setzte sich, nachdem sie sich zurückgezogen hatte, mit dem Erlebnis im Keller, oder, wie sie es bei sich zu nennen vorzog, auf der Wendeltreppe, auseinander. Sie neigte dazu, ihm keine besondere Bedeutung beizumessen. Sie hatte Hubert gebeten, sie in den Keller zu begleiten, einmal, weil sie einen Träger gebraucht hatte, und dann weil Hubert ein alter Bekannter war, somit ohne weiters zu einer solchen Dienstleistung gebeten werden konnte. Ausserdem hatte ja Otto sie aufgefordert, sich ein wenig um Hubert zu kümmern. Aber wie sie seinerzeit auf der Alp ihrer eigenen Vernunft gegenüber etwas misstrauisch geblieben war, so auch jetzt. Warum hatte der schüchterne Hubert sie unvermittelt mit "Liebste" angesprochen? Das war nicht dem Alkohol zuzuschreiben, solche weinselige Liebeserklärungen kannte sie; die hatten einen ganz anderen Ton, waren entweder zudringlich oder weinerlich oder beides. Dieses "Liebste" war ganz klar, ganz selbstverständlich geäussert worden, als ob sie schon längst seine Geliebte gewesen sei. Und dann die sonderbaren Worte, die Hubert nachher gesagt. Plötzlich stieg ein Erinnern in ihr auf. Schauen, Beschauen, waren das nicht die Worte, die sich ihr auf der Alp aufgedrängt hatten? Ja, das war's. Und Hubert hatte ja auch auf sie geschaut, ganz anders, als er sonst etwa getan, einfach geschaut. Eva wurde unheimlich. Was war da vorgegangen? Hatte Hubert Beziehungen aufgenommen mit dem Alb? Aber das war doch unmöglich. Und ausgerechnet Hubert, dieser blasse Mensch ohne Eigenschaften, wie konnte ein Wesen, wie konnte der ES mit ihm in Beziehung sein? Am besten war es, einzuschlafen.

5

Eva hatte im Laufe des Sommers verschiedene Ferienpläne erwogen, keiner hatte sie aber überzeugt, und so kam es, dass sie sich für einen entschied, den sie eigentlich gar nicht ernsthaft in Betracht gezogen hatte, nämlich ein paar Tage Ruhe in einem einsamen Berggasthaus hoch oben im Avers. Papa Fritz hatte sich dort einmal einige Tage aufgehalten und ihr den Ort empfohlen.

Sie hatte gut gewählt. Das Gasthaus war neu gebaut unter Verwendung alten Gebälkes. In den Räumen lag jener leichte Duft von Holz, der ein Gefühl von Geborgenheit vermittelt. Da die Saison vorbei war, gab es nur selten Gäste, und nach altem Brauch wurde Eva in die Wirtefamilie aufgenommen. So nahm sie teil an deren Tätigkeiten. Der Wirt, ein Süditaliener, verbrachte fast den ganzen Tag in seinen Ställen und auf den Wiesen. Vor allem liebte er die Geissen, von denen er gegen dreissig hatte und deren Milch er zu Geisskäse verarbeitete. Eva fand an Giuseppe Gefallen, und er an ihr, so dass sie sogar den Geissenstall besuchen durfte, was Fremden sonst strikte verboten war.

Am Abend des dritten Tages schaute Eva ihm beim Melken zu. Aktiv wie sie war, lockte es sie mitzumachen, und sie fragte Giuseppe, ob sie mindestens die Euter mit Melkfett einreiben könnte. "Das kannst du schon, aber erst mal deine Hände zeigen!" Etwas erstaunt hielt Eva ihm ihre Hände hin. Er schaute sie genau an und meinte dann: "So kann ich dich nicht brauchen. Fingernägel zu lang, du verletzt Euter. Abschneiden, wenn du helfen willst." Eva war verdutzt. Vorschriften über Fingernägelbehandlung hatte sie nun wirklich seit geraumer Zeit nicht mehr erhalten. Aber sie begriff, sagte, sie wolle sie stutzen gehen, kehrte nach kurzer Zeit zurück und hielt Giuseppe ihre Hände mit gekürzten Nägeln hin. Möglicherweise hatte Giuseppe gedacht, Eva durch die Nägelinspektion und durch den Vorschlag, diese zu schneiden, vom Melken abzuhalten. Geissen lieben es ja nicht besonders, wenn jemand Fremder melkt, schafft das Melken doch eine besonders enge Beziehung zwischen Tier und Mensch. Jetzt aber blieb ihm nichts anderes übrig, als Eva eine Geiss zuzuweisen. Er holte ihr sogar einen Melkstuhl, obschon er selbst nach Art der Bergbauern ohne solchen melkte. Das Einfetten des Euters machte Eva Freude, und sie fand, dass ihre zarten Frauenhände für die Geiss doch wohl angenehmer waren als die hart-klobigen Hände Giuseppes. Doch als sie sanft zu drücken begann, dann zu streifen, kam keine Milch. Eva drückte weiter unten, weiter oben, nichts. Jetzt kam Giuseppe, der, während er selbst weitermelkte, Eva beobachtet hatte, zu Hilfe. "Komm, steck mal zwei Finger diesem Zicklein ins Maul", sagte er, nachdem er Eva zum Zickleingatter geführt hatte. Eva tat wie befohlen und spürte den Druck des kleinen Ziegenmaules so sehr, dass sie fast aufgeschrieen hätte. "Siehst du, das Kleine bringt Milch aus dem Euter, die Alte will, dass man so drückt, sonst kommt nichts. Sie verliert Milch beim Herumspringen, wenn sie leicht herauskommt." Eva begriff, die Erklärung war einleuchtend, und so kehrte sie zu ihrer Geiss zurück. Dieser war aber jedoch inzwischen die Milch in die Zitzen geschossen, was ihr unangenehm war, und Eva erhielt zuerst mal einen kleinen Tritt. Giuseppe griff ein, melkte zwei, drei Züge, dann überliess er die Geiss Eva. Und langsam merkte sie, wie sie drücken musste. Giuseppe betrachtete sie wohlgefällig. "Du nun richtig melken, weitermachen", ermutigte er sie, und Eva melkte weiter, obschon sie nach der zweiten Geiss schon recht müde war. Auch das sah Giuseppe, rief ihr zu, sie solle doch ihre und seine Milch in die Gebsen giessen, die oben im Käsehaus waren, und so wandelte sich Eva zuerst in eine Geissmelkerin und schliesslich in eine Geisskäsereigehilfin. Von jetzt an half sie, wenn irgend möglich, beim Melken. Giuseppe gefiel sein neuer Geissbub. Erstens war sie eine Frau und hübsch, zweitens half sie ihm unentgeltlich und zahlte erst noch Pension für ihre Arbeit. Dies musste er ausnützen und er fragte Eva anderntags, ob sie nicht auch mal die Geissen in die Höhe führen möchte. Er müsse noch holzen, die Geissen tollten zu viel in den Wiesen herum, sie sollten jetzt noch in die Alpen hinauf. Eva war einverstanden, und zog dann morgens um sieben mit den dreissig Geissen los.

Die Sache war schwieriger, als sie sich vorgestellt hatte. Zwar kamen die Geissen einigermassen mit, aber anstatt schön hinter Eva nachzuzotteln, sprangen sie steile Borte hinauf, sahen irgendwo ein Kräutchen, das unbedingt gefressen sein musste, so dass Eva nie sicher war, ob sie wirklich alle beieinander hatte. Da das Gras weiter oben infolge der starken Nachtfröste, die bereits eingesetzt hatten, schon etwas gelb und wohl auch nicht mehr so kräftig war, führte Eva die Geissen nur auf die untere Staffel. Dort mochten sie herumfressen und springen, wie sie wollten. Eva aber suchte einen erhöhten Platz, wo sie die Herde überblicken konnte, der sonnig und vom Bergwind geschützt war und machte es sich bequem. Gegen zehn Uhr verspürte sie Hunger, setzte sich auf einen grösseren Felsbrocken und begann, den Rucksack auszupacken. Die Geissen schauten aufmerksam zu, Eva gab den näherstehenden etwas trockenes Brot, das ihr Giuseppe zusammen mit etwas Salz als Lockmittel zugesteckt hatte. Ungeschickterweise legte Eva das Salzsäcklein neben sich auf den Felsen. Eine Geiss witterte das Salz und schon drängten die Geissen von allen Seiten, vor allem der mächtige Zuchtbock, den Giuseppe mitgegeben, damit er ein paar Geissen deckte. Das gebe Osterzicklein. Eva machte erst einen geeigneten Felsen aus, sprang dann hin, schüttelte den grössten Teil des Salzsäckleins aus - einen Rest behielt sie zum Locken für den Heimweg -, rief die Geissen, sprang wieder weg und konnte nun von ihrem Rastfelsen aus das Geissengedränge betrachten, selbst aber in Ruhe ihren Znüni* einnehmen. Da die Geissen nach einiger Zeit wieder zu ihr drängten, machte sie sich auf die Suche nach einem neuen Platz und stieg auf einen vorspringenden Felspfeiler, von dessen Spitze aus sie die nachdrängenden Geissen leicht abwehren konnte. Hie und da vergewisserte sie sich, ob die Tiere noch um sie herum weideten, und wenn sie einen Grossteil gesehen hatte, legte sie sich wieder in die Felsen zurück und schaute die Berge.

Als sie einmal die Geissen zu zählen versuchte, bemerkte sie eine Ruine. Es musste, nach dem Gemäuer zu schliessen, einst ein Haus gewesen sein. Eva erinnerte sich, dass die Wirtsfrau ihr erzählt hatte, es gebe auf Macsur eine Ruine aus der Zeit der ersten Ansiedlung. Das Gebälk war nur noch in Resten vorhanden, die Mauern teils eingestürzt, teils infolge von Schneedruck schief. Eva stieg zur Ruine hinunter, schaute erst durch eine noch erhaltene Fensterlücke hinein, kletterte dann über die Mauern und untersuchte alles, was noch da war, ohne sich von Brennesseln und dem wuchernden Holder hindern zu lassen. Sogar die Schlange, die sich zischend erhob, als Eva sich näherte, hielt sie nicht von ihren Nachforschungen ab, ganz im Gegenteil, das gehörte ja zur Ruine. Wer hatte wohl in diesem Haus gewohnt, wer hatte es gebaut, warum hatte man es verlassen?

Ein lauter Pfiff, ein wildes Geissenglöckleingebimmel schreckte Eva auf. Sie kannte den Pfiff, es war Giuseppe, der die Geissen und wohl auch sie holen kam. Rasch kletterte sie aus der Ruine hervor und winkte. Giuseppe kam näher heran, sah an den Spuren, dass sie in der Ruine herumgeklettert war und bemerkte: "Ältestes Haus in Avers, schönes Haus. Andere sagen, Kapelle. Es gehört mir. Willst du kaufen?" Eva machte grosse Augen wegen dieses Angebotes. Daran hatte sie nun wirklich nicht gedacht. Aber warum auch nicht? Laut antwortete sie: "Die Lage ist schön, aber es ist völlig zerfallen, kein Wasser, kein Elektrisch, keine Zufahrt." "Ich fahre mit dem Traktor herauf, dort die Spur", und Giuseppe zeigte auf eine hässliche Fahrspur mitten durch die Alp. Offensichtlich hatte es die Ruine Eva angetan und er dachte, daraus ein Geschäft zu machen. So fuhr er fort: "Dort auch die beiden Ställe, kannst du auch kaufen, Wasser, gute Quelle." "Nun, so schnell geht das nicht", lachte Eva, "um eine Ruine zu kaufen, bin ich nicht hierher in die Ferien gekommen. Und im Winter wird es wohl auch Lawinen haben." "Lawinen gibt es schon, aber hier nicht. Der Berg ist ruhig, nur kleine Schlipfe*." Glücklicherweise drängten nun die Geissen heran. Giuseppe eilte voraus, die ganze Geissenbande hinterher und zuletzt Eva. Sie half beim Melken, ass mit der Wirtefamilie das Abendbrot und verschwand dann in ihr Zimmer. So absurd der Gedanke war, diese Ruine zu kaufen, so sehr gefiel er ihr. Musste sie immer vernünftig sein, war es wirklich vernünftig, sich in der Stadt abzurackern, war es nicht geradeso vernünftig, hier oben in der gesunden Averserluft eine Zuflucht zu bauen?

Nachts kamen Träume, sonderbare Träume. Eva war wieder bei der Ruine, die nun keine Ruine mehr war, sondern ein Haus mit dicken Mauern, ähnlich gebaut wie ein Engadiner Haus, wenn auch um vieles kleiner. Und sie sah sich darin, in langen Kleidern. Und sie sah auch einen Mann. Es war keiner der Männer, die sie kannte, es war auch nicht der ES. Es war ein bärtiger, braungerunzelter Walser. Dann war sie oben auf den Bergen, eine zottige Gestalt trat auf sie zu, und Eva sprach im Traume zu sich: "Aha, das ist nun ein Wildmannli." Das Wildmannli war recht freundlich zu ihr. Es gab ihr ein Stücklein Käse - Gemskäse - dachte Eva im Traum - bat sie, davon zu essen. "Du gehörst nun wieder zu uns", sagte es und verschwand.

Eva erwachte, es war erst gegen elf Uhr. Das ganze Haus schlief bereits, nur von den Häusern weiter unten drang etwa ein Geräusch herauf, vor allem aber rauschte der Averserrhein, rauschte, wie sie ihn heute nachmittag bis zur Ruine hinauf gehört. Und Eva legte sich zurück und schlief wieder ein, ganz leise zog der Duft des Holzes über sie, und durch das Fenster brachte der Nachtwind ein wenig Erinnerung an Heu und Sonne.

Weit hinten im Madris leuchteten weiss die Gletscher. Da sie sich nicht hatte wecken lassen, erwachte Eva erst, als die Geissen ob dem Haus vorbeiglöckelten und sie Giuseppes Pfiff hörte. Eva beeilte sich nicht. Für Melken und Geissenfahrt war es sowieso zu spät, und zudem erwartete sie den Besuch ihrer Eltern. Eva war noch beim Frühstück, als ihre Eltern vorfuhren. Dora und Fritz spürten nach der zweistündigen Fahrt Hunger und liessen sich ebenfalls ein Frühstück auftragen.

Natürlich erzählte Eva von ihrer Geissenmädchenkarriere. Papa Fritz lachte und meinte, offenbar hätten sich seine Cowboywünsche nun bei der Tochter zur Goatgirlkarriere gemausert, während Mama Dora, die sich trotz ihrer schwerreichen St.Galler-Herkunft etwas darauf zugute tat, aufgeschlossen und modern zu sein, meinte, dass ein solcher Kontakt mit der Natur sicher sehr gut täte. Auch sie hätte sich immer fürs Bauerntum interessiert. "Nun, dann kannst du ja heute Abend mitkommen zum Melken", lud Eva ihre Mutter ein. Doch Dora lehnte dankend ab, sie hätte nicht die entsprechenden Kleider mitgenommen, und Eva sollte vielleicht auch darauf achten, nicht allzusehr nach Geissen zu riechen, wie dies bereits der Fall sei. "Besser Geissbock als Chlorophorm", mischte sich Fritz ein, und damit war die kritische Bemerkung abgeblockt, zum Leidwesen Doras. Eva erzählte weiter und berichtete auch von der Ruine und den Ställen und dass alles zu kaufen sei. Das ging nun Dora eindeutig zu weit. Geissferien, sogar Geissgeruch, das war noch annehmbar. Aber das sollte ein vorübergehendes Abenteuer bleiben. Andererseits war es immer vernünftig, ein Haus oder Land zu erwerben. Gute Bekannte hatten ihr erzählt, sie hätten unten in Andeer gekauft, warum nicht im Avers? Ein Ferienhäuschen hier oben, ja, das wäre hübsch, Eva wüsste dann auch, wohin mit den Kindern. "Zuerst muss ich welche haben, bevor ich mich darum sorge, wohin in die Ferien mit ihnen", unterbrach Eva diese Zukunftspläne. "Das ist es ja", meinte Dora, "schon fast dreissig und noch nicht verheiratet." "Wahrscheinlich werde ich also doch Hans Hartmann zum Geissbuben umerziehen müssen", spottete Eva, damit andeutend, dass sie keineswegs gesonnen war, jetzt auf das Lieblingsthema ihrer Mutter einzugehen. "Dann nehme ich die Milchschafe, und du, Dora, nach alter Tradition wohl die Hühner?" meldete sich Fritz schmunzelnd zu Wort und leitete so zu einem vergnüglichen Rätselraten über, wem welche Tiere gebührten. Nachdem sie Otto eine Gänsezucht zugedacht hatten, da er des Schnatterns gewöhnt sei, regte Fritz an, nun die Geissen zu suchen, dann könnte man ja Evas Ruine auch besichtigen. Irgendwie schien der Gedanke, die Ruine zu kaufen, bei Fritz auf Gegenliebe zu stossen.

So zogen Dora und Fritz Bergkleider an und Eva stieg mit ihnen und picknickgefülltem Rucksack den Geissen nach. Diese entdeckten bald, dass die gestrige Salzlieferantin wieder kam und bestürmten Eva von allen Seiten. Dass sie kein Salz bei sich hatte, löste ein empörtes Gemecker aus, das Eva durch hartes Brot - Dora hatte davon einen grossen Sack mitgebracht - zu besänftigen suchte. Das lockte weitere Geissen herbei, und sie beruhigten sich erst, als Eva und Fritz die leeren Hände hinstreckten und den Geissen mit eindeutiger Zeichen-sprache zu verstehen gaben, dass nichts mehr zu holen war. Langsam kamen sie voran zur Ruine.

"Das kannst du natürlich kaufen", meinte Dora, als sie sich ausgiebig umgesehen hatte. "Das gibt ein hübsches Ferienhäuschen, und wenn sich der Wiederaufbau nicht lohnt, kannst du ja daneben ein hübsches Chalet hinstellen lassen. Der Platz ist wirklich wundervoll, und eine Zufahrt gibt es auch." Dies hatte die praktische Dora bereits gesehen. Fritz nickte und fügte bei, er lade sich bereits ein für die nächsten Ferien. "Dort sind die beiden Ställe", fuhr aber Eva fort. "Ich muss natürlich mit Giuseppe sprechen, dass er mir die ganze kleine Alp ver-kauft und auch das Wasserrecht sowie die Zufahrt zusichert. Wieviele Ziegen und Schafe meint ihr, könnte ich hier halten?" Das wurde nun auch Papa Fritz zuviel, und grob wie er etwa sein konnte, antwortete er: "Nach meiner Erfahrung ist die Zählung einfach, ein Haus, eine Ziege, drei Häuser, drei Ziegen, eine davon bist du, bleiben zwei." Aber Eva war dem Vater gewachsen. "Von dieser Regel habe ich noch nicht gehört. Aber du hast recht. Zuerst bauen wir für mich, ich nehme zwei Ziegen, um genügend Milch zu haben, und nachher kriegen sie Junge." Papa Fritz schwieg. Was sollte er da viel sagen. Eva war ja längst erwachsen, hatte schon einen ansehnlichen Betrag gespart, da sie nebst ihrem Studium in der Praxis tüchtig mithalf und dazu einen Setz-kopf, den man besser nicht noch herausforderte. Mit der Zeit würde Eva dann schon von ihren Ideen abkommen, und dann gab es ja auch noch Männer, die nicht unbedingt Ziegenhirten sein wollten. Anders Dora: "Und dann willst du die ganze schöne Zeit des Jahres hier oben sitzen? Und Papas Praxis? Jetzt da du bald deinen Abschluss machst und dein Vater nur darauf wartet, dass du ihn dann vermehrt entlas-test? Und was im Winter? Willst du uns etwa deine Herde nach Hau-se bringen? Oder auch in die Praxis?" "Nun, das werden wir ja sehen", antwortete Eva, die aus Erfahrung wusste, dass ein Argumentieren mit Mama Dora bei einer solchen Stimmung unmöglich war, aber ebensogut wusste, dass ihre Mutter, war sie einmal vor die Tatsache gestellt, alles tun würde, ihr zu helfen. Denn letztlich konnte es doch gar nicht anders sein, als dass ihre Kinder recht hatten in allem was sie taten, und da musste sie doch hinter ihnen stehen.

Eva hatte bis zu diesem Gespräch gar nie daran gedacht, die Ruine und die Ställe zu erwerben. Die Diskussion mit den Eltern aber hatte sie selbst überzeugt. Alle Begründungen, die sie für ihre doch etwas ausgefallenen Ideen vorbrachte, begannen sie selber zu überzeugen. Mit den Eltern sprach sie weiter nicht darüber.

Eine Tour über die Forcellina nahm dann die Landolts so sehr in Anspruch, dass sie, bis zu ihrer Heimfahrt, weder Zeit noch Lust für ein Gespräch über den Kauf hatten.

Am Tag nach der Abreise der Eltern war das Wetter sehr trüb und regnerisch, die Wolken hingen tief und zogen langsam den Berghängen entlang. Die Geissen wurden zwar hinausgetrieben, zeigten jedoch wenig Fresslust und suchten unter Tannen und Arven trockene Plätzchen. Zu hüten gab es nicht viel. Eva zog sich in ihr Zimmer zurück und pflegte ein wenig ihren Muskelkater, den sie von der Forcellinatour zurückgebracht hatte. Doch dann nahm sie ihren Regenschutz und machte sich auf den Weg zu ihrer Ruine. Jetzt im Regen sah alles ganz anders aus. Nur das unregelmässige Aufschlagen von Tropfen, die an Baumästen oder von Steinen herunterglitten, war zu hören, von fern das Rauschen des Averserrheines und der zahlreichen Wasserfälle, welche der Regen hatte entstehen lassen. Das Hellgrau der Ruinensteine war zu einem Dunkelgrau geworden, und aus dem halbverfaulten Gebälk trat wegen der Feuchtigkeit ein Modergeruch hervor. Eva schauderte. Es würde viel Kraft bedürfen, um die grauen Schatten wegzujagen, um auch in trüben Tagen wie dem heutigen lichtes Leben zu ermöglichen. Allein könnte sie dies nicht, man musste mindestens zu zweit sein, um die graurieselnde Stille zu durchbrechen. So hielt sich denn Eva nicht lange auf, sondern ging den schmalen Pfad, der sich oft in den Alpweiden verlor, weiter.

Das Wetter war allzu unfreundlich, langsam drang der Regen beim Kragen hinein, denn sie hatte beim Ansteigen ihren Wetterschutz etwas öffnen müssen. Auf dem Rückweg verweilte sie nicht weiter bei Macsur, sondern ging zurück zum Gasthof, wo sie sich direkt in ihr Zimmer begab, um sich zu trocknen und zu erwärmen. Es war bereits Zeit zum Nachtessen. Giuseppe hatte grosse Holzbrocken ins Kamin geworfen, Eva eine Flasche Wein angeboten, und schon wollte sie sich nach mancherlei Geplauder über dies und das, vor allem natürlich über die Geissen und das Wetter, zurückziehen, als Giuseppe plötzlich fragte, ob sie nun Macsur kaufen möchte. Eva erschrak beinahe. Das trübe Wetter hatte den Wunsch, die Ruine zu kaufen, verdrängt. Doch sie sagte nicht einfach nein, sondern meinte nur, sie müsse sich das noch reiflich überlegen, und Macsur springe ja nicht davon. Giuseppe wurde ärgerlich. "Aber ich will nicht warten; ich habe mich entschlossen zu verkaufen, ich will das; kaufst du nicht, kauft ein anderer." Eva liess sich hierauf nicht ein, versprach nur, die Sache nochmals zu überdenken.

Da das Wetter auch am Tag darauf trüb war, der Radiowetterdienst aber gemeldet hatte, dass im Tessin die Sonne scheine, fuhr Eva in den Süden. Kaum hatte sie den Tunnel des San Bernardino durchquert - sie wäre lieber über den Pass gefahren, doch der war frisch verschneit - zeigten sich die ersten Sonnenstrahlen zwischen den Wolken am Gebirgskamm, und je weiter sie talabwärts fuhr, desto lichter wurde es, bis sie dann bei Mesocco in strahlenden Sonnenschein hineinfuhr. Sie suchte und fand ein Ristorante, wo sie mittagessen konnte, doch hatte sie keine Lust, nachher wieder in den trüben Norden zu fahren und suchte ein sonniges Plätzchen, um dort noch etwas zu verweilen. Dabei fiel ihr Blick auf die Ruinen der Burg von Mesocco. Sie zögerte erst ein wenig, da es sie befremdete, dass sie nun schon wieder Ruinen aufsuchen sollte, doch dann fand sie, dies sei kein ausreichender Grund, sich von der lockenden Sonne und Aussicht vom Burgfelsen abhalten zu lassen. Sie kraxelte hinauf, fand auch ein durchsonntes Plätzchen, machte es sich auf dem Gras zwischen altem Gemäuer bequem und liess sich in kleine Tagträume sinken.

Plötzlich war ihr, als sei dies alles schon einmal gewesen, sie in der Sonne im Gras liegend, das Gemäuer über ihr, nur dünkte sie, es sei grösser, höher gewesen, nicht so zerfallen, und sie sah auch sich selbst, nicht im Traum, sie schlief ja nicht, und sie war so, wie sie sich vor wenigen Tagen in der Ruine Macsur geträumt. Ob er wohl käme, fragte sie sich auch diesmal. Aber es blieb alles ruhig, und langsam brachte sie das monoton-aufdringliche Geräusch der Autobahn unten am Burgfelsen in die Gegenwart zurück.

Eva stand auf und strich sich die Grashalme von den Kleidern. Sie fröstelte. Die Sonne stand schon weit unten am Horizont und vermochte nicht mehr genügend zu wärmen. Eva spürte die Kälte, die von den frischverschneiten Bergen ausging. Sie nahm ein Spiegelchen, um sich das Haar zu kämmen. Wie Eva aber hineinschaute, erstaunte sie. Unzweifelhaft, das war sie, Eva Landolt, so sah sie aus. Sie kannte ihr Bild. Ihr Gesicht war jetzt leicht gerötet von der Sonne. Das war es schon manches Mal gewesen. War sie es aber wirklich? Wer war denn die andere, von der sie nun schon zweimal geträumt, oder eigentlich nicht geträumt, die sie gewesen? Gerade heute, auf Burg Mesocco. Sie war das selbst. Und das Wildmannli mit dem Gemskäse? Inwiefern gehörte sie wieder zu "uns"? Wer war dieses "uns"? Und der ES? Warum kam er nicht mehr? Und Hubert, warum hatte er sich so sonderbar benommen? In welcher Welt war sie? All das schien so völlig unwirklich und gleichzeitig so völlig wirklich. Eva schlüpfte in ihre Jacke und machte sich auf den Weg zum Auto. Sie musste lachen. Die andere wäre wohl erstaunt, anstatt eines Esels oder vielleicht eines Pferdes ein Auto vorzufinden. Und was würde das Wildmannli zum Auspuffgestank sagen? Und der ES, konnte er wohl autofahren? Nun, besser war es, sie fuhr selber. Doch während sie die grossen Kurven hinauf zum Bernardinotunnel fuhr, sinnierte sie weiter. Oder sie wollte nachsinnen, merkte dann, dass die Autobahn kein Ort dafür war. Nicht nur, weil sie auf den Verkehr achtgeben musste. Dies allein hätte sie nicht von ihren Überlegungen abgehalten. Aber es war irgendwie so, dass sie gar nicht über die Wesen, die sie getroffen, im Auto nachdenken durfte. Diese Wesen wollten es nicht. Es schien Eva, als wollte auch das Auto kein solches Nachdenken. Das Auto verlangte Gegenwart. Die Strasse, der Verkehr, die Lichtsignale, alles gab sich als befehlende Wirklichkeit, die nichts anderes neben sich duldete. So beschloss sie, am nächsten Tag, wenn das Wetter es erlaubte, eine Bergtour zu unternehmen. Allein in den Bergen musste Nachdenken möglich sein.

6

Der Wetterbericht war günstig: "Über Nacht noch einige kleinere Schneefälle in den Bergen, dann rasche Auflockerung der Bewölkung. Hochnebel in den Niederungen, in den Bergen stabiles Hebstwetter." Am meisten lockte Eva das Madrisertal. Zwar war von den Blumen, für die es bekannt war, wohl wenig mehr zu sehen, aber Eva wollte auf den Prasignolapass und falls dort nicht zu viel Schnee lag, sogar auf den Gallegione, um von dort nach Süden zu sehen. Die Wirtin allerdings warnte, der Pass sei kaum mehr begangen, die Hochjagd sei zu Ende, die Alpen geräumt und eingewintert, so dass sie, Eva, womöglich ganz allein im weiten Tal sein werde. Eva liess sich nicht abschrecken. Zwar war sie keine Einzelgängerin, aber sie glaubte, die Wirtin spreche eher ein wenig zugunsten von Giuseppe, der sie an einem so schönen Tag wohl gerne als Geissbub angestellt hätte.

Eva brach beim Morgengrauen auf. Es war grimmig kalt, und sie musste tüchtig ausschreiten, um einigermassen zu erwarmen. So legte sie die lange Strassenwanderung rasch zurück und war vom Stettli aus in zwei Stunden bei den Hütten der Alp Preda Souvrana. Aber eine der Zwiespältigkeiten, die in ihr und ausser ihr waren, begleitete sie. Sie sah die grosse, stille Alp mit den vielen Wassern, die jetzt in der Morgenkälte ruhig rannen, aber sie sah auch das Mahnmal der Hirten gegen die Zivilisation des Tieflandes, gegen die vordringende Technik.

Eva fror. Sie stieg, so rasch als es ihr möglich war, den Passweg hinan, ins bereits besonnte höhere Tal.

Oberhalb der Talstufe machte sie Halt und rastete auf einer der flachen Gneisplatten, die bereits von der Sonne erwärmt war, hoch ob dem Zusammenfluss vom Prasignola- und Rodabach. Wohlig genoss Eva das leise Frösteln, das einen etwa überkommt, wenn man aus der Kälte an die Sonne tritt und Hüllen abstreift, um die Wärme zu geniessen. Sie trank einen Schluck heissen Silbermänteltee aus der Thermosflasche, kaute etwas Zwieback mit Schokolade und begann dann langsam, sich mit den Hängen und Bergen vertraut zu machen. Wo die Felsen der Sonne den Zutritt verwehrt hatten, lag noch eine dünne Schneeschicht. Dies schien das kleine Rudel Steinwild nicht zu stören, das hoch oben friedlich graste und anscheinend in Eva keinerlei Gefahr sah. Um so aufgeregter blökten dort, wo gemäss Karte der Weg weiterführen sollte, einige Schafe. Vermutlich waren sie von der Hauptherde abgesprengt und wussten nicht, wie zurückfinden, gab es doch zwei Wegspuren, eine ins Valle de Roda, die andere zum Prasignola. Nirgends ein Mensch, auch keine menschlichen Spuren im Schnee. Eva war allein, wie sie gewünscht, völlig allein.

Eigentlich sollte sie hier umkehren, dachte Eva. Die Wirtin hatte recht gehabt, der Passweg war nicht mehr begangen. Weiss überzuckert schaute der Gallegione herunter, in der Sonne in fast unerträglicher Helle erstrahlend, abwehrend, fast warnend. Aber Eva war kein Mensch, der rasch nachgab. Der Weg musste leicht zu finden, auch leicht begehbar sein, denn sie hatte Fotos gesehen von den mächtigen Treppen, die an einer Steilwand hinauf zum Pass führen. Schafe waren auch da, also wohl auch ein Hirte. So stieg Eva weiter hinan. Die Schafe kamen zu ihr. Da Eva weiter unten im Madris keine Herde erblickt hatte, nahm sie an, dass die Tiere über den Pass hierher gekommen seien und fand es daher in Ordnung, dass die Schafe sie begleiteten. Vermutlich tat sie dem Hirten einen Dienst, wenn sie sie zurückführte. Auf alle Fälle gab es auf der Bergeller Seite des Passes mehr Nahrung und mehr Sonne. Im grossen Schutt- und Moränenkessel rastete Eva nochmals, um den weiteren Anstieg auszumachen. Da bis zehn Zentimeter Schnee lag, war das nicht einfach, doch konnte Eva mit dem Feldstecher die verschneiten Treppenstufen sehen und beschloss, begleitet von den Schafen, doch bis zum Pass aufzusteigen. Sie fühlte sich dazu fast verpflichtet, denn wenn sie jetzt umkehrte, kamen die Schafe vermutlich mit ihr bis hinunter ins Avers. Der Hirt müsste sie dann die ganze lange Strecke zurücktreiben.

Das Weiterkommen war mühsam. Unter der Neuschneedecke gab es vom Vortag Vereisungen, die nicht sichtbar waren, so dass Eva recht vorsichtig jeweils mit dem Fuss Grund suchen musste. Gut, dass sie auf Anraten der Wirtin den Eispickel mitgenommen hatte. Mit diesem konnte sie vortasten und glitschige Stellen ausmachen. Doch wenn sie gehofft hatte, sie käme über die Treppen gleich zum Pass, wurde sie enttäuscht. Es gab nochmals einen Kessel, teils mit Firn bedeckt. Da der Madriserrhein schon jetzt in der Morgenkälte ordentlich Wasser führte, musste Eva damit rechnen, dass der Firn unterspült war. Ein Einbruch konnte sie sich als Einzelgängerin auf keinen Fall leisten. Sie beschloss, hoch am linken Hang zu traversieren, was stellenweise nicht ungefährlich war, da oft blankes Firneis unter der dünnen Schneedecke lag.

Sie gab nicht auf: "Umsonst hat mich mein Vater nicht stets einen Steckkopf genannt", sprach sie zu sich in einem Anflug von Selbsterkenntnis. Nach der Hangtraverse zeigte sich, dass Weg und Wegmarkierungen schneebedeckt und und nicht mehr zu erkennen waren. Die Gefahr, sich zu verirren, war trotzdem klein, denn der Passgrat zeichnete sich nun so deutlich ab, dass er nicht verfehlt werden konnte. Oben angelangt, jagte Eva die Schafe auf die Wegspur, die von Süden her heraufführte. Sie blökten zufrieden und trabten gegen das Bergell, so dass Eva von ihren Schafhütersorgen entbunden war.

Auf den Gallegione steigen wollte Eva nicht mehr, dies wäre zu risikoreich gewesen. Der Blick war schon auf dem Prasignolapass überwältigend, die Bernina, die Badilenordwand, alle grossen Bündner zeigten sich in jener Klarheit, wie sie nur nach einem Schneefall im Herbst sich bietet. Eva hatte dies noch nie erlebt. Was sie kannte, war die Föhnhellsicht. Aber die war ganz anders, fast ein wenig trügerisch. Sie täuschte Nähe vor, wo keine war. Ganz anders jetzt, hier auf dem Prasignolapass. Die Berge kamen nicht fast anbiederisch herbei wie beim Föhn. Sie blieben für sich, ruhten in sich, unberührbar, hart. Sie waren einfach da, seit Millionen Jahren einfach da. Bei Föhn konnte man Zwiesprache mit den Bergen halten, bei fast jedem Wetter. Jetzt nicht. Eva erinnerte sich, dass es irgendwo bei Li-tai-pe heisst, dass der Dichter und der Berg einander ansehen, unaufhörlich ansehen. Das war jetzt nicht gegeben.

Eva schaute, aber der Berg schaute nicht, keiner der Berge schaute zu ihr. Die Berge blieben unerreichbar, im ganz Anderen. Und langsam wurde Unsicherheit aus dem Schauen. Was tat sie hier oben, Eva, sie allein? Würden die Berge ihr nicht zürnen, dass sie da oben war, jetzt da oben, da die Berge für sich sein wollten, ganz für sich in undurchbrechbarer Einsamkeit? Rasch ass Eva ein Päcklein Ovosport und einen Apfel und machte sich auf den Abstieg, vorsichtig, denn jetzt taute der Schnee, wodurch der Weg weit glitschiger war als beim Aufstieg. Daher ging es langsamer, als Eva gedacht und gewünscht. Denn sie wollte zurück, weg von diesen Bergen, die sie abwiesen. Auf den grossen Treppen, dort, wo eine Platte abgerutscht ist, schaute Eva hinunter in den verschneiten Firnkessel, hinüber zum verschneiten Gallegione. Sie sah nichts, was ihr vertraut war, ausser ihre eigene Spur und die der Schafe wirr gemischt. Eine grosse Furcht ergriff sie. In einem englischen Gedicht hatte sie mal den Ausdruck "awe" gefunden. Der Englischlehrer hatte versucht, dies zu erklären, indem er vom "Göttlichen" sprach. Eva hatte damals nicht verstanden. Jetzt erlebte sie es, awe, das furchteinflössende Übermächtige. Lohnte es sich überhaupt weiterzuschreiten, war nicht vielleicht da unten, im Firnkessel, wo jetzt die Wasser deutlicher und lauter rauschten, irgend etwas, das ihr feindlich war, eine Kraft, die Menschen hier oben nicht dulden wollte?

Da hörte sie hinter sich Schritte. Sie erschrak. Was war das, was kam? Aber dann beruhigte sie sich. Es war ein alter Mann mit einem langen Stock, wie ihn die Schafhirten früher getragen, und einem grossen Hut, der sein Gesicht halb verdeckte. Der Alte schaute sie an, musterte sie, sprach eine Weile nicht. Dann sagte er: "Hast du die Schafe heraufgeführt?" Eva nickte: "Hätte ich dies nicht tun sollen?" "Doch, du hast recht getan. Aber es sind noch weitere unten, die muss man holen."

Der Alte schritt voran mit schwerem, sicherem Tritt, Eva folgte, und rasch gelangten sie in den unteren Moränenkessel. Der Schnee war hier schon weitgehend gewichen. Eva atmete auf. Die Berge hatten sie nicht behalten. Sie wandte sich zum Alten und fragte ihn, ob er oft so allein hier in den Bergen seinen Schafen nachgehe. Der Alte schien aber nicht gesprächig zu sein. Er nickte nur. Eva liess nicht nach und fragte weiter, ob er denn nie Angst hätte, so allein hier oben, es sei doch oft gefährlich. Jetzt blieb der Alte stehen, schaute Eva an und sagte: "Was mer nöd weiss, chammer au nöd erfroge."

Der Alte ging mit ihr bis zum Rastplatz, den sie am Morgen benutzt hatte, meinte, das sei ein guter Platz, von hier gehe es ohne Gefahrde zu den Menschen. Er sass noch ein Weilchen schweigend neben Eva. Ihr wurde unheimlich. Wer war dieser alte Mann? Und war es wirklich ein alter Mann? Sie fühlte etwas wie starkes Begehren von ihm ausgehen, ein Begehren, dem sie nicht hätte standhalten können. Doch dann erhob sich der Alte plötzlich, nestelte an seinem Rucksack, holte ein Stück Bindenfleisch heraus, schnitt davon ein Stück ab, gab es Eva: "Nimm und kau. S'ist kein Gemskäse. Und dann geh zu den Menschen zurück." Darauf band der Alte den Rucksack zu und stieg in grossen Schritten das Valle di Roda empor. Eva schaute ihm nach, bis er hinter den Felsen verschwunden war, erhob sich dann und ging ohne Halt hinunter bis zum Stettli. Erst im Auto drin gönnte sie sich Ruhe, trank Tee mit einem tüchtigen Schluck Wacholderschnaps, nahm Brot, packte das Bindenfleisch aus, das der Alte ihr geschenkt, und versuchte es. Es schmeckte ausgezeichnet, kein Zweifel, es war echtes, gutes Bindenfleisch, Bündnerfleisch, wie es Eva nach Art der Unterländer nannte. Nach dem Imbiss fuhr Eva aus dem Madris weg. Zuerst hatte sie noch ein wenig bleiben wollen. Die Abendschatten waren jedoch gewachsen, und ohne es sich ganz einzugestehen, fürchtete Eva, dass der Berg sie zurückrufen könnte.

Wie um sich zu vergewissern, schaute sie sich nochmals um, als sie den Anlasser betätigt hatte. Kein Alter zeigte sich. Nur die beiden Raben, die sie tagsüber immer wieder gesehen, sogar auf dem Prasignola, flogen krächzend talein, wohl um ihre Schlafbäume vor Einbruch der Dunkelheit zu erreichen. Dann fuhr Eva ins Berggasthaus, ass, antwortete nur wenig auf die neugierigen Fragen der Wirtin und zog sich dann in ihr Zimmer zurück. Sie wollte die Rückkehr Giuseppes aus dem Stall nicht abwarten. Die Antwort, die sie in den Bergen gesucht, hatte sie nicht gefunden. Dafür etwas anderes, was sie nicht verstand, den Berg selbst. Und den alten Mann.

Als sie am andern Morgen erwachte und sah, wie die Oktobersonne ihr langschattiges Spiel mit Bergen und Bäumen trieb, lockte es Eva doch wieder hinaus. Sie ging melken helfen, übernahm die Geissen und zog mit ihnen nach Macsur. Vielleicht gelang es in der Ruhe der Ruinen, all die Erlebnisse zu bewältigen. Mit naturwissenschaftlicher Exaktheit machte Eva zuerst eine Liste aller seltsamen Ereignisse und Erklärungsmöglichkeiten. So weit war sie gerade gekommen, als eine weisse Ziege mit rasch-schlauem Zubiss das Notizbuch an sich riss und damit davonsprang. Eva gelang es mit einiger Mühe, das angekaute Notizbuch zu retten, aber zum Sinnieren war jetzt, da die Geissen entdeckt hatten, dass man Eva stören konnte, kaum mehr Musse. Und Eva war dessen zufrieden. Denn was nützte alles Nachsinnen, wenn stets ein unerklärbar grosser Rest blieb. Besser war wohl, man nahm die heitere Oktoberwelt, wie sie war, mit den Geissen, den glitzernden Spinnweben voller Tau, den gelben Lärchen. Abgesehen davon musste sie sich nun entscheiden, ob sie Macsur kaufen wollte. Giuseppe verlangte Antwort. Eva untersuchte das Gemäuer, versuchte sich vorzustellen, wie alles früher gewesen, wobei ihr die Traumerinnerungen zu Hilfe kamen. Das Ergebnis war nicht vielversprechend. Ein Wiederaufbau aus den Trümmern kam kaum in Frage. Wer würde sich heute noch bereit finden, die mächtigen Felsbrocken zu heben und zu schichten? Wie in das altersgraue Gestein modernen Komfort einfügen, was Eva doch wünschte? Wollte sie überhaupt kaufen? War es nicht eine Anknüpfung an etwas, was vielleicht einmal gewesen, vielleicht auch nicht gewesen, Suche nach einer nicht mehr fassbaren Vergangenheit? Gab sie mit einem solchen Kauf nicht allem Unerklärbaren, Rückwärtsgewandten nach, das seit dem Alpbesuch sie umdrang? Aber konnte sie all das, was sie jetzt an Unerklärbarem erlebt, einfach wegleugnen? War das nicht vielleicht wertvoller als all das Erklärbare, das unten in der Stadt sie umgab?

Die Geissen zeigten an, dass Giuseppe kam. Er war am Morgen nicht gerade freundlich gewesen, jetzt aber hatte er wieder seine strahlendste Verkäufermiene aufgesetzt. "Du nun kaufen, schön hier oben?" "Schön ist's, aber kaufen kann ich jetzt noch nicht, ich muss erst einiges abklären", gab Eva zur Antwort. "Wenn du kaufen, geb ich dir auch einige Geissen, trächtige, dann hast du Anfang einer Zucht." "Vielen Dank, aber ich muss zuerst zu dir in die Lehre gehen, bevor ich Geissen züchte", lachte Eva, "und zudem, vor nächstem Frühjahr ist sowieso nichts zu machen. Die Ställe müssen erst repariert werden, man müsste heuen. Ich muss ja auch einen Unterschlupf haben." "Das kein Problem. Du kannst bei mir im Gasthaus wohnen, bis fertig gebaut. Kostet dich nichts." "Aber mich kostet's mein Studium, und das kann ich nicht so leichtfertig aufs Spiel setzen." "Dann halt nicht", brummte Giuseppe, pfiff den Geissen und machte sich mit ihnen auf den Heimweg.

"Padre padrone", dachte Eva, da komme ich sogar mit Papa und mit Mama besser zurecht. Sie wanderte hinter Giuseppe und dem Rudel her, zurück ins Gasthaus. Da sie am Samstagmorgen früh - darin glich sie ihrem Vater - nach Hause zurückfahren wollte, beabsichtigte sie, zu packen und nach dem Nachtessen ins Bett zu gehen. Sie erledigte alles planmässig, rechnete mit der Gastwirtin ab, versprach Giuseppe, an Macsur und die Geissen zu denken, packte drei Liter Geissmilch und ein Kilo Geisskäse ein, gratis, jedoch auf der Rechnung aufgeführt, und rief dann zu Hause an, um ihre Rückkehr zu melden. Nachdem ihr die Mutter die neuesten Ereignisse erzählt - Papa nahm wie üblich keinen Anruf ab - und Eva bereits Adieu gesagt hatte, kam Mama noch mit einer wichtigen Neuigkeit: "Hubert Brunner hat die Maturitätsprüfung bestanden, die Griechisch-Matura. Da läge doch der Pfarrer drin, aber nein, er will Indologie studieren. So ein Unsinn, er hat doch kein Vermögen im Hintergrund, und wählt ein brotloses Studium. Das ist nur für Privatgelehrte möglich, denen der Papa nicht nur das Studium, sondern auch den Lebensunterhalt bezahlt. Übrigens hat er dich und Otto auf Samstag zu seiner Maturitätsfeier eingeladen. Und jetzt sitz ab. Weisst du, wohin?" "Wie kann ich dies wissen?" "Ins Hotel Rofla. Colette und Ruedi wollen nochmals auf die Alp, er ist ja befreundet mit ihnen, und dann wollte er unbedingt dich dabei, und da kam ihm der Gedanke, dich möglichst nah beim Avers sozusagen abzufangen. Otto war natürlich gleich dabei, er will sowieso mit seiner Neuesten ins Tessin und fährt durch den San Bernardino." "Rofla?" fragte Eva befremdet, "mit Ruedi und Colette?" "Ja, was ist denn dabei, du kennst sie ja alle. Hubert hat gesagt, vielleicht gehe er auch einmal auf diese Alp, wo du ja auch droben gewesen seist, und hat gemeint, du kämst vielleicht auch wieder hinauf, das gäbe einen tollen Maturitätsbummel."

7

Nach der Maturitätsfeier im Rofla hoffte Hubert, Eva käme mit bis zum Maiensäss. Sie lehnte ab. Sie wusste, dass sie auf dem Maiensäss nicht umkehren würde und könnte. Sie müsste von dort weiter gehen, den ES suchen. So verabschiedete sich Eva, während Hubert mit Colette und Ruedi weiterfuhr. Es kam ihm dabei nicht ungelegen, dass die beiden offenbar mehr und mehr eine spätherbstliche Liebesalpfahrt im Sinne hatten, so dass er überflüssiger Gefährte wurde. Er erkundigte sich nach dem Aufstieg, den die Besucher im Juni genommen hatten und trennte sich vom verliebten Pärchen.

Hubert war nie Einzelgänger gewesen. Denn um Einzelgänger zu sein, muss man entweder noch ganz mit der Natur verbunden sein, sich in ihr aufgenommen fühlen, wie dies etwa bei Berglern zu beobachten ist, oder man muss so sehr sich selber sein, dass ein Dialog mit der Natur möglich ist. So fühlte sich Hubert etwas unsicher. Doch dann spürte er etwas anderes, viel Stärkeres, und das zog ihn hinauf auf den Granitrücken, dorthin, wo die Sonne noch spielte in den herbstgelben Gräsern, wo Herbstspinnweben knorrige Arven wie sanfte Schleier durchzogen.

Oben im Hochmoor setzte er sich und schaute auf die dunklen Wasseraugen, die aus dem Sumpfgras emporäugten, schaute auf die uralten, verkrüppelten Tannen, die an einzelnen Stellen wuchsen oder vielmehr standen, denn zu wachsen vermochten sie kaum. Sonderbar, der Felsen neben ihm, das war kein Felsen, es war ein Gesicht, ein altes, uraltes Gesicht, unheimlich, andersweltig, lächelnd. Hubert hörte ein gewaltiges Lachen, und dann war dieses Wesen bei ihm, klopfte ihm auf die Schulter, lachte noch mehr und meinte: "So kommst du endlich zu mir auf die Alp. Hast mich lange warten lassen. Macht nichts, habe Zeit, oder vielleicht auch keine. Aber wo hast du deine Eva, hat's nicht geklappt? Ich habe doch Träume gegeben, dir, ihr, und die sind ja angekommen." Hubert machte ein recht verdutztes Gesicht. Der Alte hielt inne, schaute ihn an und fragte, ob er ihn nicht kenne. "Du bist Proteus", stammelte Hubert. "Brav gelernt, kannst mich auch so nennen. Spielt keine Rolle. Aber die anderen Fänggen* nennen mich den alten Noeck. Kommt dir dies nicht bekannt vor, bekannter als dein griechischer Proteus?" Hubert war, als hätte er dies mal gehört, aber anderswie, vielleicht in einem Traum oder wie in einem Traum. Und das sagte er dem Noeck. Der aber lachte. "Also bin ich ein Traumgespinst. Auch gut. Die Hauptsache ist, dass ich bin, oder auch nicht, wie ihr Menschen das so nennt. Du bist ja auch doppelt, mein Lieber, nur merkst du es nicht. Aber zurück zur Frage, wo hast du Eva? Hat sie wieder gekniffen wie auch schon, oder bist du ihr davon?" Hubert war verwirrt. "Wer hat gekniffen, wann, wo?" "Eva natürlich", wiederholte der Alte. "Aber lass es gut sein. Sag ihr einfach einmal Mengele." "Mengele, was ist denn das, ein Mengele?" "Götter, bist du vermenschlicht. Hätte ich nie gedacht. Na, dann werde ich eben weiterhelfen müssen." Kaum hatte der alte Noeck dies gesagt, war er nicht mehr da. Nur Äuglein blinzelten noch listig wissend aus dem Fels.

Als Hubert die Alp erreichte, war die Sonne bereits hoch an den Kalkwänden emporgeklettert, die Alp selbst lag tief im Schatten. Hubert war erst ein wenig enttäuscht, als er beim grossen Stall, den er zuerst erblickte, keinerlei Lebenszeichen entdeckte. Doch als er näher kam, sah er aus dem Kamin, der weiter unten tief in eine Mulde eingebetteten Hütte ein Räuchlein steigen. Ruedi und Colette hatten also Feuer gemacht. Hubert näherte sich vorsichtig, er wollte die beiden nicht stören. Doch sie hatten ihn erwartet, kamen ihm lachend entgegen und fragten, ob er sich mit einer netten Nymphe so lange verweilt hätte. Beim kleinen Weiher unten im Wald hätte es Najaden, so werde behauptet, und die könnten einem frischgebackenen Maturanden wohl gefährlich werden. Hubert bedauerte, dass ihm leider nichts Derartiges passiert sei - über das, was wirklich geschehen war, wollte er nicht sprechen - und meinte scherzend, er wolle es nachts nochmals versuchen. Vielleicht seien die Nymphen eher Nachtgespenster. "Nun, zuerst wollen wir tüchtig essen", meinte der wirklichkeitsnahe Ruedi und schaute nach, ob die geschwellten Kartoffeln schon weich wären. Sie waren es nicht, und so zog Hubert eine der wohlweislich mitgepackten Chiantiflaschen aus dem Rucksack, vergass nicht, Colette zu fragen, ob sie nichts dagegen habe, da sie wegen der Schwangerschaft mit Brunnenwasser vorlieb nahm. Dann begann ein gemütliches Essen und Trinken in der langsam sich erwärmenden Hütte. Das Pärchen zog sich schon früh in den Nebenraum zurück. "Das Kleine ist müde", meinte Colette augenzwinkernd.

Hubert blieb in der Küche und lauschte dem Feuer im Herd. Nach anfänglicher Dunkelheit wurde die Nacht wieder heller und heller. Der Vollmond hatte sich über den Bergkamm erhoben und zeichnete Bäume und Felsen mit scherenschnittartiger Schärfe. Hubert trat vor die Hütte und beschloss, noch einen kleinen Spaziergang zu machen; von der Begegnung mit dem Noeck war eine kleine Unruhe geblieben. "Die anderen Fänggen nennen mich den alten Noeck", hatte das Wesen gesagt. Was hiess dies, die anderen Fänggen? Er, Hubert Brunner, war doch kein Fängg. Und was war das überhaupt, ein Fängg? Langsam stieg Hubert den steilen Hang ob der Hütte hinan, bis zu einem grossen Felsblock, von dem aus man die Alp überschauen konnte. Es war still, sehr still, nicht eine friedliche, müde Stille, sondern eine krispelnde Stille voller Erwartung, voller kleiner Geräusche, die rasch verklangen und doch auf anderes deuteten. "Clair de lune", dachte Hubert. Wie hiess es schon: "Votre âme est un paysage choisi que vont charmant masques et bergamasques". Bergamasques. Ja, er war ganz nahe an Bergamo, versuchte Hubert seinen Wirklichkeitssinn gegen die andringenden Träume zu verteidigen. Wie hiess es weiter? Ganz sicher war Hubert nicht: "jouant du luth", oder vielleicht "flûte et quasi tristes sous leurs déguisements fantasques". Ja, so lautete der Text. "Déguisement fantasque". Hubert dachte an den alten Noeck. Wer war der, unter seiner phantastischen Verkleidung? Und was hatte der Noeck über ihn und Eva gesagt? Er hätte Träume gesandt. Wem Träume gesandt, ihm? Eva? Träume stammten doch aus dem Unterbewussten und waren manchmal Ausdruck von Verdrängungen. Klar, er wäre gerne Eva näher gekommen, hatte auch ein bisschen gehofft, hier auf der Alp mit ihr zusammen zu sein. Dessen war er sich bewusst, das war keine Verdrängung, die der alte Noeck ihm einflüsterte.

Die krispelnde Stille wurde drängender, lauter. Was war das? Hatte er irgend welche Kräfte geweckt? Dann ein grosser, mächtiger Ruf gar nicht weit von ihm, wie das Aufbrüllen tiefster, vernichtender Leidenschaft. Ein Gegenruf, ein Gegenröhren. Hubert musste über seine Furcht vor Geistern lächeln. Das waren Hirsche, röhrende Hirsche. Jetzt im Oktober war ja Brunftzeit. Hubert versuchte einen Hirsch auszumachen. Richtig, jenseits der Hütten auf dem Bödeli zeigte sich ein mächtiges Geweih, vom röhrenden Hirschen hoch in die Luft gestellt. Doch ihm entgegen röhrte vom Wiesentälchen her - so hatten die Sennen das Tälchen beim Bergsturz genannt - ein anderer Hirsch, ging ihm entgegen. Sie mussten beim alten Stall zusammentreffen. Hubert beobachtete gespannt. Dann erschrak er. Jemand legte die Hand auf seine Schulter. Er drehte sich um und sah einen Mann neben sich stehen, mit Pelerine und grossem Hut, offenbar ein Schäfer. Zwei grosse Bergamasker waren bei ihm, schnupperten misstrauisch, fast knurrend an Hubert. "Masques et Bergamasques", sagte der Alte, "was tust du hier draussen, weisst du nicht mehr, es ist die Nacht der Tiere." Und er wies auf die Raben, die mit lautem Krah über den Bergsturz flogen, wies auch auf den Fuchs, der im hellen Mondschein auf dem Quellbödeli auszumachen war. "Es ist nicht gut, wenn man in der Nacht der Tiere draussen ist und die Tiere stört. Diese Nacht gehört ihnen, das solltest du wissen." Hubert hörte sich selbst zum Alten sagen: "Entschuldige, ich habe es vergessen, unten in der Stadt, ich musste anderes Wissen erlernen." "Ich weiss. Aber du darfst das Wissen aus den Bäumen und Bergen nicht vergessen." "Hubert, Hubert", ertönte da die Stimme Ruedis. Colette und Ruedi waren durch die röhrenden Hirsche geweckt worden, hatten gemerkt, dass Hubert nicht in der Hütte war - sonst hätte er sich ja sicher zu ihnen gesellt, um dem Röhren zu lauschen. Sie suchten ihn mit einer gewissen Besorgnis, denn wenn die Hirsche so wild röhrten, konnte man nie wissen, ob sie nicht auch Menschen angriffen. Hubert schrak auf, der Alte und die Hunde waren verschwunden und unten auf dem Weg hörte man die rasch schlagenden Hufe der Hirsche. "Ich komme", rief er den Freunden zu und lief zur Hütte hinunter.

Natürlich drehte sich nun das Gespräch um die Hirsche. Nach einiger Zeit war das Röhren, wenn auch weiter weg, wieder vernehmbar. "Wollen wir schauen gehen?" fragte Ruedi. "Nein", antwortete Hubert, "das ist die Nacht der Tiere, da soll man die nicht stören." "Was heisst denn das wieder, Nacht der Tiere?" "Ach so", meinte Hubert leicht verwirrt, "mir ist, ich habe das mal so gehört oder gelesen, dass man die Tiere nicht stören soll in solchen Nächten." "Vielleicht hast du recht, es kann ja auch gefährlich sein", mischte sich Colette ins Gespräch, "bleib ein wenig bei uns, ich habe wieder Feuer gemacht, es gibt Kaffee, Mitternachtskaffee." Spät erst zogen sie sich auf ihre Lagerstätten zurück.

Hubert schlief ein, traumlos, oder wenigstens ohne sich am Morgen eines Traumes zu erinnern. Er war fast ein wenig böse. Hatte nicht der Noeck davon gesprochen, dass er Träume sende? Jetzt wäre doch Gelegenheit gewesen für einen Traum, einen schönen Alptraum mit Eva. War dies jetzt nur ein Wortspiel gewesen, oder mehr, war er Alptraum für Eva, Eva für ihn? Sonderbar wirklich schien ihm die Sprachwendung plötzlich. Ja, es hatte so etwas gegeben, einen Alptraum mit Eva. Es schien ihm, als ob Erinnerungen hochstiegen in ihm. Dort, im alten Stall war es gewesen, Eva und er. Aber er war noch nie hier oben gewesen. Woher dann diese Erinnerung, diese deutliche Erinnerung?

Hubert erhob sich, wusch sich am Brunnen, trank vom kalten, frischen Wasser und ging zum alten Stall. Er war leer, nur ein paar Haufen altes Heu lagen auf dem Boden. Falsch also wohl der Alptraum. Hubert stieg wieder den Berg hinan zum Felsen, auf dem er nachts gesessen. Auch hier keine Spur, überall kalter Oktobermorgen mit hartem Frost auf den Grasresten. Hubert kehrte zur Hütte zurück und erfuhr dann von Colette und Ruedi, dass im Sommer noch viel Heu im Stall gelegen. Sie hätten es bei einem Schneefall im August verfüttert. Nächsten Sommer würden sie heuen, sie hätten jetzt gesehen, dass es hier oben nötig sein könnte, zu füttern. "Haben dann die Besucher auch im Stall geschlafen?" "Ja natürlich, auch Eva ist dort gewesen." Also doch, dachte Hubert. Die Erinnerung war also richtig. Konnte er es wagen, Eva zu fragen? Hubert war sich nicht schlüssig. Denn die Erinnerung sprach nicht nur von Gesprächen, sie sprach von innigerer Beziehung.

Auf dem Rückweg von der Alp hätte Hubert gerne versucht, den Noeck zu treffen. Aber er konnte nicht wieder den Aussenseiter spielen, man wanderte also selbdritt zurück und da war an ein Auftauchen von alten Wesen nicht zu denken.

Und doch hatte der Alpbesuch für Hubert manche Klarheit gebracht. Nach dem Erlebnis auf der Wendeltreppe hatte er sich in die Maturitätsvorbereitungen gestürzt, um sich selbst und uneingestandenermassen Eva zu beweisen, dass er genügend Verstand habe und zu guten Leistungen fähig sei. Dabei hatte er sein Wissen um Mystik und Mythos erweitert, so dass er nun mindestens einen Weg zu besserem Verständnis der alten Wesen erkennen konnte.

Im Druckereigewerbe blieb er. Dank seiner Ideen, die seit der Wendeltreppe vielfältiger geworden waren, hatte er interessantere Aufgaben im Entwerfen und graphischen Gestalten übernehmen können. Daher befriedigte ihn die Arbeit mehr als früher, sein Verdienst hatte sich verbessert, und es zeigten sich manche Möglichkeiten zu beruflichem Aufstieg. Doch dies war nur der Rahmen, den er brauchte, um seine anderen Ziele zu verfolgen. Es musste sich eine Weltsicht erarbeiten lassen, die sowohl Mystik wie Mythos umfasste, eine Weltschau, die ihm half, sein Erleben mit Eva zu deuten. Er fühlte sich zu Dank verpflichtet gegenüber dem alten Wesen. Denn ohne den Einfluss anderer Kräfte wäre er der Mann ohne Eigenschaften geblieben.

Doch wie war es mit Eva gewesen? Oder mit Mengele? War Eva dieses Mengele? Und wer war dieses Mengele, dessen Namen er zum ersten Mal vom alten Noeck gehört?

8

Nach dem Alpbesuch bemühte sich Hubert, die seltsamen Erlebnisse in einen sinnvollen Zusammenhang zu bringen. Es gelang ihm nicht. Nur dies schien eindeutig: alles war in Zusammenhang mit Eva, die der alte Noeck Mengele genannt hatte.

So entschloss sich Hubert nach längerem Zögern, Eva anzurufen, um womöglich durch ein Gespräch mit ihr mehr Klarheit zu erlangen. Eva freute sich und lud Hubert zu sich ein. Bei einem Glas Wein am Kaminfeuer lasse sich besser plaudern als in einem öffentlichen Lokal.

Und wirklich, kaum hatten sie einen ersten Schluck getrunken und die Schatten des Kaminfeuers an den Wänden zu tanzen begonnen, als sich auch erste Gemeinsamkeiten in ihren Erinnerungen zeigten. Eva wollte natürlich nicht über den ES sprechen, erzählte daher von ihrer Madriser Bergtour und dem alten Schafhirten. "Wie sah er aus? fragte Hubert gespannt. "Schlapphut, grosser Stock, zwei Bergamasker." "Der ist's!" rief Hubert, "der ist's, der auf der Alp von der Nacht der Tiere gesprochen hat, der sogar französische Verse kannte." "Das wundert mich nicht", meinte Eva, "er sprach zwar nicht französisch, aber von Gamskäse, als ob dies das Selbstverständlichste auf der Welt sei." "Und der alte Noeck sprach von dir und sagte, du heisst Mengele." "Mengele... Mengele? Das klingt vertraut und unvertraut in einem." "Der alte Noeck nannte sich selbst Noeck, mich einen Fänggen und dich Mengele." "Im Splügen hat mich mal eine sehr alte Frau mit "Mengele" angeredet." "Vielleicht ist dies ein Hinweis, ein Bezug auf früher?"

Plötzlich erhob sich Hubert, neigte sich über Eva und küsste sie. Eva erwiderte erst den Kuss, bog dann aber rasch den Kopf zur Seite. Hubert setzte sich wieder: "Ich musste dich einfach küssen, es kam so über mich, wie dort auf der Kellertreppe." "Und du hast geküsst wie der ES auf der Alp." "Der ES?" "Mit ihm hat das Ganze begonnen, mit einem Tagtraum, einem erotischen Erlebnis in der Nacht auf der Alp." "Das stimmt mit dem überein, was der Noeck mir erzählt hat. Er sprach von Träumen, die er geschickt habe."

"Du und ich, wir beide sind da in etwas hineingeraten, das wir nicht verstehen, noch nicht verstehen. Gut, dass du Indologie und Altphilologie studieren willst. Vielleicht findest du so einen Schlüssel für unsere Erlebnisse. Mit unserer modernen westeuropäischen Bildung lange ich da nirgends hin." "Ich glaube nicht, dass wir eine Erklärung finden können. Es handelt sich wohl um alte Wesen, der Noeck sprach irgendwie von Zeitlosigkeit. Wir müssen uns in Geduld üben." "Und vorerst Spekulationen aus dem Weg gehen," schloss Eva die Unterhaltung und hob ihr Glas. Sie wollte sagen: "auf unsere Alperlebnisse", stockte aber. Besser wohl, man rief die Geister nicht. Dann verabschiedete sich Hubert.

Hubert lebte nun recht zurückgezogen, arbeitete, studierte. So hatte er schon früher oft die Zeit verbracht. Jetzt war es jedoch anders. Studium und Arbeit waren nicht mehr beherrschender Lebensinhalt, sie wurden oft zur Flucht vor etwas anderem, was in ihm war, anderes begehrte.

Eines Tages erhielt er einen Anruf von Colette. Sie fragte ihn an, ob er nicht der Frauengruppe, deren Mitglied sie war, ein wenig graphisch und drucktechnisch Hilfe leisten könnte. Sie hätten wenig Geld und wollten doch ihre Anliegen mit einer Broschüre möglichst gut darstellen. Hubert sagte zu und fand sich am folgenden Freitagabend bei der Gruppe ein.

Die Fragen bezüglich Darstellung einmal gelöst, uferte das Gespräch auf Allgemeines aus. Daher verabschiedete sich Hubert bei der ersten Gelegenheit. Conny, eine hübsche Brünette, die ebenfalls zum ersten Mal bei der Gruppe mitmachte, schloss sich ihm an, ohne sich viel darum zu kümmern, was die anderen Frauen dazu sagten. Dies wirkte anregend auf Hubert. Er staunte über sich selbst, wie leicht es ihm fiel, mit Conny zu plaudern, zu scherzen, ja zu tändeln, wie sehr die frühere Unentschlossenheit und Unsicherheit gewichen waren, was ihn lockte, weiter zu erproben, ob er nun wirklich so sei, wie er es früher gewünscht. Conny ihrerseits fand Spass am Spiel. Es freute sie, dass Hubert, von dem es geheissen hatte, er interessiere sich nur für seine Götter und seine Studien, ganz offensichtlich an ihr Gefallen fand.

Als Hubert am Paradeplatz, wo Conny und er mit verschiedenen Tramlinien hätten weiterfahren müssen, fragte, ob sie nicht noch ein Lokal aufsuchen wollten, um weiterzuplaudern, sagte Conny, sie sei sehr einverstanden, doch sei es schwierig, um diese Zeit - es war halb zwölf - noch irgendwo eine gemütliche Ecke zu finden. Er könnte ja zu ihr oder sie zu ihm kommen, letzteres würde sie vorziehen, da sie gerne die indischen Bücher, die er in der Diskussion erwähnt hatte, anschauen würde. Zeit hätten sie ja, morgen sei Samstag, da könnten sie ausschlafen. So ganz angenehm war das allerdings Hubert nicht. Zwar hatte er sich in letzter Zeit etwas mehr um die Einrichtung seiner Dreizimmerwohnung gekümmert, aber vieles fehlte noch. Vor allem die Wände waren ziemlich leer, es gab nur ein paar Kopien und wenige Fotos. Immerhin, in einem Zimmer hatte er die Musikanlage und eine alte Kredenz, in welcher er das Geschirr versorgte, im andern Zimmer befand sich die Bibliothek mit einem Schreibtisch, während die Einrichtung in seinem Schlafzimmer recht dürftig war und nur aus Kasten, Bett und Stuhl bestand. Wenigstens hatte er einige Flaschen Wein, wobei er den Gedanken, dass er diese eigentlich für einen Besuch Evas besorgt hatte, geflissentlich verdrängte.

Conny störte die karge Einrichtung keineswegs. Sie machte es sich im Ess- und Musikzimmer bequem, und als Hubert eine Flasche guten Rotwein mit schönen, alten Gläsern - die hatte er erst kürzlich erstanden - brachte, fand sie alles sehr gemütlich und war mit ihrem Entschluss, Hubert zu besuchen, zufrieden, zumal es auch nicht so aussah, als ob häufig Frauenbesuch bei Hubert wäre. Dann aber erinnerte sich Conny daran, dass sie eigentlich zu Hubert gekommen war, damit er ihr seine Darstellungen der liebenden Götter Indiens zeige. Sie brauchte Hubert nicht lange zu bitten, er stand sofort beflissen auf, um im Studierzimmer einen Bildband zu holen. Conny folgte ihm. Wie sie im Studierzimmer ein Sofa entdeckte, meinte sie, hier sei es viel bequemer, sie könnten die Bilder doch gleich hier anschauen. Und kurz entschlossen holte sie Wein, Gläser und Salzgebäck, stellte es in Ermangelung eines Tischchens auf einen Stuhl, rückte diesen vor das Sofa und machte eine einladende Geste zu Hubert. Er hatte inzwischen das Buch gefunden und folgte Connys Aufforderung, sich neben sie zu setzen. Conny lehnte ihr Bein an seines und begann zu blättern. Das erste, was sie aufschlug, war die Abbildung einer Baumnymphe. "Eine Yakshini", erklärte Hubert. "Darum bist du also nach Indien gegangen", neckte sie ihn, "dabei habe ich immer vermutet, du seiest nur wegen der Fakirnagelbretter hingereist." Hubert wehrte ab: "Leider bin ich keiner Yakshini begegnet, und wenn, hätte ich sie wohl nicht nach Zürich bringen können oder wollen." "Warum nicht? Ich würde gerne einmal eine solche Fruchtbarkeitsdämonin kennenlernen. Vielleicht könnte sie mich dann auch diese sonderbare Stellung" - sie zeigte auf die dreifach abgebogene Gestalt - "lehren."

Mit diesen Worten schob Conny das Buch beiseite, erhob sich, nicht ohne das Weinglas mitzunehmen, und ahmte die Stellung nach. Dabei war ihr das volle Weinglas hinderlich, sie bat Hubert, es ihr abzunehmen. Als er aber aufstand und neben sie trat, bog sie sich wieder zurück und hielt ihm das Glas zum Trinken hin. Wie er nur einen Schluck nahm, befahl sie "mehr, mehr", bis er alles ausgetrunken hatte, orderte für sich ein neues Glas und leerte es, wieder die Stellung nachahmend. "Gott, ist das mühsam", meinte sie dann und liess sich aufs Sofa fallen. "Müssen denn die Männer keine solchen Verrenkungen machen?" "Weniger, die Frauen sind eben in Indien noch nicht so emanzipiert wie hierzulande und müssen sich noch zu den Männern hinbiegen", nahm Hubert ihren Neckton auf. "Auch bei deinen Götterpaaren?" fragte nun Conny und blätterte wieder im Bildband. "Stimmt, sie neigt sich zu ihm hin", meinte sie dann, als sie eine entsprechende Abbildung gefunden hatte; "dafür muss er sie aber auch halten und tragen", fuhr sie weiter, "probier's einmal". Und sie setzte sich auf sein linkes Bein. Weil er aber zu unbeholfen war, purzelte sie beinahe zu Boden. "Komm, halt mich!" rief sie und legte ihren Arm um seine Schultern. Etwas unsicher umfasste Hubert sie, berührte ihre Brust und dann, nur noch ein kleiner verlorener Gedanke an Eva, küsste er Conny. Als er später in der Nacht erwachte und Conny neben sich fühlte, streichelte er ihren Leib mit leiser Hand.

Conny blieb bis Sonntagabend bei Hubert. Am Mittwoch würden sie sich wieder treffen.

9

Am Montagabend rief Hubert Eva an. Er wollte sie zu sich einladen. Als dann aber Eva meinte, sie zöge es vor, wenn er wieder zu ihr käme, war das Hubert auch recht. In gewissem Sinne war ja nun Conny bei ihm. Ging er zu Eva, so war Conny weniger gegenwärtig.

Wie Hubert kam, bot sie ihm den Mund zum Kuss, schrak dann aber ein wenig zurück. Dies war nicht der Kuss des ES, den sie erwartet. Es war ein Kuss von einem anderen Manne. Es war ein Kuss, in welchem sinnliche Forderung und Aufforderung steckte.

"Sitz", lud Eva Hubert ein und wies ihm den gleichen Sessel zu, den er beim ersten Besuch benutzt hatte, während sie sich wiederum auf das Sofa setzte.

"Soll ich Feuer machen?" fragte Hubert, als er sah, dass im Kamin dafür alles vorbereitet war. Und ohne Evas Antwort abzuwarten, zündete er die geschichteten Scheiter an. Eva schaute zu, sprach nicht. Dann trat Hubert zurück, erblickte die Flasche Wein, die Eva für ihren Besuch heraufgeholt - über die Wendeltreppe, durchzuckte es Hubert - und entkorkte sie nach einem fragenden Blick auf Eva. Er füllte die Gläser, trat zu Eva und bot ihr ein Glas. Sie nahm es, stiess mit ihm an. Und dann stellte er sein Glas auf das Tischchen und küsste sie wiederum. Eva fühlte sich versucht, den Mund abzuwischen, tat dies aber nicht, sondern sagte nur: "Du küsst anders." Hubert stutzte. Hatte sie gespürt, dass er inzwischen eine andere Frau geküsst? Doch dies war unmöglich, und so sagte er: "Man küsst wohl nicht immer gleich. Nur eins ist sicher, jetzt habe ich dich selbst geküsst, nicht irgend etwas in mir." "Hattest du diesen Eindruck?" "Ja, du weisst es. Dort auf der Wendeltreppe hat es mich gepackt, und es hat zu dir "Liebste" gesagt, und es hat auch geküsst. Aber jetzt war ich es, ich, hörst du." Eva spürte den Konflikt in Hubert. Fast schien es, er wäre eifersüchtig auf das in ihm, das auch geküsst hatte. Aber sie hörte aus seinen Worten heraus, dass nun Hubert sie selbst begehrte. Aber das wollte sie nicht, zu lange hatte sie Hubert gekannt, ohne ihn als Mann zu erleben, und auch jetzt war es nicht Hubert, der sie interessierte, sondern das, was in ihm war, auf der Wendeltreppe in ihn gedrungen war, wie er selbst ja gerade gesagt. "Aber was meinst du denn mit dem, was auf der Wendeltreppe passiert ist? Ich selbst habe dort auch etwas gespürt."

"Das, was in mich gedrungen, steht im Zusammenhang mit dir, fast könnte ich sagen, du hast mich behext, du hast etwas in mich gelegt." "Nicht ich war es", sagte Eva zögernd. "Dann war es doch der Noeck", sagte Hubert erregt. "Aber er hat sich nicht deutlich ausgedrückt. Es geht nicht um ihn selbst, das ist sicher." Hubert zögerte etwas, fuhr dann fort: "Es geht um den ES. Wer, was ist dieser ES?" Eva stutzte, wurde verlegen. "Aber ich habe dir doch gesagt, was er für mich ist", meinte sie dann. "Ja, was er für dich ist, aber wer ist er, ist er einfach irgendein Wesen, das sich in dich verliebt hat, und wenn, was für ein Wesen? Ist es jemand, der das Mengele gekannt hatte, es wieder zu erkennen wünscht?" Doch jetzt stockte Hubert. Hatte etwa der ES einen Körper gesucht und den seinen genommen? Und wenn der ES ihn wieder verliess, was dann? Eva hatte inzwischen das Glas ausgetrunken. Sie erhob sich, stellte es auf das Tischchen, trat zu Hubert und drängte sich zu ihm hin. "Fass mich, halt mich ganz fest."

Doch wie Hubert ihrer Bitte nachkam, spürte er, dass sie trunken war. Schon bevor er gekommen war, hatte sie getrunken, dann nach dem fremden Kuss, jetzt das ganze Glas, sodann die Spannung, das war zuviel gewesen. Hubert setzte sich mit Eva aufs Sofa. Sie schmiegte sich dicht an ihn. Dann liess sie ihn los, nahm seinen Kopf in beide Hände, schaute ihn an, suchte Namen, verzweifelt Namen, sagte auch manchen, Christeli, Jürg, Bartli, schüttelte immer wieder den Kopf, murmelte, "ich find dich nicht, find dich nicht..."

Dann legte sie sich aufs Sofa und schluchzte. Hubert holte ihren Morgenrock, legte ihn über Eva, hielt sie fest. Sie schlief ein. Hubert machte Kaffee. Dann wartete er, schaute ins Feuer. Christeli, Jürg, Bartli, Christeli, Jürg, Bartli, die Namen gingen durch seinen Kopf, sinnlos.

Er versuchte sich zu erinnern. Wer war er gewesen, war er einer der drei gewesen, oder gab es einen weiteren mit anderem Namen? Und während er so nachdachte, schien ihm, dass die Namen weggingen von ihm, verblassten, und er hörte sich zu sich selbst sprechen, nein, zu Eva sprechen: " Ich bin nicht Christeli, Jürg, Bartli, ich bin Hubert, hörst du, Hubert, Hubert Brunner." Dann schlug Eva die Augen auf, war wieder ganz Eva Landolt, schämte sich ein wenig des Morgenrockes, fragte Hubert, wieso sie damit zugedeckt wäre. Und er erzählte ihr, was sie in ihrer plötzlichen Trunkenheit gesagt. Und während er so sprach, schaute sie ihn an, fast wie vorhin, aber bewusster. "Nein, du bist nicht Christeli, Jürg, Bartli, nein, du bist es nicht", meinte sie dann langsam. "Ich glaube, du bist Hubert, nur Hubert Brunner." Und nach einer Weile: "Aber wo ist der ES, wo sind Christeli, Jürg, Bartli, wo sind sie?" Und wieder nach einer Weile, jetzt anscheinend ganz nüchtern: "Der ES ist wohl weggegangen, ich sehe ihn nicht mehr. Hilfst du mir, ihn suchen, Hubert? Ja?" Hubert nickte. "Ich helfe dir suchen. Er ist nicht ich. Aber ich ahne, wo er zu finden ist." "Aber wo?" "Nun, dort, wo du auf ihn gestossen, weil du ihn und er dich suchte, oben auf der Alp. Du musst einen der alten Männer fragen, den Hirten oder das Wildmannli. Am besten den alten Noeck. Der ist wohl der älteste und weiss am meisten." "Ich glaubte, den ES in dir gefunden zu haben", sagte Eva. "Er war auch in mir, er war ich, teilweise", sinnierte Hubert. "Aber es ist wohl so, dass dadurch, dass er auf der Wendeltreppe sich meiner bemächtigte, in mir eine Reaktion entstand, dass ich selbst dadurch zu mir selbst geweckt wurde. Und jetzt kann ich nicht mehr der ES sein, jetzt muss ich ich sein." Und nach einer Weile: "Dafür danke ich dem ES, und dir, Eva. Denn hätte der ES nicht dich geliebt und du ihn, wäre er wohl niemals bis hier herunter in die Stadt gekommen. Ich wäre dann wohl nie zu mir selbst gekommen, wäre einer der vielen geblieben, die ohne Spur vergehen."

Eva setzte sich aufrecht hin und legte Hubert die Hände auf die Schultern, schaute ihn an. "Und weisst du, was es dem ES möglich gemacht hat, hier herunterzukommen und in dich zu schlüpfen? Du selbst, du mit deiner Zuneigung zu mir öffnetest ihm gerade dadurch dein Wesen. Aber ja, er ist fort. Ich weiss nicht, ob ich dich nun lieben kann. Ich möchte es so gerne." Und Eva neigte sich vor und küsste Hubert. Es war kein Kuss zum ES mehr, es war auch kein leidenschaftlicher Kuss, sondern ein Kuss, der fragte, anfragte, ob Liebe möglich wäre. Hubert erwiderte den Kuss auf gleiche Weise. Dann sagte Eva: "Ich spüre den Wein wieder, ich muss liegen, schlafen gehen. Aber ich habe Angst einzuschlafen. Wie hiessen sie schon, Christeli, Jürg, Bartli... und der ES... bleib noch etwas bei mir, bitte, ich gehe mich duschen und.." Unsicher schritt Eva zum Badezimmer. Hubert hörte die Dusche. Er blieb beim Feuer. Bald öffnete sich die Türe zum Schlafzimmer und Eva rief ihm zu: "Ich schlüpfe jetzt ins Bett. Kannst du noch etwas bleiben, bis ich schlafe? Das wäre lieb von dir. Du kannst dann einfach gehen, die Türe musst du nicht schliessen." Dann zog sich Eva zurück. Nach einer Weile rief sie Hubert: "Komm, sitz noch ein wenig zu mir, nicht lange, nur ein wenig." Hubert gehorchte, und es schien, als ob Eva sich völlig entspannte, als er sich auf den Bettrand setzte. Sie streckte sich, lächelte, und bald zeigte die regelmässige Bewegung der Decke, dass sie schlief. Hubert schürte die Glut im Cheminée zusammen und verliess die Wohnung. Er ging nach Hause. Der lange Marsch tat ihm gut. Aber denken mochte er nicht, die rein körperliche Bewegung sollte ihn müde machen, dann wollte er schlafen.

Etwa um ein Uhr erwachte Eva wieder. Mag sein, dass der Kaffee, den Hubert ihr gebraut hatte, zu stark gewesen war und ihr jetzt den Schlaf raubte, mag aber auch sein, dass sie einfach erwachen musste. Eva erhob sich und ging ins Wohnzimmer, um die Eingangstüre zu verschliessen. Leise lächelnd stellte sie fest, dass Hubert auf seine Weise aufgeräumt hatte. Sie wärmte sich ein Glas Milch und setzte sich damit vor das erlöschende Feuer. Doch mochte es der dadurch verursachte Luftzug gewesen sein, mochte es sonst einen Grund gehabt haben, das Feuer loderte plötzlich wieder auf und malte Evas Schatten gross und gespenstisch auf die Vorhänge, so dass Eva ihre Augen davon abwandte und wieder ins Feuer blickte. Dieses begann leise zu knacken und zu knistern. "Der alte Noeck ist da", fürchtete und hoffte Eva in einem zugleich. Dann aber nahm sie sich zusammen und lauschte. Wenn er da war, hatte er etwas mitzuteilen. Sie schloss ein wenig die Augen. Wie aus weiter Ferne sah sie das Feuer. Es war nicht mehr ein Kaminfeuer, es befand sich nun mitten in altem, russigem Gestein, es war das Herdfeuer von Macsur. Sie war eine alte Frau und schaute ins Feuer. Sie hatte den Vater begraben. Jetzt war sie allein. Er, wie hatte er schon geheissen, war weggezogen. Der ES war auch da. Aber auch er schien alt geworden zu sein, hockte auf der anderen Seite des Feuers, müde. Eva hörte sich fragen: "Und nun?", und sie hörte den ES antworten: "Und nun, kein "und nun", du hast mit mir gespielt und ich mit dir. Und die andern sind gegangen, der Christeli und der Jürg. Du wolltest mich nicht gebären, weil du keinen Mann wolltest neben deinem Vater. So konnte ich nur Schattengeliebter sein. Jetzt habe ich's anders probiert. Mit Hubert. Aber es geht nicht. Was werden will, muss den Weg des Organischen gehen. Du musst mich gebären, wenn ich wirklich werden soll. Vielleicht auch, dass ich einen andern Schoss, andere Eltern für mich finden kann." Und Eva sah den ES auf der andern Seite des Feuers langsam kleiner werden, langsam dahinschwinden. Sie war allein, das alte Mengele.

Als sie die Augen öffnete, war sie zuhause, in ihrem Wohnzimmer, vor dem Cheminée. Das andere war etwas gewesen, was der alte Noeck ihr gezeigt. Aber sie musste den Weg selber finden. Eva fühlte sich sehr müde. Sie ging wieder zu Bett und schlief traumlos.

10

Eigentlich wollte Eva am 2. Adventwochenende nach Macsur gehen, um vor Wintereinbruch nochmals alles genau anschauen zu können. Aber der Winter kam ihr zuvor, seit Dezemberbeginn regnete und schneite es in Zürich, während die Schneedecke in den höheren Lagen wuchs und nicht mehr wegschmelzen würde. Ein wenig aus dem Nebel auftauchen musste sie dennoch, und so fuhr sie am Samstag statt nach dem Avers nach Amden und wollte dort den Mattstock besteigen. Da das Wetter jedoch unerwartet aufheiterte, setzte eine Massenwallfahrt auf den Berg ein.

Das konnte Eva auch in Zürich haben, in der vorweihnachtlichen Bahnhofstrasse. Sie wich nach rechts aus, stieg durch ein verlassenes Tälchen, das aber leider durch die Verankerung eines Skiliftes verunstaltet war, auf einen legföhrenbewachsenen Grat.

Hier gefiel es ihr. Sie überkletterte einige der weissen Schrattenkalkfelsen, die aus den Legföhren nur wenige Meter emporragten und machte es sich dann in einer Nische bequem. Da sie teilweise durch Neuschnee hatte waten müssen, war sie ein wenig müde geworden. Sie achtete daher der noch vorhandenen Schneefeuchtigkeit nicht, die Hauptsache war, dass die Sonne schien, und diese brannte hier auf den Südhang mit grosser Kraft. Es war völlig still, nur einige Dohlen schwebten da und dort vorbei und liessen ihr "Krah, Krah" vernehmen. Als sie merkten, dass bei Eva nichts zu holen war, flogen sie weiter gegen den Gulmen. Ein unwiderstehliches Verlangen, Erde, Stein, Gras zu spüren, den Geruch dürrer Tannen- und Föhrennadeln zu riechen, ergriff Eva. Sie kletterte noch etwas weiter in Richtung Osten, fand nach einigem Suchen auf einer bewaldeten Graterhebung das ersehnte Plätzchen, zog die Windjacke aus und gab sich ganz der Sonne hin. Und es war, als ob die Sonne, oder die Erde, oder beide, sie aufnähmen, sie fassten und in sich fassten. Plötzlich war Eva Sonne und Tanne, Fels und Gras, Erde, in Herbstverlangen und Frühlingsverlangen atmende Erde. Doch dann zog ein grauer Schatten über sie, nistete sich kühl in die Tannen und Föhren. Eva erschauerte, fröstelte. Nebel war von Norden über den Grat gekrochen, hielt sich an den Ästen fest, klammerte sich an die Felsen, versuchte nach Süden hinabzusteigen. Rasch zog Eva die Jacke wieder an, machte sich auf den Rückweg über den Grat.

Als hätte die Sonne nur auf ihre Unterstützung gewartet, wich nun der Nebel auch wieder zurück, senkte sich rasch hinunter gegen das Toggenburg. Eva schaute einen Moment dem weichenden Nebel nach. Plötzlich entstieg ihm eine mächtige Gestalt, die einen Regenbogenkranz ums Haupt trug. Die Gestalt kam näher, wurde kleiner, wich wieder zurück und wurde grösser. Sie lockte, hob einen Arm, wie um zu greifen. Eva merkte, dass dies ihr Arm war, den sie ausgestreckt, instinktiv ausgestreckt, um die Gestalt wegzuscheuchen, zu bannen. Als Eva weitere abwehrende Gesten machte, ahmte die Gestalt sie nach. Es musste sich also um eine Art Spiegelung im Nebel handeln. Dies musste das Brockengespenst sein, vom dem Eva einmal in den "Alpen" gelesen hatte. Trotzdem, es war unheimlich, und Eva kletterte rasch über den Grat zurück, nur hie und da einen Blick hinunter nach Norden in den Nebel werfend. Sie wählte die südlichste Grasrinne, denn dort gab es wohl weniger Schnee als im Tälchen, durch das sie heraufgestiegen. Trotz aller Vorsicht, die sie als langjährige Bergsteigerin übte, rutschte etwas loses Geröll ab, und ein Lawinchen verschwand unter dem weitausladenden Ast einer Legföhre. Im gleichen Moment bewegte sich unter der Föhre etwas und schimpfte: "Donner und Doria, passen Sie doch auf, Sie Schneehuhn!" Und seitlich der Legföhre erschien ein Mann, nur mit einer Hose bekleidet. Er hatte offensichtlich unter der Föhre an einem geschützten Platz ein Sonnenbad genommen und war durch Evas Lawinchen gestört worden.

Eva stieg hinunter, um sich zu entschuldigen, passte dabei aber zu wenig auf, glitschte aus, purzelte ihrem Lawinchen nach und landete zu Füssen des aufgeschreckten Sonnenanbeters. Er streckte ihr die Hand hin, die Eva ergriff. Ein starker Schwung, und sie stand auf den Füssen und wurde zu einem Plätzchen geführt, das neben der Rutschbahn lag. "Kommt noch was?" fragte er, dem der zweite Schub offensichtlich besser gefiel als das Schnee- und Geröll-Lawinchen. Eva rief: "Nein, es langt doch, nicht?", und bemühte sich, ihre nassverschmutzten Hosen mit einem Grasbüschel etwas abzuputzen. "Natürlich reicht's, wenn eine Bergnymphe einem gleich in die Arme rutscht", meinte der Mann. "Gestatten Sie übrigens, mein Name ist Kurt Fischer." "Eva Landolt", stellte sich Eva ihrerseits vor, und beide lachten über die Förmlichkeit, mit der sie sich nach der unüblichen Begegnung bekannt machten. "Es tut mir wirklich leid, dass ich in Sie gerutscht bin. Offen gestanden, ich nahm nicht an, dass irgend jemand hier sein könnte und habe darum zu wenig aufgepasst." "Nun, ich bin ja mit dem Leben davongekommen", grinste Kurt Fischer. "Darf ich Ihnen nach der Aufregung eine Stärkung anbieten?" Er wies auf seine Thermosflasche, neben der ein kleines Schnapsfläschchen lag. "Da kann ich nicht nein sagen", meinte Eva. Die beiden suchten ein trockenes Plätzchen, Eva entnahm ihrem Rucksack die paar Guetzli, die sich noch darin befanden, und so schien sich ein gemütliches Picknick anzubahnen. Aber das Wetter spielte nicht mit. Der Nebel stieg wieder über den Grat und schob sich jetzt auch vom Walensee her herauf. Ein paar Minuten warteten die beiden, ob die Sonne wieder hervorbrechen würde. Doch dann gaben sie auf. Kurt Fischer zog sein Hemd an und die Skijacke. Eva hüllte sich in ihren Wetterschutz. Wie selbstverständlich machten sie sich nun gemeinsam an den Abstieg. Auf der Alp unten aber änderte Kurt Fischer die Richtung nach links zu den Kurfirsten hin. "Nicht nach Amden?" fragte Eva. "Nein, ich habe oben gegen Arvenbühl ein Häuschen, und das muss ich noch schliessen gehen. Sie kommen doch auch mit? Wenn ich schon das Glück habe, eine Bergnymphe zu fangen, möchte ich nicht schon wieder auf ihre Gesellschaft verzichten." Eva ging mit Kurt Fischer zu seinem Häuschen. Das Häuschen war so, wie solche Wochenend-häuschen zu sein pflegen, nicht besonders originell und doch mit persönlicher Atmosphäre, Wohnlandschaft mit Cheminée und Bar. Geschäftig entfachte Kurt Fischer das Feuer, und wie die Schatten über die Wände zu wandern begannen, fragte er, ob sie das Brockengespenst oben auf dem Raaberg auch gesehen habe. "Selbstverständlich", antwortete Eva. "Aber wieso wissen Sie davon? Sie lagerten ja weiter unten in sicherer Entfernung." "Zuerst war ich auch oben auf dem Grat. Und so sicher ist es ja hier unten auch nicht. Wer weiss, ob Sie nicht ein südlich verschlagenes Gespenst sind!" Eva lachte: "Mag schon sein, wenn ich mich auch eher als Wesen von Fleisch und Blut betrachte." "Darf man das überprüfen?" fragte Kurt Fischer, und ohne auf Antwort zu warten, legte er den Arm um Eva und drückte sie an sich. "Wirklich, sie lebt", neckte er sie. "Und warmblütig auch?" Bevor Eva antworten konnte, gab er ihr einen Kuss und gleich einen zweiten und meinte dann: "Tatsächlich, auch warmblütig. Da muss ich meine Kenntnisse über Nymphen erneuern. Ich habe immer gemeint, Hexen und Nymphen hätten Fischblut." "Manchmal schon, es kommt wie bei den Amphibien auf die Aussentemperatur an." "Naturwissenschaftlich gebildet?", fragte Kurt Fischer. "Was bist du denn von Beruf?"

duzte er Eva nun. "Etwas, was zu meiner Sonderart als Hexe passt, rate mal!", duzte sie zurück. "Keine Ahnung, zu welcher Art gehörst du denn?" "Zu den Vampiren, ich trinke dir ja jetzt zum Beispiel gerade den Wein weg." Kurt verstand nicht ganz. "Ja, was bist du denn, Bluttransfusionsschwester oder Chirurgin?" "Mir kommt es nur auf die Vampirzähne an, auf diese bin ich spezialisiert." "Zähne? Also Zahnärztin oder so was. Gott, und ich habe gedacht, da oben auf dem Raaberg ein unverbildetes Menschenkind zu finden." "Was bist denn du, wenn du so von Bildung wegstrebst?" "Nun, dein schlechteres Ich. Chemiker bei Ciba-Geigy." "Gott, wir Armen! Fliehen wir in die Natur und finden Zahnprothesen und Chemie." "Prothesen noch nicht, ich kann noch recht gut zubeissen." Er nahm Eva in die Arme und küsste sie, zuerst eher vorsichtig, dann, da sie keinen Widerstand leistete, immer leidenschaftlicher. "Küsse sind nicht schlecht, sie riechen nicht nach Chemie. Aber dein Wein verlangt nach Essen, ich bin hungrig." "Hungrig nicht auf mich?" fragte Kurt. "Der Appetit kommt mit dem Essen", gab Eva zurück. Kurt ging in die Küche und brachte eine Auswahl an Esswaren aus dem Tiefkühler. Eva fragte, ob er keinen Fondue-Käse habe. Darauf hätte sie am meisten Lust, und man könnte das Fondue so gemütlich am Feuer essen. "Wollen sehen", meinte Kurt und brachte ein grosses Stück Käse. Eva machte sich ans Kochen, Kurt besorgte das Tischdecken und die Kerzenbeleuchtung. Während Eva ihr Fondue rührte, durchzuckte sie der Gedanke, wie sehr die Situation jener bei Hans Hartmann glich. Beide Male eine Art Kollege, der sie begehrte, beide Male Männer, die sich etwas einbildeten auf ihre Verführungskünste. Nur war die Lage jetzt in manchem anders. Das seltsame Erlebnis der Erde, die Nebelschatten, dann ihr komisches Abrutschen zu Kurt hin, all das wirkte nach, die Wochenendhäuschen-Atmosphäre machte ungezwungener.

Kurt hatte seine Arbeit beendigt. Er trat hinter sie, küsste sie auf den Nacken, liess seine Hände den Hals entlang gleiten, öffnete vorne geschickt den obersten Blusenknopf, fasste mit seiner Rechten die linke Brust, mit der anderen strich er ihren Leib hinunter. Evas Leib wollte nachgeben; doch da, schon im Zurücklehnen, fiel ihr Blick auf das Fondue. "Pass auf, das Fondue brennt an!", rief sie, machte sich frei und begann wieder zu rühren. Kurt trat zurück. "Aber wenigstens eine kleine Weinprobe", und er hielt ihr ein Glas Weisswein hin. Sie nahm nur einen kleinen Schluck, bat ihn, Brot zu schneiden, das Fondue sei bald fertig. Gehorsam machte sich Kurt an die Arbeit, und als er sich mit einem Plättchen voll schon geschnittener Brotbröcklein näherte, belohnte sie sein Werk mit einem Kuss.

Um Mitternacht brachen sie auf, Kurt fuhr Eva nach Hause. Sein Wunsch aber, sie wieder zu sehen, fand keine Zustimmung. Wenn nicht Hans Hartmann, dann auch nicht Kurt Fischer, das war ihr bei der Heimfahrt klar geworden. So gab es einen knappen Abschied und Eva war froh, allein in ihrer Wohnung zu sein, duschte gründlich, und damit war Kurt Fischer abgespült. Nicht wegzuspülen aber war das Erlebnis der grossen warmen Erde und des Brockengespenstes. Sie wollte es auch nicht wegspülen, Erde und Brockengespenst, sie gehörten doch wohl in die Welt des ES.

Am nächsten Abend ging Eva früh ins Bett, denn sie fühlte sich noch müde von der vorigen Nacht. Nach ein paar Stunden erwachte sie, oder glaubte zu erwachen; vielleicht war es ein Traumschlaf. Der ES war gekommen. Der ES, wie er in der ersten Nacht auf der Alp bei ihr gewesen war. Es war jedoch wirklicher als damals, Eva spürte ihn deutlicher, spürte ihn neben sich, spürte ihn ganz und gar, mit ihrem ganzen Leib. Und dann sprach der ES: "Du bist schwanger, Geliebte." Und wie Eva zurückfuhr: "Es ist schon so. Wir Wesen wissen solches rascher als ihr Menschen. Der alte Noeck hat es mir gesagt, und darum bin ich hier. Ein Kind kannst du nicht von mir bekommen. Aber ich könnte dein Kind werden." Hier stockte der ES ein wenig. Dann näherte er sich Eva ganz innig, fest und tief.

Mehr wusste Eva am anderen Morgen nicht. Es schien ihr, dass der ES und sie in einen traumlosen Schlaf gesunken. Dann kam langsam die Erinnerung. Sie sei schwanger, hatte der ES behauptet. Das war doch unmöglich. Kurt hatte doch versprochen, aufzupassen, und zudem waren es ja nicht ihre gefährlichen Tage, versuchte sie sich nachrechnend zu beruhigen. Dann, nach dem Morgenkaffee, beschloss sie nüchtern, all das zu vergessen. Wenn sie wirklich ein Kind empfangen, würde sich dies ja zeigen.

Die nächste Menstruation blieb aus. Eva suchte ihre Frauenärztin auf und diese bestätigte ihr nach dem Test, dass sie schwanger sei. Es sei schon möglich, dass sie nicht die gefährlichen Tage gehabt, aber grosse körperliche oder seelische Anstrengungen könnten natürlich Einwirkungen haben auf die Zyklen. Die Tatsache bestand ohne Zweifel. Ob ihr das Kind sehr ungelegen komme, fragte die Ärztin vorsichtig. Eva schwieg, sagte dann, sie müsse erst mit sich selbst ins Reine kommen und ging in die Praxis. Papa Fritz fragte, was los sei mit ihr. "Das

Übliche?" Eva nickte. In der Praxis wollte sie nicht von ihrer Schwangerschaft sprechen, und vor allem musste sie sich selbst klarwerden, ob sie das Kind behalten konnte oder wollte.

Sie erinnerte sich der Methode, die für die Abtreibung zu Beginn der Schwangerschaft gebraucht wird. "Auskratzen". Sie sollte das Kind, das in bezug zum ES war, auskratzen lassen, auskratzen wie Asche aus einem ausgeglühten Ofen? Sie musste das Kind behalten. Zu Hause aber, in ihren vier Wänden, begannen sich Zweifel zu regen. Hier in dieser Wohnung konnte sie kein Kind aufziehen. Es würde ein Kind von Mama Dora und damit auch von Papa Fritz, oder sie müsste ein Kindermädchen suchen oder auf die Arbeit in der Praxis verzichten. Und je mehr Eva nachzudenken begann, desto mehr zeigten sich Schwierigkeiten. Und wenn es sich Eva auch nicht zugab, die Standesbedenken waren nicht aus dem Weg zu räumen. Zwar war es nicht mehr wie früher, sie würde nicht mehr geächtet. Aber trotzdem. Sie sah das leicht gequälte Gesicht von ihrem Bruder, wenn er um Auskunft gefragt würde, sie sah die etwas peinliche Rechtfertigung der Eltern, und sie sah sich selbst, sowohl verunsichert wie trotzig, das Kind betonen und verbergen. War es nicht gescheiter, besser, Schluss zu machen, Schluss auch mit all den Alpgedanken? Es gab keinen ausreichenden Grund, ein Kind auf die Welt zu stellen. Zudem, in dieser unsicheren Zeit sollte sie die Zahl der Vielzuvielen noch vermehren, war es nicht besser, keine Kinder zu bekommen, als sie in eine verseuchte und atomkriegsbedrohte Welt zu setzen? Eva schlief schlecht. Denn zwischen all den kopflastigen Gedanken tauchte doch wieder der Wunsch des ES auf, wünschte sie sich das Kind, wünschte sie wohl auch, dass der Noeck oder der ES selbst ihr die Antwort abnähmen, erschienen und ihr sagten, sie solle doch das Kind behalten. Das würde sie dann tun, überlegte sie im Halbschlaf. Wenn aber weder der ES noch der Noeck kämen, dann würde sie abtreiben. Niemand kam. Eva wartete noch einen Tag zu, überlegte noch eine Nacht lang. Dann rief sie ihre Ärztin an, bat sie um eine Unterredung, bekam umgehend einen Termin, beide Frauen einigten sich, dass Eva den kleinen Eingriff ambulant in der nächsten Woche durchführen lassen würde, und so geschah es, ohne alle Komplikationen, und ohne dass Mama Dora oder Papa Fritz oder irgendwer etwas ahnte.

Eva versuchte, alle Gedanken an den ES zu verbannen, sie arbeitete viel in der Praxis und nahm die Einladung ihrer Mutter zu einer Familienkreuzfahrt nach Griechenland und Ägypten an. Bei der Rückkehr fand Eva eine Geburtsanzeige vor. Colette und Ruedi teilten die Geburt einer Tochter mit. In einem Begleitbrief fragte Colette, ob nun Eva, wie früher besprochen, Patin werden möchte. Sie würden sich sehr freuen, könnten sie doch hoffen, dass Eva dann länger auf der Alp bei ihnen weilen werde. Eva hatte Lust, Brief und Geburtsanzeige zu zerknüllen und in den Papierkorb zu werfen. Konnte denn die Alp sie nicht in Ruhe lassen? Sie hatte ja mit den Geschichten um den ES Schluss gemacht.

Seit der Abtreibung hatte sie nicht mehr vom ES geträumt, keine Mitteilung vom Noeck bekommen, alles war still geblieben. Jetzt hatte Colette ein Kind, Ruedi und sie würden auf die Alp gehen, und der Nachtwind würde um die Hütten streichen. Eva würde auf Besuch gehen, würde im Heu liegen, würde lauschen, würde warten. Warum hatte der ES sie verlassen? Es wäre doch wirklich unvernünftig gewesen, das Kind zu behalten.

Auch ein zweiter Brief enthielt eine Anzeige. Conny und Hubert teilten mit, dass sie heiraten würden. Und auch diese Anzeige enthielt eine handgeschriebene Nachricht. Hubert teilte mit, dass Conny ein Kind erwarte, und dass Conny und er sich sehr freuen würden, wenn Eva die Patenschaft übernähme. Es hinge die Bitte mit dem zusammen, was sie miteinander erlebt, und er glaube, dass es richtig wäre, wenn Eva ihnen und vielleicht dem ES verbunden bliebe. Und wieder hätte Eva am liebsten Anzeige und Brief zerrissen und weggeschmissen. Doch sie tat es nicht, konnte es nicht tun, denn es ergriff sie ein Weinkrampf, der sie bis ans Ersticken quälte. Sie trank einen Wacholder, zwei, drei Wacholder und sank haltlos schluchzend auf das Sofa.

Am andern Morgen fand sich Eva in zerknitterten Kleidern. Auf dem Stubentisch lagen die zwei Ankündigungen und die beiden Briefe. Nach einiger Zeit beschloss Eva, der doppelten Bitte, die in den Briefen an sie herangetreten war, zu entsprechen.

Kurz darauf kam ein Anruf von Colette. Sie fragte, ob Eva nächstes Wochenende mit auf die Alp käme. Es sei schon ziemlich aper, hätten die Bauern gesagt, und da wollten Ruedi und sie nachschauen, wie der Winter den Hütten zugesetzt hatte. Und überhaupt, sie hätten Heimweh nach der Alp. Und noch etwas. Ob sie, Eva, nicht helfen könnte bei der Geissmiete oder einem Geisskauf. Annette erhalte von ihr nicht allzuviel Milch, und sie habe gehört, dass Geissmilch eine sehr gute Ergänzung sei. Man könnte ja am Wochenende auch zu Giuseppe fahren und das dort besprechen. Eva sagte sogleich zu, wenn sie auch innerlich leicht gemischte Gefühle gegenüber den nun so offensichtlich andrängenden Gottenpflichten hatte.

Es war richtiges Frühlingswetter und eine Frühlingsfahrt. Unten in Zürich blühten bereits die Kirsch- und Birnbäume, doch herrschte jene dumpfe, feuchte Tiefdrucklage, wie sie für das Mittelland nicht selten ist. In den Alpentälern aber tobte ein Föhnsturm. Die noch tief verschneiten Berge zeichneten sich scharf am Himmel ab, und der Wind blies teilweise so heftig, dass Eva die Geschwindigkeit des Wagens drosseln musste, da er fast von der Strasse abgehoben wurde. Über dem Schams drohten von Süden schwere Wolkenbänke, zogen manchmal in einzelnen dunkeln Streifen über das ganze Tal. Als Eva den letzten langen Tunnel vor dem Avers verliess, prasselte ein Hagelschauer auf das Auto, so dass sie wegen der bereits wieder montierten Sommerreifen sorgsam manövrieren musste. Oben auf der Alp aber, das konnte man vom Talgrund aus sehen, war Sonnenschein, die Föhnwolken zogen sich auch bald wieder zurück, so dass die Fahrt ins Avers nicht weiter behindert wurde. Denn die drei hatten beschlossen, zuerst einmal wegen der Geissen zu Giuseppe zu fahren, dort zu übernachten und erst auf dem Rückweg der Alp einen kurzen Besuch abzustatten. Wegen des launischen Wetters war das angezeigter, denn Annette war noch zu klein für Alpfrühlingskälte.

Giuseppe liess sich, wie öfters, nirgends blicken. Die Geissen dagegen trieben sich überall herum, frassen die ersten Kräutlein, die sich hervorgewagt hatten und gebärdeten sich als nicht gerade willkommene Gärtnerinnen. Während Colette und Ruedi sich in ihrem Hotelzimmer einrichteten, beschloss Eva, nach Macsur zu wandern. Das Wetter schien ihr dazu angetan, etwas Regen, etwas Sonnenschein, etwas Föhnsturm. Doch schon auf dem Weg zeigte sich, dass all das, was sie hier oben erlebt, noch lebendig war. Eine kleine Gruppe Steinböcke floh langsam den Hang hinan, und die Raben, die sie einst in Madris gesehen, flogen auch wieder. Sollte sie nicht besser umkehren? Doch eine Umkehr hätte die Wirklichkeit des Erlebten bestätigt, also wanderte Eva weiter.

Bei Macsur erwartete sie der alte Hirte mit dem grossen Stock. Diesmal aber mit zwei Bergamaskerhunden, die er nur mit Mühe davon abhalten konnte, sich auf Eva zu stürzen. Eva fürchtete sich, aber sie wagte nicht, zurückzugehen. Vielleicht liess dann der Alte die Hunde los, und diesen war sie nicht gewachsen. So näherte sie sich.

"Votre âme est un paysage choisi que vont charmants masques et bergamasques", begrüsste sie der Alte. "Warum kommst du wieder hier herauf? Die Hunde bellen, die Raben krächzen und du trägst kein Kind." Doch wie Eva antworten wollte, waren Raben, Hunde und der Alte verschwunden, und wie sie genauer hinschaute, war da nur der alte Holderbaum, dessen Stamm unten noch im Schnee steckte. "Ich habe Wahnvorstellungen", sagte sie sich kopfschüttelnd, setzte sich, schaute aber nichtsdestoweniger forschend umher.

Nichts regte sich. Nur der Wind hatte sich mit neuer Macht erhoben und stiess heulend in die Mauerreste von Macsur. Der Windstoss zerriss aber auch die Wolken, und im wieder hell leuchtenden Sonnenschein sah sie von unten Colette mit Ruedi zu ihr heraufwandern, das Kind im Arm. So wartete sie. Collette und Ruedi waren begeistert von der Lage von Macsur, und als Eva antönte, sie könnte das Älpchen kaufen, versuchten beide, sie zum Kauf zu bewegen. Auch Eva neigte immer mehr dazu. Wenn sie hier herauf kam, ein Häuschen baute und ihre Patenkinder hier spielten, war dann die Welt nicht wieder in Ordnung? Sie war ja dann nicht das alte, verbitterte Mengele, nein, sie brachte junges Leben ins Tal. Da würde der Alte wohl weichen oder wieder freundlich werden.

Abends tauchte dann Giuseppe auf, war recht zufrieden, als Eva nun von Macsur zu sprechen begann und anerbot sich sofort, über den Sommer zwei Milchgeissen auszuleihen. "Macsur", er änderte seine Verkaufstaktik, da er drei Interessenten sah, "Macsur, sehr schöne Alp, gutes Gras, Wasser, Ställe leicht zu reparieren." Eva sagte, zuerst wolle sie noch ein geologisches Gutachten erstellen lassen. Sie habe nachgeschaut, Macsur heisse Steinbrocken, deute also auf Lawinen. Giuseppe meinte, es gebe eine Geologengruppe in Thusis, man könne dort eine Expertise machen lassen, er hätte das auch beim Neubau des Gasthofes gemacht. Er werde dafür sorgen, falls Eva das wünsche. Eva nickte, Giuseppe stiftete eine Flasche Wein, und man trank auf kommende gute Nachbarschaft.

Am nächsten Morgen fuhr Eva mit ihren Freunden zum Maiensäss. Dort berieten die drei, ob sie trotz des drohenden Wetterumsturzes, der auf dieser Höhe leicht Schnee bedeuten konnte, auf die Alp steigen sollten. Da Ruedi jedoch etliches an Vorräten für die Sommermonate eingepackt hatte und auch Colette noch einige Vorkehrungen treffen wollte, entschlossen sie sich, doch hinaufzusteigen. Für die kleine Annette konnte man ja nötigenfalls heizen. Doch der Anblick der Alp war trist. Schon auf dem Weg hinauf hatte es Schnee- und Eisreste, oben aber lag auf der Nordseite der Hütte noch tiefer Schnee. Der alte Stall schien intakt zu sein, aber der Sennhütte hatte eine Lawine arg zugesetzt. Der lottrige Blechkamin war wieder einmal heruntergerissen worden und steckte in den Resten des Lawinenschnees. Hinten gegen den Berghang hatte die Lawine die Türe eingedrückt und die Hütte bis zur Mitte mit Schnee gefüllt. An einen Aufenthalt hier mit der Kleinen war nicht zu denken. Der schlechte Zustand musste erst den Bauern gemeldet werden, diese würden dann die Hütte wieder bewohnbar machen.

Eva war nicht unglücklich. Schon beim Aufstieg hatte sie immer wieder gegen das Hochmoor geschaut, glaubte sie immer wieder, die Bergamaskerhunde bellen zu hören. Wären sie oben geblieben, hätten Colette und Ruedi mit der kleinen Annette im einzigen noch bewohnbaren Raum der Sennhütte weilen müssen, für Eva wäre nur der alte Stall übrig geblieben, und davor schreckte sie zurück. So verstaute man dann Ruedis und Colettes Sachen so gut es ging und fuhr wieder zurück ins wärmere Unterland.

11

Am 21. Juni reiste Eva wieder ins Avers, um bei Giuseppe einen Mitarbeiter der Geologengemeinschaft zu treffen. Er wartete auf sie in Giuseppes Gaststube.

"Am besten gehen wir mal nach Macsur und schauen uns die Sache an Ort und Stelle an", meinte Stocker nach der gegenseitigen Begrüssung. "Geologische Profile habe ich bei mir, die Geologie ist in dieser Gegend wegen der Kraftwerke gut erforscht."

Eva ging voran. Sie war schweigsam. Stocker störte dieses Schweigen nicht. Er betrachtete aufmerksam die Gegend. Bei der Ruine von Macsur hielt Eva an. Gebimmel von Kuhglocken. Weiter oben zwei schwarze Schatten, die Raben, die ihr Krah, Krah krächzten. Waren das die Raben des Alten? Stocker trat neben sie, schien auch zu lauschen. Plötzlich sagte er: "Warten Sie auf den alten Mann?" "Warum fragen Sie das?" "Weil mir scheint, dass dem so ist. Kennen Sie den alten Mann? Hier habe ich ihn noch nie gesehen, aber unten im Toggenburg hörte ich viel von ihm." Eva war erstaunt. Wieso musste sie hier im Avers jemanden treffen, der den Alten kannte? "Dann sind Sie wohl öfters im Toggenburg?" "Früher war ich sehr viel dort, in letzter Zeit etwas weniger. Die Arbeit hier in Bünden liess mir nicht mehr viel Zeit." Die Antwort war offensichtlich ausweichend. Doch Eva kümmerte dies wenig. Stocker kannte den Alten. Sie musste noch mehr erfahren. "Was sagt man denn im Toggenburg vom Alten?" Stocker antwortete mit einer Gegenfrage: "Was wissen Sie von ihm?" Eva zögerte, dann aber siegte der Wunsch, etwas vom Alten zu vernehmen. So erzählte sie Stocker von ihrem Ausflug ins Madris und vom Wildmannli. Den ES erwähnte Eva nicht.

Stocker schien zu spüren, dass Eva noch mehr erlebt hatte. Er schaute sie fragend an und meinte: "Ich glaube, Sie haben viel mehr mit dem Alten zu tun gehabt, als Sie erzählt haben. Die Ruine hier in Macsur, sie ist in Bezug zu Ihnen und zum Alten. Dessen bin ich mir sicher." Eva schwieg, nickte dann, hielt Stocker die Hand hin und sagte: "Du heisst doch Gregor, nicht? Ich heisse Eva. Es ist nett von dir, wenn du mir von den alten Wesen sprichst. Du hast damit wohl recht. Vorerst aber die Geologie. Vielleicht ergeben sich Anhaltspunkte." "Nimm ein wenig Platz, ich will mich etwas umsehen", sagte Gregor und begann dem Quellbächlein nachzusteigen.

Eva setzte sich zur Ruine hin. Sie sah die Berge des Valle di Lei und sah sie auch nicht. Sie hörte die Kuhglocken und hörte sie auch nicht. War sie selbst oder war sie nicht? Denn wenn der Alte war, und der schien ja zu sein, dann war vielleicht manches nicht, das sie als seiend betrachtete. Galt es für sie, nun neue Massstäbe für Sein und Nichtsein von Wesen zu erarbeiten? Und wenn der Alte wirklich seiend war, dann existierte wohl auch der ES. Warum war sie hier nach Macsur gekommen, warum hatte sie einen Geologen treffen müssen, der den Alten kannte? Wäre es nicht am besten, sofort umzukehren, nach Hause zu fahren? In die geordnet organisierte Praxis, in den geordnet organisierten Haushalt? Eva blieb jedoch sitzen, und ihr war, als sässe sie schon lange, lange, als sänke sie tiefer und tiefer hinein in Macsur, unwiederbringlich.

Eine Stimme weckte sie. Gregor war von seiner Quellenerkundigung zurückgekehrt und erzählte, dass die Quelle gut sei, da sie vom Gletscher gespiesen werde, und dass auch die Lawinen- und Steinschlaggefahr nicht übermässig sei, auf alle Fälle nicht so, dass man vom Bau eines Ferienhäuschens abraten müsste. Zudem hätten die Bewohner früher gut beobachtet und bestimmt nicht an einer gefährdeten Stelle gebaut. Das Häuschen käme ja wohl auf die Schrattenkalkfelsen zu stehen, auf dem auch die Ruine lag, und da müsste man sich höchstens vor Staublawinen durch Verstärkung der Hinterwand schützen. Doch dann brach Gregor abrupt seine Ausführungen ab. "Du hörst ja gar nicht, was ich sage", fuhr er etwas verunsichert weiter. "Warum hast du mir das gesagt vom Alten?" "Das geschah "sunder warumbe". Ich musste es einfach sagen. Du schrittest so schweigend voran. Dann hieltest du neben der Ruine. Und dann sah ich die beiden Raben; Verbindung zum Alten." Gregor schwieg. "Und du, welche Bezüge hast denn du zum Alten?"

Das ist eine lange Geschichte, eine Geschichte auch, die noch nicht zu Ende ist und von der ich auch nicht weiss, oder nicht wissen will, wie sie endet." "Willst du nicht erzählen?" "Besser nicht, denn ich müsste dir ja so erzählen, wie du mir erzählt hast, mit Aussparungen." "Nun dann, wie steht es mit dem nicht Auszusparenden?" "Das kann ich in einem Satz sagen. Ich stiess auf den Alten als Möglichkeit, zur geistigen Welt zu finden. Ich versuchte, ihm zu folgen. Daran bin ich gescheitert." Eva spürte, wie weh es Gregor tat, so etwas zu sagen. Aber sie fragte nicht weiter.

Abends gab es einige Komplikationen wegen der Geissen, welche Eva unbedingt auf die Noeckalp - so hatte sie die Alp des ES für sich getauft - mitnehmen wollte, damit Colette nicht länger für die kleine Annette Nestlébreili machen müsse. Ruedi war mit ihr und Annette seit Mitte Juni oben, da war Hilfe dringend. Aber die Geissen liessen sich unter keinen Umständen im Kofferraum und auch nicht auf der Hinterbank des Autos unterbringen. Obwohl die Fahrt nur etwa eine halbe Stunde dauern würde, war das Risiko, dass die störrischen Tiere Unfug treiben und so Eva beim Lenken behindern könnten, allzu gross. Glücklicherweise war Gregor noch nicht weggefahren. Nachdem er zuerst behilflich sein wollte, die Geissen in Evas Wagen zu laden, sah er die Unmöglichkeit ein und anerbot sich, die Tiere mit seinem Wagen, einem robusten Lada, zu fahren. Dieser sei geissengewohnt, meinte er, klemmte ein Gitter zwischen sich und die Hinterbank, band die Geissen fest, nachdem er ihnen den Aufenthalt im Wagen mit etwas Heu verschönert hatte. Dann rief er, Eva solle vorausfahren und so den Weg zeigen, worauf beide ohne weitere Schwierigkeiten zum Maiensäss gelangten.

Inzwischen war es Abend geworden. Weiter unten im Tal, wohl unterhalb der Via Mala, musste ein Gewitter getobt haben, denn grauschwarze, feuchte Wolken schoben sich talaufwärts, hatten bereits den Piz Tschera und den Piz Beverin bis weit hinunter verhüllt und stauten sich jetzt an den Kalkwänden oberhalb der Alp, wobei immer schwerere, düstere Wolkenschichten von unten nachschoben, so dass die Alp selbst vermutlich bereits im Wolkennebel lag. Gleichzeitig war es bedeutend kälter geworden, ein feuchter Wind blies, so dass eine graunächtliche Novemberstimmung aufzukommen drohte.

Eva half Gregor die Geissen ausladen, stand etwas fröstelnd mit den beiden Tieren neben dem Auto und wartete darauf, sich von Gregor zu verabschieden. Dieser aber schaute um sich, spürte auch Evas Unbehagen in der unfreundlichen Umgebung und anerbot sich, sie auf die Alp zu begleiten. Er habe Zeit, denn heute Abend gehe er sowieso nicht mehr ins Büro. Eva zögerte erst ein wenig. Wie sie aber auf den sie unheimlich anmutenden Weg schaute, sagte sie zu. Beide zogen ihren Regenschutz an. Eva band die Geissen an die vorsorglich mitgebrachten Stricke, und dann zogen sie alpwärts. Die Geissen allerdings schienen vom Wetter wenig berührt. Sie zogen nach allen Seiten, wo sie gerade etwas zum Fressen zu erhaschen meinten, so dass Eva und Gregor genug zu tun hatten, die Tiere einigermassen vorwärts zu treiben.

Glücklicherweise hatte Gregor mehr Geissenerfahrung als Eva. Während sie ihrer Geiss eher nachgab, sich von ihr auch etwas seitwärts ziehen liess, fasste Gregor die seine fest am Strick und führte sie vorwärts. Da er den Weg nicht kannte, folgte er an der Stelle, wo der neue Weg nach links, der alte aber nach rechts und damit hinüber zu den gestürzten Tannen und zum Hochmoor führt, dem alten Weg. Voller Angst rief Eva hinter ihm: "Links, links, ja nicht rechts!" Gregor zog gehorsam seine Geiss auf den neuen Weg, fragte aber erstaunt, was denn rechts liege, dass sie so laut gerufen habe. "Da ist der Wald mit dem Wasserloch, das Hochmoor... da kommen wir nicht gut durch." Gregor gab sich mit der Antwort zufrieden, doch schien ihm, dass Eva wiederum etwas verberge.

Beim unteren Alpgatter gab Gregor Eva seine Geiss zum Festhalten, damit er die Gatterstangen beiseite schieben konnte. Ein Blitz schien ihm zu seiner Arbeit Beleuchtung geben zu wollen, doch hatte er die unerwartete Wirkung, dass die eine Geiss nach rechts über den Wegrand hinuntersprang, dabei ausglitt und Eva mit sich zog, wobei Eva beinahe in den kleinen Tümpel hineinglitt, der sich dort, aufgestaut durch einen mächtigen Bergsturzblock, befand. Eva schrie auf. "Das Wasser, das Wasser." Gregor eilte zu Hilfe und zog Eva wieder auf den Weg herauf.

Inzwischen war das Unwetter losgebrochen, wild peitschte der Regen durch den Wald, der dort infolge des Abholzens recht schütter war. Die Geissen hatten keine Lust mehr weiterzugehen und drängten sich unter den schützenden Felsen. "Freuden und Leiden eines Geissbubenlebens", lachte Gregor, nahm die Stricke der beiden Geissen in seine Hand, holte für Eva einen kleinen Stecken, bat sie zu treiben, und so kamen sie langsam voran. Mit einiger Mühe sperrten sie die Geissen in den Geissenstall und gingen dann zur Alphütte. Ruedi hatte sich eben bereit gemacht, Eva entgegenzugehen. Froh, dass dies nicht mehr nötig war, begrüsste er Eva und Gregor, ging noch rasch zu den Geissen, während Eva von Colette trockene Kleider erhielt und Gregor sich am Eisenofen wärmte. Inzwischen war die Temperatur weiter gesunken. Ruedi musste bereits Schnee von sich abschütteln, als er wieder zur Hütte kam. Er war unruhig. Was geschah mit den Rindern auf der Oberalp, wo bereits Schnee liegen musste? Sollte er sie holen und heruntertreiben? Doch wie, bei Nacht und Nebel? Gregor beruhigte ihn. Er meinte, er würde noch etwas zuwarten, erfrieren würden die Tiere nicht, und am nächsten Morgen sehe vielleicht das Wetter wieder besser aus. Zudem sei es nachts recht schwierig, Vieh herunterzutreiben. Falls nötig, werde er am andern Morgen helfen. Er habe solche Wintereinbrüche in den Bergen schon mehrmals erlebt, und zur Not, lachte er, könne er schon einen Handbuben ersetzen, worauf Eva fand, dass sie als Handmädchen mithelfen werde, sofern der Ausdruck gestattet sei. "Bub oder Mädchen, die Hauptsache ist, dass das Vieh gehorcht", meinte Ruedi, "und jetzt feiern wir die Geissen!" und entkorkte die Chiantiflasche, die Colette inzwischen gebracht hatte.

Der löste bald die Zunge, man stiess an auf gute Sömmerung, auf die Geissen und zu etwas vorgerückter Stunde, als Eva von ihren Plänen zu erzählen begonnen hatte, auf Macsur. Gregor hielt sich zurück. Er war ja nicht Glied dieses Kreises. Und doch schien es ihm kein Zufall, dass er hier war. Denn kann man das Zufall nennen, was im Erwartungsgefüge eingebettet ist, also nicht einfach zufällt? Dass Eva vom Alten wusste, dass er wegen des Wetters gezwungen gewesen, hier auf die Alp zu kommen, auf der, so viel hatte er Evas Andeutungen entnommen, eben auch wieder der Alte hauste, der Alte, den er unten im Toggenburg gesucht, das war mehr als Zufall.

Als Gregor sich verabschiedet hatte, um sein Lager im alten Stall aufzusuchen, war schon recht viel Schnee gefallen. Frühmorgens ging er zur Hütte, wo Ruedi auch schon aufgestanden war, und beide beschlossen, das Vieh herunterzutreiben. Als sie vor die Hütte traten, hörten sie Stimmen. Zwei Bauern waren gekommen, um beim Heruntertrieb zu helfen. Es schneite noch immer, aber weniger dicht, dafür blies ein eisiger Nordwind talaufwärts. Man trennte sich. Ruedi sollte die Kälber holen und in den alten Stall treiben, Gregor ging mit den Bauern. Glücklicherweise hatten sich die Rinder und Mäsen* schon zusammengerudelt, nur ein kleines Grüpplein eines Heinzenbergerbauern, das sich immer abseits hielt, musste unter den Tannen gesucht werden. Dann ging's hinunter, mit Rufen, Fluchen, Brüllen des Viehs, das immer wieder ausglitschte, da die Steine unter dem Schnee verborgen waren.

Eva und Colette besorgten Kind und Geissen, machten Kaffee und stellten Schnaps bereit. Die Männer, völlig beschmutzt und nass, tranken aber nur rasch im Stehen eine Tasse, gingen dann weiter, denn das Vieh sollte hinunter nach dem Maiensäss, wohin mit dem Helikopter Heu gebracht werden würde. Gregor wollte den Bauern hinuntertreiben helfen und verabschiedete sich, denn er würde nicht mehr auf die Alp zurückkommen, sondern vom Maiensäss gleich weiterfahren.

Eva blieb mit Colette in der Hütte. Es war schwierig, sich draussen durchzukämpfen, denn das Vieh hatte den Schnee bis auf den Boden zerstampft, so dass eine braungelbe Schnee- und Erdmasse fast stiefeltief die Wege bedeckte. Ruedi hatte nach dem Maiensäss hinuntergehen müssen, um dort das Vieh zu hüten und es dann, wenn das Wetter bessern würde, wieder auf die Alp zu treiben. Er kam erst am andern Morgen zurück, als die warme Sonne den Schnee überall rasch zum Schmelzen brachte und das Vieh zurückdrängte auf die höheren Weiden.

Eva genoss die paar Tage auf der Alp. Sie hatte befürchtet und wie immer ein wenig gehofft, dass der ES ein Zeichen gebe, aber nichts dergleichen ereignete sich. Das Wetter blieb sommerlich und Eva durchstreifte die Alp meist mit den beiden Geissen als Begleiterinnen. Die Oberalp mied sie. Ruedi hatte erzählt, dass es dort Ruinen gebe, einen grossen eingestürzten Stall und drei kleine Hüttchen.

Am letzten Tag von Evas Aufenthalt unternahmen die drei zusammen einen Ausflug. Ruedi packte die kleine Annette in den Rucksack, so, dass sie bequem oben herausschauen konnte. Die Geissen schlossen sich an, und so zogen sie auf die Oberalp. Sie sahen von dort weit hinein ins Avers, und Eva glaubte, in den stotzigen Hängen, die zum Weissberg hinaufsteigen, Macsur ausmachen zu können. Fast mehr aber noch faszinierte sie der Cap la Mazza. Sie hatte ihn abends, wenn sie vom Hüttenbergli aus das Steigen der Schatten verfolgte, hoch ob den grauen Felswänden noch lange leuchten sehen. Hier auf der Oberalp aber war sie direkt zu Füssen des Mazza, ja, sie konnte den Adlerhorst ausmachen, der sich in der unteren Hälfte der fast überhängenden Wand befindet. Eben jetzt zog der Adler - sonderbar, man sagt immer 'der' Adler, nie ein Adler, wie man etwa 'ein' Sperling sagt, überlegte Eva kurz - seine weiten Kreise Richtung Avers. Unten an den Kalkwänden strichen mit ruhigem Krah die beiden Raben. "Wenn man einen Berggott annehmen wollte, hier müsste er irgendwo hausen", durchbrach Ruedi die Stille. Eva nickte nur.

Bei der Heimkehr ging Eva zu Giuseppe und machte mit ihm einen Vorverkaufsvertrag für Macsur. Zwar schalt sie sich selbst dabei ein wenig eine Närrin, aber die Versuchung, wenn auch widersprüchlich, war zu stark.

Mama Dora und Papa Fritz zeigten sich sehr zufrieden mit dem Kauf. Ein Ferienhäuschen für die Patenkinder, das passte in die Linie, und sollten Otto und Eva nicht heiraten, so kamen doch auf diese Weise kleine Kinder ins Haus. Dora konnte stricken und Papa Fritz fand es besser, keinen Schwiegersohn, als einen unerwünschten zu haben. Zudem fiel der geologische Bericht recht positiv aus, wenn auch Gregor nochmals vor Staublawinen warnte. Im Begleitschreiben bedauerte Gregor, dass er sich infolge des unerwarteten Viehabtriebs kaum von Eva hatte verabschieden können. Er finde dies auch darum schade, weil sie beide einen Bezug zum Alten hätten, der sicher noch der Klärung bedürfe.

Ähnlich empfand auch Eva. Sie schrieb Gregor zurück, dass sie mit Giuseppe bereits einen Vorvertrag abgeschlossen habe und dass sie gerne mit Gregor die definitive Lage des Häuschens besprechen möchte, und fügte bei, dass es sie auch freuen würde, mit ihm über die alten Wesen zu sprechen. Sie erbat Gregors Anruf. Dieser erfolgte bald, und die beiden trafen sich wieder bei Giuseppe. Eva hatte bei Giuseppe übernachtet. Gregor fuhr frühmorgens vor, und sie gingen nach Macsur. Nachdem sie den Bauplan besprochen, fragte Eva, wie es ihre Art war, direkt: "Bitte, erzähl mir jetzt von den alten Wesen." Gregor hatte die Frage erwartet und in gewissem Sinne auch eine Beantwortung vorbereitet.

Aber hier, bei der Ruine von Macsur, fiel diese anders aus, als er bei sich selbst gedacht: "Während meines Studiums an der ETH besuchte ich auch Philosophievorlesungen und lernte dabei Kant kennen. Sein Weltbild entsprach in manchem dem, was ich selbst ahnte: Es gibt eine Welt, die jenseits unseres Fassungsvermögens liegt und die Welt, die wir Wirklichkeit nennen und die Schwelle zwischen beiden Welten, die das Diesseits mit dem Jenseits verbindet. Diese Schwelle bilden die Götter. Ich versuchte zuerst die griechischen Götter zu erfassen. Aber sie waren mir zu fremd, und ich fragte mich, ob es nicht andere, mir nähere Göttergestalten gebe. Da sagte mir in der Zentralbibliothek in Zürich ein alter Mann, ich solle den Büscheler suchen, den Alten im Toggenburg. Ich kaufte dort eine Alphütte und ein paar Geissen." "Aha, darum kennst du dich so gut mit Geissen aus", warf Eva ein. Gregor nickte und fuhr fort: "Ich hatte damals nicht viel Arbeit, also Zeit zum Nachsinnen, und versuchte, dem Büscheler zu begegnen. Aber ich fand ihn nicht. Statt dessen begegnete ich Margrit, einer Bauerntochter aus einer Familie, die seit Generationen mit dem Büscheler verbunden ist. Wir haben einen Sohn, Georg. Mystische Erlebnisse lassen sich nicht erzwingen. Margrit wuchs immer inniger in den Kreis des Alten hinein. Ich musste wegen des Kindes mehr verdienen, und die Geologentätigkeit liess mir immer weniger Freizeit. So ist die Toggenburger-Idylle langsam zerronnen. Ich konnte kein Bergbauer werden und habe meine Geissen an Margrit verschenkt. Sie wird Bäuerin bleiben, die Tradition ihrer Familie weitertragen, und das ist sicher richtig so... Letzte Weihnachten habe ich mein Älpchen meinem Buben geschenkt. Mein Versuch, zu den Wesen und dem Alten zu gelangen, ist also bisher gescheitert." "Ich habe sie erfahren, aber die Erfahrung nicht nützen und halten können", antwortete Eva. Und sie erzählte Gregor vom ES, allerdings unter Aussparung der Schwangerschaft und der Abtreibung.

Gregor lenkte das Gespräch auf Macsur: "Giuseppe hat mir gesagt, es sei dies die Ruine eines Hauses, das vor vielen hundert Jahren gebaut worden sei. Aber was willst du bei oder mit einer solchen Ruine? Bist du früher einmal hier gewesen?" Eva verstand, was er andeutete. "Ich weiss nicht, ob ich wirklich in einem früheren Leben einmal hier gewesen bin, man kann so etwas nicht exakt wissen. Aber Bezüge zu dieser Gegend sind vorhanden, und vielleicht hiess ich einmal Mengele, denn diese Gestalt ist mir auch begegnet. Und wo hast du deine Vergangenheit?" "Du musst dein Haus planen", lenkte Gregor ab, "komm, wir diskutieren die Grundmauern, vielleicht habe ich auch noch einige Ideen beizusteuern." Und beide machten sich eifrig an die Arbeit, begannen abzuschreiten und Sonnenstandsüberlegungen zu machen. Es war wohl besser, zu bauen, aufzubauen, als von alten Wesen und alten Geschichten zu reden.

12

Am 2. Oktober gebar Conny einen Sohn, der nach seinem Vater Hubert genannt wurde. Hubert hatte lange überlegt, ob er sein Kind taufen lassen sollte. Aber Eva und Conny wollten beide am alten Brauch festhalten. Dafür setzte er durch, dass die Taufe im Avers stattfand, liess sich von den mahnenden Stimmen, dass eine Fahrt dort hinauf im Dezember einige Risiken böte, nicht abhalten. Entweder keine Taufe oder dann eine im Avers, darauf beharrte er. Und so meldete sich dann die ganze Gesellschaft bei Giuseppe und einem weiteren Gasthaus an - Giuseppe hatte zu wenig Platz für die vielen Leute, zumal Hubert alle Bekannten von der Alp, auch Gregor, zur Taufe eingeladen hatte.

Am Samstag war das Wetter, wie das im Dezember nicht allzu selten ist, warm und freundlich, die Sonne schien, die Geissen konnten noch herausgelassen werden und einige Kräuter abfressen gehen und der ganze Taufzug pilgerte nach Macsur, um zu schauen, wo das neue Haus von Eva zu stehen kommen sollte. Die froh-gelockerte Stimmung, welche herrschte, teilte sich auch Eva und Gregor mit, sie verloren die leise Scheu, die sie voreinander gehabt. Papa Fritz, der natürlich mit Mama Dora auch mit von der Partie war, fand Gefallen an Gregor und bot ihm das Du an. Mama Dora, rasch begeistert, interessierte sich für Gregors Beruf und entdeckte, dass sein Vater "natürlich" ein guter Bekannter ihrer Familie gewesen. Papa Fritz spendierte eine Runde. Giuseppe tat ihm nach und lud dabei drei andere Gäste, die in seiner Wirtschaft waren, mit ein. Einer davon war wohl ein Knecht Giuseppes, redete er ihn doch mit "Padrone" an, die anderen beiden waren Leute aus der Umgebung. Eva stiess mit ihnen auf gute Nachbarschaft an, worauf der älteste der drei fragte, ob sie das neue Mengele sei, das auf Macsur wohnen wolle. "Das bin ich", antwortete Eva, da sie annahm, dass in der herrschenden fröhlichen Stimmung eine nähere Vorstellung ihrer Person nicht angebracht sei. "So, so", sagte der Alte, "dann pass aber auf vor dem alten Mengele auf Macsur." "Und was weisst du von dem?" fragte Gregor den Alten und reichte ihm ein Glas Wein, das der Alte in einem Zug hinunterleerte. "Nun, von dem weiss man dreierlei, man weiss vom Christeli und vom Jürg und vom Bartli." Eva starrte den Alten mit weit geöffneten Augen an. "Und wer waren denn die drei Burschen und das Mengele?", versuchte

Gregor das Gespräch fortzuführen. "Nette Burschen waren alle drei, und tüchtige dazu. Der Christeli, der war der Bub vom alten Padrutt im Stettli. Er hat das Mengele lieb gehabt und ist wohl jeden Abend rüber gekommen auf Macsur. Und sie hat ihn auch lieb gehabt, sagt man. Aber dann ist er auch im Winter einmal gekommen, und da war der grosse Sturm. Man hat ihn nie mehr gefunden. Der zweite, der Jürg, kam herunter von Juf, kam oben herein über die steilen Planggen. Und den hat das Mengele auch lieb gehabt und er sie. Aber sie wollte nicht aus ihrem steinernen Haus hinaufziehen nach Juf. Da hat er Sold genommen und ist nie wieder gekommen." "Und der dritte?" fragte Eva, die sich wieder gefasst hatte. "Der dritte, der Bartli, den hat nie jemand gesehen, von dem hat nur das Mengele erzählt. Er soll jede Nacht zu ihr gekommen sein. Aber eines schönen Tages ist er auch nicht mehr gekommen, und das Mengele ist allein geblieben im steinernen Haus. Es ist uralt geworden, doch wie es gestorben ist, weiss man nicht. Die grosse Lawine kam einmal bis Macsur, eine Staublawine, und da hat man das Mengele nicht mehr gefunden."

"He, Vecchio, erzählst du wieder deine Gruselgeschichten?", rief da Giuseppe dazwischen, der nicht gerne sah, dass es um Eva so still geworden war. "Keine Gruselgeschichten, Padrone, das weisst du." "Aber lass das jetzt. Heute wollen wir feiern, nimm ein Glas." Und wieder leerte der Alte das Glas in einem Zug. "Sauf den Wein nicht, als ob er Wasser wäre", schimpfte nun Giuseppe. "Wird wohl auch Wasser im Wein haben, sonst wäre er nicht flüssig", grinste der Alte zur Antwort und zu Eva gewandt: "Nun, Eva, gehab dich wohl. Und lass deinen Liebsten nicht hinaus in die Nacht. Er findet sonst vielleicht den Weg nicht mehr. Das wäre schade." Damit wandte sich der Alte ab, ging zur Tür, pfiff anscheinend seinem Hund und verschwand in der Nacht, die jetzt pechschwarz über die Berge hereinbrach.

"Wer ist denn das?" fragte Gregor Giuseppe und hoffte, irgendeine beruhigende Antwort zu erhalten. "Den kennt hier jeder", meinte Giuseppe, "gut fürs Kind, dass er hier war." Mehr war nicht aus ihm herauszubringen. Nach dem Weggang des Alten wurde es ruhiger in der Gaststube. Die beiden andern Dörfler verabschiedeten sich auch bald, man sehe sich ja morgen in der Kirche wieder, meinten sie. Conny und Hubert hatten sich mit dem Täufling in ihr Zimmer zurückgezogen, begleitet von Mama Dora, die sich sehr wohl fühlte in ihrer Vizegrossmutterstellung und mit Connys und Huberts Mutter bereits einen Verwöhnungswettstreit begonnen hatte. So blieb eine etwas zusammengewürfelte Gesellschaft zurück. Man setzte sich um den grossen Kamin , in welches Giuseppe immer wieder einmal ein grosses Scheit warf, und plauderte über dies und jenes.

Doch dann bemerkte Eva, dass die kleine Annette eingeschlafen war, und dass Colette und Ruedi, die weniger in den Kreis einbezogen waren, sich gern in ihr Hotel zurückgezogen hätten. Eva anerbot sich, die beiden ins Hotel zu fahren, da dieses eine grosse Strecke entfernt lag. Doch wie sie die Türe öffnete, wurde sie von einem wütenden Windstoss zurückgeworfen und bis weit in die Gaststube hinein wurden schwer-nasse Schneeflocken geschleudert. Erschrocken machte Eva die Türe wieder zu und wollte sich in ihr Zimmer begeben, um sich wärmer anzuziehen. Doch der Windstoss war auch von den anderen Gästen bemerkt worden, sie waren aufgestanden, schauten durch die Fenster, an denen immer wieder Klümpchen nassen Schnees hinunter rannen und vereisten. Man fragte sich, ob man überhaupt noch hinaus könne, und ob eine Autofahrt nicht zu riskant sei. Irgendein Notlager könnte er schon bereiten, meinte Giuseppe. Das wäre auf jeden Fall klüger, als dass Eva in den Sturm hinaus fahren würde. Da meldete sich Gregor. Er hatte beobachtet, dass Colette und Ruedi nur ungern das Angebot Giuseppes angenommen hätten, da sie ihre Koffer und die Bébésachen für Annette in ihrem Hotel hatten. So schlug er vor, dass er mit seinem Lada fahre. Mit dessen Vierradantrieb komme er problemlos durch. Colette und Ruedi nahmen das Angebot Gregors dankbar an. Dieser machte sich bereit, wobei Giuseppe die Bemerkung nicht unterdrücken konnte, dass das ein Unsinn sei, in einem solchen Sturm sollte man zu Hause bleiben. Er begab sich zu den Ställen, um zu kontrollieren, ob dort nicht irgendein Fenster offen geblieben war.

Bald hörte man Gregor vorfahren, und da er den Wagen bis nahe zum Gaststubeneingang fuhr, konnten Colette und Ruedi mit Annette ohne grössere Schwierigkeiten einsteigen. Nur Annette wachte natürlich auf, als der Schnee ihr ins Gesichtlein peitschte, aber wie sie einmal im Wagen war und in Colettes Armen lag, schlief sie wieder ein und konnte sogar schlafend zu Bett gebracht werden.

Bei Giuseppe wartete die Taufgesellschaft inzwischen auf Gregors Rückkehr. Zu ihnen gesellte sich nach einer Weile Giuseppe, völlig schneebedeckt. "Er hätt' halt doch nicht fahren sollen", murmelte er, schien aber wie die andern entschlossen, auf Gregor zu warten, denn er bot wieder Wein an und setzte sich an den Kamin. Gesprochen wurde nicht viel. Alle versuchten, durch das Heulen des Sturmes, der ums Haus tobte, die Geräusche des Lada auszumachen. Aber lange Zeit war nichts zu hören. Dann vernahm man schwere Tritte, die Türe wurde aufgestossen und herein trat der Alte. Er hatte einen grossen Stock in der Rechten, sein Hut war über und über mit Schnee bedeckt. Er wandte sich an Eva. "Du hast nichts gelernt und lernst nichts. Weisst du nicht mehr, wie es dem Christeli erging, nachts im Sturm?" "Er ist tot?" schreckte Eva auf, starrte totenblass auf den Alten. "Nein, diesmal ist er nicht tot", antwortete der Alte, "hol ihn dir, er ist vor der Tür."

Und wie er das sagte, öffnete sich die Türe und Gregor trat in die Gaststube, auch er schneebedeckt. Er trat zum Alten, streckte ihm die Hand hin. "Du hast mir das Leben gerettet, ohne dich läge ich samt dem Lada unten im Rhein." Doch der Alte ging nicht auf den Dank ein. "Hat sich was", grinste er, "schliesslich fuhrst du und nicht ich, wie sollte ich dir da das Leben retten? Aber ein Tropfen wird doch guttun." Und der Alte schenkte sich ohne grosse Umstände ein Glas Wein ein und trank Gregor zu. "Musst aufpassen, Bub, mit dem Mengele da ist nicht zu spassen. Und der Alte schützt nur einmal." Gregor starrte den Alten an. Aber der drehte sich ab und verschwand. Eva trat zu Giuseppe. "Warum hast du den Alten hinaus gehen lassen, in diesem Sturm? Wenn er nun umkommt?" Giuseppe murmelte, dass der sicher nicht umkomme. Anstatt weitere Erklärungen zu geben, schob er einen Teller mit Bindenfleisch hin und forderte Gregor auf zu essen. "Wirst es nötig haben nach dieser Fahrt." Gregor dankte und begann zu essen, fast mechanisch.

Papa Fritz und die andern Gäste zogen sich in ihre Zimmer zurück und kurz darauf wünschte auch Giuseppe gute Nacht. Gregor und Eva blieben allein. Er ass langsam. Dann leerte er sein Glas. Eva wartete. Dann erhob sich Gregor, auch Eva stand auf. Gregor trat zu ihr, legte seine Hände auf ihre Schultern und fasste sie, dass es schmerzte. "Wir wollen zusammen sein. Aber ich will nicht, jetzt nicht. Du musst mir erst sagen, wo der Bartli ist." "Wo der Bartli ist?" erwiderte Eva fast tonlos. Dann begriff sie. Aber sie fasste sich, nahm Gregors Hände von ihren Schultern, zog mit beiden Händen seinen Kopf zu sich heran und küsste ihn. Darauf löste sie ihre Hände, schob Gregor weg von sich und sagte: "Ich gehe schlafen." Sie ging zur Türe und schloss sie hinter sich. Gregor stand eine Weile, dann ging er auch in sein Zimmer.

Am andern Morgen hatte sich der Sturm gelegt. Nur noch weisse, leichtere oder dichtere Schleier von Schneegestöber zogen den Bergketten entlang. Aber das ganze Tal war schneebedeckt, und der Sturm hatte mancherorts so hohe Wächten* hingeweht, dass der Schneepflug, der seit dem frühen Morgen ratterte, manchmal Mühe hatte, die dichten Schneemassen wegzustossen und wegzuschleudern.

Im Berggasthaus nahm man das Frühstück ein, wobei die Ereignisse der Nacht mehr Gesprächstoff lieferten als die bevorstehende Taufe. Insbesondere Gregor wurde mit Fragen bestürmt. Aber er wollte nichts Näheres berichten und sagte nur, man wolle offenbar, dass es dem kleinen Hubert gut gehe. Hubert hörte das "man" heraus und fragte, wer denn damit gemeint sei. "Das musst du dir selbst beantworten", gab Gregor zurück, "ich als Geologe habe nur die Fakten festzustellen, für Übernatürliches bist du als Geisteswissenschaftler zuständig." Mehr war nicht zu erfahren, und auch Eva, an die sich Hubert mit fragendem Kopfschütteln wandte, meinte ausweichend, sie sei nicht mitgefahren.

Im Hotel teilte ihnen Colette mit, der Pfarrer habe sagen lassen, sie sollten erst nach dem Gottesdienst zur Taufe kommen. Der Sturm habe ein Kirchenfenster aufgerissen und es sei nun in der Kirche für Bébés unzumutbar kalt. Sonst verlief alles programmgemäss, es sei denn, man wollte das Lächeln, das über das Gesichtlein des Kindes glitt, als der Pfarrer sagte: "Wenn du im Geist bist, wie ich im Geiste bin, so haben wir Gemeinschaft miteinander", anders ausdeuten.

Auf Silvester reisten Eva und Gregor nach dem Avers, obschon die Wettermeldungen entmutigend waren und das Risiko bestand, dass sie wegen Lawinen und unpassierbaren Strassen dort oben festgehalten würden. Es zeigten sich denn auch bereits bei Andeer die ersten Verwehungen auf der Strasse, und im Ferrera war Gregor froh, dass er in Thusis den Lada hervorgeholt hatte. So gelangten sie heil, wenn auch mit etwelchen Schwierigkeiten ins Berggasthaus. Beide waren gespannt, ob der Alte, dem ja offensichtlich Stürme nichts ausmachten, wenn er sie nicht sogar liebte, in der Gaststube wäre, gestanden es einander aber nicht ein. Doch der Alte war nicht da, dafür die ganze Familie Giuseppes mit einigen Gästen, die auf ein gutes Skiwetter hofften.

Eva und Gregor fühlten sich als Aussenseiter und äusserten gleichzeitig den Wunsch, nach Macsur zu gehen. Schliesslich hoffte Eva, im nächsten Jahr dort bauen zu können. Glücklicherweise kannten beide den Weg recht gut. Trotzdem war das Vorwärtskommen etwas mühsam, da der Schnee unregelmässig lag und Vertiefungen verbarg.

Die Ruine war unter den Schneewächten kaum sichtbar. Gregor befestigte mit einiger Mühe das Tännchen, das er auf dem Wege abgehauen, dann bargen sich beide in den Mauern, die doch einigen Schutz boten. Plötzlich sagte Eva: "Ich bin halt doch das Mengele. Nun weiss ich es. Ich kenne diese Stürme, ich kenne das Pfeifen hoch oben am Weissberg, das Sausen in den Arven. Aber ich will nicht das Mengele sein, das allein in seinem Trotz hier ausharrt. Hilf mir hier oder hilf mir zurück, Gregor." "Es wäre schön, wenn ich dir helfen könnte. Aber wir haben ja bei der Taufe gesehen, dass der Alte uns hilft oder nicht hilft, wie er will. Und wir sind ja den Wesen nicht nahe, nicht mehr nahe, so dass wir nicht mehr spüren, wohin sie streben."

Oben auf dem Firstbalken liessen sich zwei Raben nieder. "Sie sind da", flüsterte Eva. Gregor nickte. Aber die Raben benahmen sich ganz nach Rabenart. Sie plusterten sich, putzten die Flügel mit dem Schnabel. Von ihnen kam keine Antwort. Und doch, warum waren sie gerade angeflogen? Der Wind heulte. "Wie heisst es noch bei Verlaine?" fragte Eva halb zu sich und halb zu Gregor. "Nun, es steht etwas von "paysage choisi", aber auch von "quasi triste". Vielleicht ist es auch so, dass unsere Seelen eine auserlesene Landschaft sind, auserlesen oder ausgelesen von Kräften, die wir nicht kennen. Beide waren wir unserer Auserlesenheit nicht gewachsen. Wir waren zu zivilisiert, zu vernünftig. So sind wir jetzt ein wenig traurig, quasi triste.

Die Raben erhoben sich krächzend und flogen zum Weissberg.

Der Dreigehörnte

1

In dem Jahre, da sich die Atomkatastrophe von Tschernobyl ereignete, da die amerikanische Raumfähre Challenger barst und ein Chemiebrand alles Leben im Rhein tötete, sah man den dreigehörnten Hirsch auf der Alp des alten Noeck. Er erschien nur hier und dort, dem und jenem, und manchmal erschien er auch gleichzeitig an mehreren Orten. Es hiess daher auch etwa, es seien zwei dreigehörnte Hirsche im Spiel, aber auch das war nicht sicher, denn nie hatte jemand beide gleichzeitig am selben Ort gesehen.

Auch Oberingenieur Julius Suter, Mitglied der Geschäftsleitung der Swiss Water AG, hörte vom dreigehörnten Hirsch. Als passionierter Jäger und guter Kenner des Wildbestandes, hielt er das ganze erst für Jägerlatein. Als er aber vernahm, dass der alte Casutt schon seit Wochen, wann immer er könne, seine alte Jägerhütte aufsuche und geschworen habe, dass der Dreigehörnte ihm fallen müsse, änderte er seine Meinung. Wenn es den dreigehörnten Hirsch gab, dann gehörte und gebührte er offensichtlich ihm, denn die Swiss Water AG war mit Abstand die mächtigste Gesellschaft im ganzen Schoms und Avers, plante auch weitere grosse Bauten, wie etwa ein Ausgleichsspeicherwerk im Madris. Deshalb wäre ein Abschuss des Dreigehörnten nicht nur für ihn, Suter, ein grossartiger Jagderfolg, sondern er könnte auch der Firma nützen. Wer ein solches Tier schoss, gewann Einfluss. Und der würde ihm gut zustatten kommen, denn seit einiger Zeit regte sich weitverbreitet, wenn auch nicht überall offensichtlich, Widerstand gegen die Pläne der Swiss Water.

Mit solchen Argumenten beantragte Julius Suter einen kleinen Jagdurlaub im Monat September, den er auch ohne weiteres erhielt. Wenn auch die Geschichte mit dem Dreigehörnten etwas abenteuerlich tönte, so war doch unbestreitbar, dass an Jägerabenden in irgendeiner Bergwirtschaft manche Pläne bei einem Schluck Wein gefördert werden konnten.

Als Julius sein Vorhaben zuhause bekannt machte, meinte Monika, seine älteste Tochter, sie werde ihn besuchen, erklärte aber dann auf seine erstaunte Frage, ob sie nun Jägerin werden wolle, dass dem nicht so sei, aber dass sie gerne wieder einmal Romantsch hören würde. Sie studierte Romanistik. Julius war nicht besonders erfreut über den Vorschlag seiner Tochter. Erstens passte sie als Nichtjägerin und Frau nicht in die Jagdgesellschaft, in der er sich aufzuhalten gedachte, und zweitens hatte er vor, auch ein wenig Eheferien von seiner Frau Johanna zu machen. Er begnügte sich aber damit, darauf hinzuweisen, dass es sich nicht um eine interessante Gamsjagd handle, sondern um eine Hirschjagd. Fast wider Willen entfuhr ihm dabei, dass es sich um einen ganz aussergewöhnlichen Hirsch handle, einen Dreigehörnten. Diese Bemerkung festigte Monikas Entschluss, ihren Vater zu besuchen. Hirsche, vor allem Hirschgeweihe, waren ihr vertraut, denn Julius hatte in seinem Arbeitszimmer neben anderen Jagdtrophäen auch die Geweihe eines Achtenders und eines Zwölfenders aufgehängt, und mit einzelnen Geweihstangen, die ihr Vater gefunden, hatten sie und ihre Geschwister, Sybill und Marcel, gespielt. Ein Hirsch mit drei Geweihstangen aber war etwas Aussergewöhnliches, irgendwie klang es für Monika etwas märchenhaft. Wenn die beiden Seitengeweihe etwas verkümmert waren, wie Vater Julius angedeutet hatte, dann konnte man sogar an ein Einhorn denken... Julius allerdings tat dies als dummes Zeug ab, meinte dann aber spöttisch, er habe mal gehört, dass Einhörner nur von Jungfrauen gefangen werden könnten, da wäre es ja für alle Fälle gut, wenn sie mit von der Partie wäre. Monika hatte sich längst an solche Witzeleien ihres Vaters gewöhnt und reagierte nur mit ärgerlichem Achselzucken.

Suter rief einige Freunde an, ob sie mit ihm auf die Jagd kämen. Vom dreigehörnten Hirsch liess er dabei allerdings nichts verlauten, den wollte er für sich selbst. Es schien ihm vorteilhafter, Unterländer mitzunehmen, denn die waren meist zufrieden, wenn sie nur einen Hirsch sahen, während die Bündner Jäger alles daran setzen würden, zum Schuss zu kommen. Das zeigte ja schon das Verhalten des alten Casutt. Es fiel ihm nicht schwer, die Freunde für seine Idee zu gewinnen, da sie, wie Suter, geschäftliche Interessen geltend machen konnten und für ihr Jagdvergnügen sogar Spesenentschädigung erhielten.

Am Dienstagabend kamen die Jäger im Gasthaus an, das ihnen als Quartier dienen sollte, und da sie nicht weiterfahren mussten, hatten sie gegen ein paar Flaschen Wein nichts einzuwenden. Auch die einheimischen Jäger, von denen Suter die meisten kannte, fanden sich bei einbrechender Dunkelheit ein und setzten sich zu den Unterländern. Bald war eine angeregte Unterhaltung im Gange, bei der weder das Aushorchen bezüglich Jagd noch Bemerkungen über die Machenschaften des Wasserwerkes fehlten. "Ich habe drei Tiere oberhalb der Galerie ausmachen können." "Die war auch ganz schön teuer, nicht?"

"Jedenfalls konnten wir sie aus euren Wasserzinsen nicht bezahlen."
"Aber zum Schuss kommt man dort schlecht; unregelmässige Winde
und gute Sicht für die Tiere." "Ihr müsst halt nicht so stur auf euren
Wässerchen sitzen bleiben, dann gibt es auch wieder Geld für die Strassen, wenn wir bauen." "Morgen halt ich etwas weiter gegen Alp Ster-
la." "Da fällst du aber eher selbst, als ein Tier." "Über eine neue Tal-
sperre kann man ja reden." "Aber pass auf beim Hüttenstein." "Das
Steinwild ist noch sehr hoch, kaum zu schiessen und wenn zu schiessen, kaum zu holen." "Irgendwie werden wir es schon durchbringen."
So sprachen sie durcheinander. Was die neuen Wasserfassungen anbe-
traf, so zeigte sich, dass die Einheimischen zwar genug hatten von der
Bauerei, aber dennoch neue Wasserzinsen begehrten. Zudem war jede
Gemeinde eifersüchtig auf die anderen, wollte mehr aus ihrem Wasser
herauswirtschaften. Wenn Soglio das Madris verkaufte und daraus
einen Riesengewinn zöge, während die Averser die hohe Staumauer
und das Risiko hatten, gäbe es manche Konflikte!

Am andern Morgen hatten sich die Nebel, die am Anfahrtstag über
den Bergen gelegen hatten, gehoben; es versprach, ein schöner Septem-
bertag zu werden. Die vier Unterlandjäger beschlossen, in Zweier-
grüppchen zu rekognoszieren und dann gegen Abend getrennt das
Jagdglück zu versuchen. Mit Suter ging ein Bankdirektor. Doch als
Suter steil hinaufstieg, wurde es dem Bankier bald zu warm in seiner
hypermodernen Jagdbekleidung, die eher für eine stürmische Herbst-
nacht, als für einen warmen Altweibersommertag geeignet war. Und
dann das Gewehr! So meinte er, als sie oben auf dem Älpli waren und
er dort die Betriebsseilbahn der Kraftwerke sah, es wäre wohl am
besten, sie würden damit hinunterfahren. Sie könnten am Abend wieder hinauffahren und da auf dem Älpli aufs Wild warten. Letzteres war
nicht so unrichtig, denn es gab dort viel Wildwechsel. Suter jedoch war
damit nicht einverstanden, denn dass der Dreigehörnte ausgerechnet
hierher käme, um sich abschiessen zu lassen, war wenig wahrscheinlich. So war es Suter recht, dass sein Begleiter sich allein auf den Rückweg machte. Dass er jetzt, mitten im Vormittag, Wild antreffen würde,
nahm er nicht an. Es galt aber, den anderen Jägern zuvorzukommen.
Ein grosser Hirsch musste Spuren hinterlassen.

Suter stieg vom Älpli aufwärts durch den Wald nach Alp Sur. Ein
stark ausgetretener Wildwechsel führte, wenn auch nicht auf die Alp,
so doch südwärts in die von Alp Sur steil gegen das Tal abfallenden, mit
Weideplätzen durchzogenen Felsen. Suter folgte dem Wechsel, nahm

sein Gewehr in die Hand, entsicherte. Man konnte ja nie wissen. Und richtig. Wohl von anderen Jägern von der Alp Sur verjagt, zeigte sich vorn auf einem kleinen Wieschen ein Rudel Gemsen. Suter konnte nicht widerstehen. Er zielte auf einen Gamsbock, schoss und traf. Aber dieser machte, obschon sicher schwer verwundet, noch einen gewaltigen Satz über den Rand des Wieschens hinaus und verschwand in der Tiefe. Suter ärgerte sich. Er hätte nicht schiessen sollen. Jetzt hatte er ein angeschossenes Tier zu suchen und musste es nachher auch noch ins Dorf schleppen. Die Suche zwischen den stotzigen Felsen konnte recht langwierig werden. Doch es blieb Suter nichts anderes übrig. Ehre und Jagdgesetz liessen es nicht zu, dass man ein schweissendes Tier nicht verfolgte. Doch als Suter zur Abschussstelle kam, war nichts zu erblicken, obschon es weiter unten ein paar Tannen gab, die das Tier, falls es tot oder schwerverwundet war, hätten aufhalten müssen. So kletterte Suter in der vermutlichen Fallrichtung hinunter. An einer dürren Tanne klebten ein paar Haare und etwas Blut. Also wenigstens eine Spur. Die Haarrichtung zeigte, dass das Tier weiter gegen unten gefallen oder gesprungen war. Aber auf der nächsten Stufe war nichts zu sehen. Also hiess es weiterklettern. Noch etwas tiefer: wieder etwas Haar und Blut. Doch dann konnte Suter nicht mehr weiter, da der Wald aufhörte und sich erst weiter unten, nach ein paar steilen, unpassierbaren Felsstufen fortsetzte. Und nirgends das Tier. Es gab für Suter keine andere Wahl, als die Felsstufe zu umgehen und darunter die Spurensuche wieder aufzunehmen. Mit einiger Mühe gelangte er dorthin. Keine Spur war zu sehen. Das Tier musste zwischen den Felsen liegen geblieben sein. Suter kletterte wieder nach oben, stets nach allen Seiten äugend und immer wieder mit dem Glas sorgfältig alle Stellen absuchend, an denen der Gamsbock hätte liegen können. Er war unauffindbar. Drei Stunden lang suchte Suter, dann stieg er, des ergebnislosen Nachforschens müde, hinunter ins Dorf. Im Gasthaus fragte man ihn, ob er geschossen hätte. Er bejahte, log aber, er hätte nicht getroffen. Besser diese Lüge, als zugeben zu müssen, dass er ein Tier nur angeschossen hatte. Aber der alte Vazer, der in der Wirtsstube sass, und der anscheinend trotz seines Alters noch immer auf die Jagd ging - er hatte ein Fernglas und Gewehr bei sich - grinste: "Diesen Bock haben noch alle getroffen und nicht gefunden. Sei froh, dass du lebendig heruntergekommen bist. Lange genug bist ja herumgekraxelt." Suter ärgerte sich. Der Alte hatte ihn also beobachtet. So log er weiter, er hätte vermeint, getroffen zu haben, darum hätte er, wie es seine Pflicht gewesen, nachgeforscht. Der Alte sagte nichts mehr, erhob sich und bemerkte nur beim Hinausgehen, es sei nicht gut, wenn man eine Jagd mit falschem Schuss beginne. Die anderen Unterlandjäger, die inzwischen auch zurückgekehrt waren, schauten befremdet, und Zollinger vom Elektrizitätswerk meinte: "Der scheint dich nicht besonders zu mögen!" "Kunststück", antwortete Suter. "Der Vazer ist einer von denen, die finden, es dürften überhaupt keine Kraftwerke gebaut werden. Er hat grosse Schwierigkeiten bei der Planung gemacht, indem er den Leuten eingeredet hat, man dürfe an gewissen Orten nicht bauen, weil es, wie der Witzbold bemerkte, nicht richtig sei. Als ob er das wüsste! Aber ich muss vorsichtig mit ihm umgehen. Er hat einmal auf Alp Sur eine Stelle als gefährlich für den Bau bezeichnet. Man hat trotzdem einen grossen Mast aufgestellt, und bei der nächsten Lawine ist dieser Mast dann weggerissen und wie ein Schnurknäuel zusammengerollt worden, fast nicht zu glauben. Das hat dem Geschwätz des Alten Autorität verliehen, und ich fürchte, dass er mir im Madris und im Bregalga in die Quere kommt." "Ist aber schon komisch, das mit deinem Bock," meinte ein anderer. "Wollen wir morgen alle zusammen suchen gehen?" "Nein, nein," wehrte Suter ab. "Wär er verwundet, ich hätte ihn finden müssen. Und überhaupt, vielleicht geht ihn der Alte holen, der wäre dazu imstande." "Hat sich was mit so alten Jägern," liess sich da Paul Zollinger vernehmen. "Ich habe auch einmal so einen getroffen, unten im Toggenburg, Hans Walser hiess er, glaube ich. Der kannte sich auch aus bei den Tieren. Er hat mir zu einem prächtigen Steinbock verholfen." Und Zollinger begann zu erzählen, wie die Jagd verlaufen war. Die anderen hörten zu, mussten anstandshalber zuhören. Die Geschichte war längst im Umlauf. Nur ein bisschen anders. Es hiess, es sei ein Ziegenbock gewesen!

Da Suter von seiner Kraxelei müde geworden war, ging er abends nicht mehr auf die Jagd. Die andern Unterlandjäger zogen zwar aus, kehrten aber früh zurück, ohne etwas geschossen zu haben. Sie wollten lieber rechtzeitig schlafen gehen, um dann die Morgenstunden für eine neue Pirsch nützen zu können.

In Suter war eine Unruhe und Unsicherheit geblieben. Er war es gewohnt, dass er das, was er geplant, auch in die Wirklichkeit umsetzen konnte, dass Fehler mit genügender Geduld wiedergutzumachen waren. So stieg er frühmorgens erneut zum Älpli hinan und folgte dem Hirschwechsel. Es war völlig ruhig im Walde, und diesmal liess sich kein Gamsrudel sehen. Dafür aber entdeckte Suter neue Fährten,

Fuchsspuren. Also doch! Ein Fuchs hatte offensichtlich den toten Gamsbock gefunden und sich daran gütlich getan. Also musste er der Fuchsspur folgen. Sie führte hinauf auf das Wieschen, das unter jenem lag, auf dem der Oberingenieur den Gamsbock geschossen. Doch dann verlor sich die Fährte und war trotz aller Bemühungen Suters nicht mehr auszumachen. Suter fluchte vor sich hin, schalt sich selbst einen Narren, dass er nochmals hierher gestiegen und wandte sich dann resolut nach oben. Er wollte über den steilen, aber doch mit Tannen bewachsenen Felsgrat die Oberalp erreichen. Vielleicht kam er hier zum Schuss, denn dieser Grat war ein Winteraufenthaltsort für das Rotwild. Möglich, dass schon einige Tiere hier steckten. Der Wind war günstig, er strich von oben nach unten, sodass das Wild ihn nicht wittern konnte. Doch der Wald war leer, viele frische Spuren, viel frische Losung, aber kein Wild.

Auf der Alp fand er die Erklärung dafür, dass er keine Tiere hatte erblicken können: Vor dem zerfallenen Viehstall war der alte Vazer damit beschäftigt, einen mächtigen Steinbock auszuweiden. Der Schuss hatte die anderen Tiere vertrieben. Wie Suter zu Vazer hintrat und fragte, wo er den Bock geschossen, zeigte der Jäger auf die Wand weiter oben und meinte, dort gäbe es immer wieder Tiere, die jagbar seien. Aber keine Dreigehörnten! Dann fragte er Suter, ob er den Steinbock wolle. Natürlich wusste Vazer, dass es ein Jäger nicht liebt, sich mit fremden Trophäen zu schmücken, und so fügte er noch hinzu: "Bist ja auch schon sonst fremdgegangen, warum nicht mit einem Steinbock?" Suter wollte diese Anzüglichkeit erst wütend zurückweisen, besann sich dann aber, streckte dem Alten die Hand hin: "Topp, und kein Wort?" "Kein Wort." Suter füllte einen Scheck aus und gab ihn Vazer. "Gute Steinbockjagd gewesen", grinste dieser, als er den hohen Betrag sah.

Schwer beladen stieg Suter auf dem direktesten Weg ins Tal hinunter. Schon von weitem erblickte er auf einem kleinen Felsvorsprung, gerade dort, wo er noch einmal vor dem Abstieg hatte rasten wollen, etwas Rotes. Beim Näherkommen sah er, dass jemand zwischen den Preiselbeerstäudchen lag, eine Frau offensichtlich. Neugierig und infolge seiner gekauften Trophäe siegesbewusst und selbstsicher, trat er näher. Das Mädchen - eine Frau konnte es kaum sein - stützte sich auf die Ellbogen und schaute ihm entgegen. Sie war barfuss, trug nur ein rotes loses Kleid, das Suter schon von weitem aufgefallen war. Das Gesicht braungebrannt, tiefschwarzes, lang und frei herabfallendes

Haar. Dazu in eigenartigem Kontrast blaue Augen, klarblaue, helle Augen. Um Nacken und um die Arme trug sie Silberkettchen von offensichtlich feiner Arbeit. Suter liess den Steinbock ins Gras gleiten und trat zu dem Mädchen: "Wer bist du?" "Und wer bist du?" fragte sie zurück und fügte spöttisch hinzu: "Ich habe gemeint, grosse Herren aus der Stadt stellten sich den Frauen vor, nicht umgekehrt." "Also kennst du mich?" "Deinen Namen nicht, aber deinen Typ. Techniker oder so was in leitender Stellung bei den Kraftwerken. Und du gehst hier auf die Jagd, um den Leuten ausser dem Wasser auch noch die Tiere wegzunehmen." "Du bist ganz schön frech, ich nehme niemandem die Tiere weg!" "So?" sagte das Mädchen und zeigte auf den Steinbock. Fast wäre Suter die Wahrheit entschlüpft, aber er konnte seine Worte noch rechtzeitig zurückhalten und meinte, Jagd sei hier im Bündnerland ja für alle, also auch für ihn. Dann fuhr er weiter: "Ich hab' dich schon einmal gefragt, wer du bist!" "Ich bin das Leni." "Also ein Mädchen von hier. Hübsch und anmächelig siehst du aus." Ohne weitere Worte liess sich Suter neben Leni nieder und seine Hände wollten seinen Blicken, die schon vorher durch den Halsausschnitt geglitten und die Brüste erspäht hatten, folgen. Aber im Nu sprang das Mädchen auf, schlug ihm mit dem Schwalbenwurzenzian-Strauss, den es neben sich gehabt, heftig auf die vordringliche Hand. Rasch fasste Suter es am Rocksaum und versuchte es wieder zu sich herunterzuziehen. Aber Leni riss sich los, lächelte spöttisch: "Hasch mich, wenn du kannst", und wich gegen den Felsvorsprung zurück. Suter erhob sich so schnell er konnte. Dort musste ihm das Mädchen sicher sein. Aber sie wich weiter zurück, und wie er glaubte, nun zufassen zu können, da die Felsen steil abfielen, machte sie einen Sprung nach hinten über die Felsen. Suter prallte zurück, aschfahl. War sie seinetwegen hinuntergestürzt? Er näherte sich der Felskannte, schaute hinunter. Nichts war zu sehen. Nirgends ein Mädchen, nirgends das rote Röcklein, das ja nicht hätte verschwinden können. Er rief, nur das Echo spottete seiner. Fluchend kletterte Suter die paar Meter links den Felsen hinunter, suchte das Mädchen. Sie war nirgends zu sehen, musste wohl auf einem der Felsbänder nach rechts ausgewichen sein und nun irgendwo zwischen den Erlen und Arven sich verborgen halten. Schlupfwinkel gab es mehr als genug. Suter sah, dass es aussichtslos war, nachzuklettern, stieg zurück, holte seinen Steinbock und wanderte ins Tal hinunter.

Als er über das Älpli schritt und gegen den Wildwechsel spähte, durchzuckte es ihn. War nicht das Mädchen gleich rasch und spurlos verschwunden wie der Gamsbock? Dann schalt er sich selbst einen abergläubischen Esel. Das Mädchen bestand aus Fleisch und Blut, offensichtlich. Verflixt, dass sie ihm entkommen war. Er musste versuchen, sie wieder zu erwischen. Dann würde er ihr zeigen, was ein Oberingenieur ist und was es heisst, einfach so zu verschwinden.

Im Gasthaus liess er sich als grossen Steinbockjäger feiern. Nachts träumte er wirres Zeug. Er war wieder auf dem Wildwechsel oberhalb des Älpli, sah wieder den Gamsbock und wollte schiessen. Da war der Gamsbock plötzlich das Mädchen. Er schoss trotzdem. Da wurde das Mädchen zum Steinbock und kam auf ihn zu, indem es immer grösser wurde. Ausweichen konnte er nur, wenn er sich die Wand hinunterstürzte. Wie er springen wollte, erwachte er, schweissgebadet.

Am andern Morgen fiel ein leichter Nieselregen und weiter oben, bis gegen das Älpli herunter, lag Neuschnee. Kein Jagdwetter. Die Jäger beschlossen, ins Unterland zu fahren. Suter und Zollinger blieben. Sie wollten versuchen, die Gespräche über den Weiterausbau der Wasserkraftwerke wieder aufzunehmen. Die Jagdpause war hierfür günstig.

Die Gespräche gingen gut voran. Einer der reichsten Bauern im Dorf war mit einem Landabtausch einverstanden. Die Swiss Water würde einen guten Wasserzins bezahlen, und über die Restwassermenge könnte man diskutieren. Schliesslich regnete es ja öfters und dann sei die Wasserführung eher nebensächlich, meinte Suter mit einem Seitenblick auf das trübe Wetter. Die paar Naturschützler und Naturidioten sollten eben genügend Geld aufbringen, wenn sie den Bau verhindern wollten, war allgemein die Meinung.

Nachdem die Bauern gegangen waren, sassen Zollinger und Suter noch zusammen. Die beiden tranken einander zu. Doch dann schaute Suter plötzlich auf die Uhr. "Schon bald halb zwölf! Ich muss ins Bett. Morgen habe ich noch eine Sitzung in Chur, und meine beiden Töchter haben telefoniert, sie kämen auf Besuch. Monika möchte etwas Romantsch hören und Sybill hofft, auf ihre Art zum Schuss zu kommen." "Wird nicht fehlen", lachte Zollinger, erhob sich, und sie verabschiedeten sich voneinander.

Die etwas unfreundliche Äusserung Suters über den Besuch seiner Töchter hatte ihren Grund. Er wollte am Wochenende Marianne besuchen. Die war so ein richtiges Schmusekätzchen. Er hatte schon vor Jahren ein Verhältnis mit ihr gehabt, dieses auch während ihrer Ehe mit

Jürg fortgesetzt, dann etwas pausiert, als Jürg Selbstmord begangen hatte. Aber das war jetzt ein Jahr her, und Marianne hatte ihm einen lustigen Samstagabend angeboten, wie früher, hatte sie gelacht. Sie müssten ja jetzt nicht mehr vor unliebsamen Überraschungen auf der Hut sein. Eine Sitzung wäre auch bei den Töchtern eine gute Ausrede, dachte Suter. Er würde die beiden in Thusis holen, mit ihnen in Andeer zu Mittag essen, sie dann im Posthotel einquartieren und am späteren Nachmittag zu seiner Sitzung nach Chur fahren. Sonntags käme er gegen Mittag zurück, Sybill würde nachmittags abreisen und Monika ein Hotel in Thusis beziehen. Die unterbrochene Pirsch auf den Dreigehörnten, und natürlich auch auf das Rotröcklein, schmunzelte Suter bei sich, könnte dann fortgesetzt werden.

Der Plan funktionierte. Selbst das Wetter schien mitzuspielen. Nach dem Schneefall verzogen sich die Wolken langsam, eine Bise trieb wie im Januar feines Schneegestöber über die Gräte, aber die Sonne kam allmählich hervor und würde im Laufe des Tages den Schnee überall dort, wo ihre Strahlen hinzureichen vermochten, aus dem Tal wieder auf die Höhen zurückdrängen. Da das Wild jetzt erneut den Höhen zustrebte, war es nicht leicht, zum Schuss zu kommen. Zudem war über das Wochenende der übliche Grossaufmarsch von Jägern zu befürchten, sodass für eine gemütliche Jagd kaum Hoffnung bestand. Suter verpasste also nicht viel, wenn er seine Absichten ausführte. Da er etwas früher als der Zug, der seine beiden Töchter bringen sollte, in Thusis eintraf, ging er noch einkaufen. Dabei traf er in der Jagdhandlung auf Köbi Vazer, den Sohn des alten Vazer, den er schon mehrfach auf der Jagd getroffen und der als echter Bündner für die Jagd Ferien genommen hatte. Das war günstig, denn die Vazer waren schon immer Jäger gewesen und kannten wie niemand sonst alle Wechsel. Hiess es doch sogar, dass auch ausserhalb der Jagdzeit das Wildbret im Häuschen der Vazer nie ausgehe. Wie aber Wissen aus Köbi herauslocken? Zeit für ein Glas Wein blieb bis zur Ankunft des Churer Zuges nicht mehr. Auch war fraglich, ob Köbi, hätte ihn Suter eingeladen, gesprochen hätte. Suter war zwar stets von herablassender Leutseligkeit gewesen, aber vertraut waren die Einheimischen mit ihm dennoch nicht, und in bezug auf die Jagd galt er wohl als Unterländer, dem keine Auskünfte gegeben werden. Vielleicht könnten die Töchter nachhelfen. So lud Suter kurzerhand Köbi ein, mit ihm zurückzufahren nach Andeer. Köbi nahm gerne an, es schmeichelte ihm, im Mercedes ins Dorf zu fahren, galten doch die Vazer sonst eher als Leute der

Unterschicht, als Jenische. Zudem kannte er die beiden Töchter, da diese ihren Vater auch schon begleitet hatten. Vor allem die jüngere, Sybill, hatte es ihm angetan. Er war einmal extra zu einem Älplerfest nach Bregalga gegangen, da er gehofft hatte, dort mit ihr ein Tänzchen machen zu können. Das hatte zwar geklappt, aber Köbi hatte dabei nicht viel zu reden gewusst, und Sybill war nachher in eine Gruppe von Unterländern geraten, sodass Köbi sich nicht mehr hatte nähern wollen. So war denn Köbi erfreut, als Suter ihn in Andeer sogar zum Mittagessen einlud, anstatt, wie ursprünglich abgemacht, mit ihm ins Avers zu fahren. Suter zeigte sich von seiner nettesten Seite; einmal war er sowieso guter Laune im Hinblick auf die besondere Art von Sitzung, die er vorhatte, und dann wollte er Köbi dazu bringen, ihm oder wenigstens den Töchtern, möglichst viel von seinem Wissen über den Dreigehörnten mitzuteilen. Trotz der rasch wieder aufflammenden Verliebtheit in Sybill war Köbi sehr zurückhaltend mit Auskünften und meinte nur, es sei ja möglich, dass es einen Dreihörnigen geben könne. Er hätte auch schon so etwas gehört, aber ob es jetzt einen solchen Hirsch gebe und wo der sich aufhalte, wisse er nicht. Da Suter sein Churer Treffen nicht zu lange hinausschieben konnte - Marianne wartete in einem Café und er wusste, dass sie rasch verärgert war und nicht unbedingt warten würde, wenn er verspätet käme - bat er Sybill, sie möchte noch rasch zu seinem Wagen kommen, da er ihr noch etwas zu übergeben habe. Draussen erzählte er kurz, wie wichtig der Abschuss des Dreihörnigen für ihn sei. Sybill versprach, ihr möglichstes zu tun, und da sie nichts Besonderes vorhatte, lockte es sie, den verschlossenen Bergler zum Sprechen zu bringen.

Sybill hatte Erfolg. Mochte es das Zusammensein mit den beiden Mädchen, mochte es der reichlich von Suter spendierte Weisswein oder ganz einfach der Charme von Sybill sein, Köbi blieb sitzen und taute langsam auf. Dabei war es Monika, die eigentlich das Gespräch führte. Geschickt fragte sie nicht direkt nach dem Hirsch, sondern erkundigte sich zuerst nach der Familie Vazer. Sie habe gehört, dass Bert, ein Bruder Köbis, vor einiger Zeit verunfallt sei. "Zweimal, und dann tot", sagte Köbi. "Wie das?" "Nun, er arbeitete im Strassenbau, da machten sie eine Betonmauer, und da geriet er in die Betontrommel und wurde fast tot wieder herausgeholt." "Aber davon hat er sich wieder erholt, du sprichst ja von zwei Unfällen?" "Ja, nach einem Jahr Spital und grässlichen Schmerzen war er wieder hergestellt und konnte arbeiten gehen. Am ersten Arbeitstag ist eine Baggermaschine von der Felswand heruntergestürzt und hat den Bert totgedrückt. 'S hätt halt eifach möse sy." "Was meinst du damit?" "Er hätt eifach möse umcho i sim Pruef. Wär er of de Alpe plibe, wär er no am Läbe." "Wer hat ihm denn geraten, Bauarbeiter zu werden?" "Niemand. Aber er hat gesehen, wie die Arbeiter der Swiss Water gut verdienen. Und da wollte er nicht ein armes Bergbäuerlein bleiben. Alle haben ihm gesagt, er sei doch geschickt, er könne es beim Bau zu etwas bringen und so ist er eben zum Bau gegangen." Alle drei schwiegen etwas betreten. Auch die leichtsinnige Sybill. Doch dann nahm Köbi einen grossen Schluck und meinte, Bert habe es ja nun wohl gut, es könne ihm nichts mehr passieren. "Wie meinst du das?" "Tot ist tot. Da gibt es keine Probleme mehr." Und nochmals trank Köbi, jetzt gleich ein ganzes Glas. Seine Laune schlug zunehmend um. "Ja, das sind halt so Geschichten. Aber es gibt noch manch anderes, das einen drücken kann. Wieso bin ich da oben geboren und nicht in der Stadt bei reichen Leuten?" "Aber das spielt doch keine Rolle", sagte Sybill rasch. "Wir hocken jetzt doch so beisammen, als ob wir immer beisammen gewesen wären, nicht?" "Dann ist's ja gut", meinte Köbi, nahm die Hand Sybills und drückte sie. Sybill liess ihm die Hand, lenkte dann das Gespräch auf die Jagd und fragte, ob er auch jagen gehe. "Natürlich. Wir Bündner jagen alle, wenn wir rechte Bündner sind." "Was hast du denn schon geschossen?" Stolz erwiderte Köbi, "einen Steinbock, vier Murmeltiere, zwei Rehböcke, einen jungen Hirsch und sogar einen Achtender." "Was, einen Achtender?" "Nun ja", sagte Köbi und gab sich überlegen. "Man muss halt ein wenig Glück haben und muss auch die Jagd verstehen, und das liegt in der Familie. Mein Grossvater hat jedes Jahr gut geschossen, mein Vater ebenfalls, so liegt es halt im Blut, dass wir die Tiere finden und treffen." "Aber s'gibt doch auch Tiere, die man nicht schiessen darf, so habe ich mal gehört, auch wenn man könnte." "Ja, so was gibt's schon." Köbi zögerte. "'S gibt etwa weisse Tiere, Hirsche, Gemsen und Steinböcke. Die soll man nicht schiessen. Sie gehören ihr, sagt mein Vater." "Wem gehören sie?" "Ihr." Und schon schien Köbi in seine alte Verschwiegenheit zurückfallen zu wollen. Da rettete Sybill keck die Situation. "Aber wenn du ein Mädchen so richtig gern hast, würdest du dann auch nicht schiessen, wenn's um das Mädchen ginge?" Dabei drückte sie Köbis Hand. Es war dies nicht reine Strategie, sondern Köbi schien ihr jetzt wirklich ein netter Kerl zu sein. Köbi war verwirrt. Er drückte seinerseits die Hand Sybills und sagte: "Ja, für dich würde ich schon alles tun." Diese Reaktion hatten weder Sybill noch Monika erwartet. Es trat eine beklemmende Pause ein, bis Monika einwarf, dass sicher kein Mädchen einen Schuss auf ein weisses Tier verlangen würde. "Doch, s'Mengele war so eine. Dann hat der Bartli geschossen und ist nie mehr zurückgekommen." "Wer ist denn das Mengele und der Bartli?" "Die lebten vor vielen hundert Jahren", gab Köbi knapp zur Antwort. "Gibt es nicht noch andere seltsame Tiere?" forschte Sybill weiter. "Das schon," entgegnete Köbi, "sogar Hirsche mit einem Horn ausser dem Geweih", entfuhr es ihm. Darauf meinte Monika: "Davon habe ich mal gelesen. Aber wie sieht denn so ein Hirsch aus?" Köbi zögerte, sagte dann ausweichend: "Genau weiss ich es auch nicht, ist auf alle Fälle selten." "Aber der Vater hat mir gesagt, es gebe gerade so einen Hirsch irgendwo im Avers." "Will er den etwa schiessen kommen?" "Das weiss ich nicht. Es interessiert ihn natürlich, wenn es aussergewöhnliche Tiere gibt. Ich glaube, er würde viel darum geben, wenn er so einen Hirsch sehen könnte." Köbi spürte die indirekte Anfrage. Er wurde misstrauisch, ahnte irgendwie, dass all diese Freundlichkeit von Vater und Töchtern beabsichtigt sein könnte. Monika brachte das Gespräch wieder in Gang, indem sie fragte, was man so erzähle über solche Hirsche. Das Misstrauen Köbis wich ein wenig. Er hatte schon gehört, dass es im Unterland Leute gab, die sich für solche alten Geschichten interessierten. Da der Wein ihm die Zunge etwas gelöst hatte, wurde er auf einmal redselig: "Ja, dreigehörnt sind diese Hirsche eigentlich nicht. Sie haben ein ganz gewöhnliches Geweih, je nach Alter mit mehr oder weniger Enden." Sybill unterbrach: "Eigentlich komisch, dass alle diese Tiere zwei Geweihe oder Hörner haben. Ein einzelnes wie beim Nashorn wäre im Grunde genommen eine bessere Waffe." "Mein Grossvater hat mal gesagt, als ich auch so was fragte, es hätte mit den Regeln zu tun. Es gebe Berg und Tal, Tag und Nacht. Und so gebe es auch zwei Hörner. Eines gehöre mehr zur hellen Seite, das andere mehr zur dunklen." "Was für dunkle und helle Seiten? Meinst du damit, dass es gute und böse Wesen in den Bergen gibt, oder auch Wesen, die mal gut, mal böse sind?" "Ungefähr so", antwortete Köbi. "Ich verstehe das nicht ganz. Aber", und jetzt wollte er offensichtlich mutig sein, "wir Jenischen wissen halt noch manches, was andere nicht mehr wissen. So ist es auch mit den beiden Geweihen." "Aber was bedeutet denn das eine Horn in der Mitte?" fragte Monika. "Das ist bei einem Dreigehörnten einfach da, wie die Beine und das Maul und alles andere auch. Aber das Horn ist zusätzlich, es ist ja auch kein Geweih. Und drum ist ein Dreigehörnter kein richtiger Hirsch, er ist ein Einhorn, wie man bei uns sagt." Ein Einhorn?" staunte Sybill, "das ist ja ein Märchentier." Monika stupfte sie und Sybill schwieg. "Es ist eben kein Märchen, du kannst ja die Spuren sehen und auch die Losung," sagte Köbi etwas beleidigt. "Kann man Einhörner fangen oder gar schiessen?" "Man kann sie schon schiessen, nur am Freitag nicht, denn sie gehören ihr, und der Freitag ist ihr Tag. Aber sonst kann man sie ganz normal jagen." "Aber fangen? Ich habe mal gehört, dass Einhörner nur von Jungfrauen gefangen werden können." "Hirsche kann man überhaupt nicht fangen, habe das nie gehört. Wenn Jungfrauen sie fangen können, dann müsst ihr es eben mal probieren." "Aber wo?" fragte Sybill scherzend "Ihr würdet sicher nichts finden", wich Köbi aus. "Da müsste ich schon selbst mitgehen." "Dann komm doch, wir gehen zu dritt! Und vielleicht kommt Vater auch noch mit." "Nein, der sicher nicht. Und überhaupt, am besten geht man alleine, vielleicht zu zweit." Köbi legte wieder seine Hand auf die von Sybill und schaute sie erwartungsvoll an. "Du meinst, dass du dann das Einhorn wärest, das ich fangen würde," platzte Sybill heraus. "Warum nicht? Das würde mir schon passen, und dir sicher auch", antwortete Köbi etwas ungeschickt. "Passen oder nicht, damit ich dich als Einhorn akzeptiere, musst du mir schon das richtige Einhorn bringen. Versprichst du mir dies?" "Ich bringe es!" Sybill, in ihrer durch den Wein angeregten Laune und verlockt, das Spiel mit Köbi weiter zu spielen, lachte nur, und meinte: "Abgemacht, du bringst mir das Einhorn und dann bist du mein Einhorn." Köbi erhob sich. "Also abgemacht. Ich bringe dir den Dreigehörnten." Er drückte Sybill die Hand, dass sie schmerzte, verabschiedete sich auch von Monika und schritt rasch davon. Die beiden Schwestern blieben etwas verdutzt zurück. "Der Schuss ging daneben," lachte Sybill. "Nimmt mich wunder, was für einen Rehbock er morgen bringt. Vater wird sich schön ärgern, wenn ihm sein Vorhaben verpatzt wird. Ich habe aber auch nicht erwartet, dass er auf so einen Scherz einsteigt." "Du gingst mit deinen Scherzen auch ein wenig zu weit, mir gefällt Köbis plötzlicher Aufbruch nicht," meinte Monika, "wenn er nur keine Dummheit macht." "Die einzige Dummheit wäre, wenn er den Dreigehörnten schösse." Monika war auf einmal verstimmt. Irgendwie war ihr unheimlich zumute. Aber man konnte Köbi nicht mehr zurückrufen.

2

Anderntags kam Julius zum Aperitif nach Andeer. Er schien etwas müde, war aber in aufgeräumter Stimmung. Seine Sitzung war ein voller Erfolg gewesen, daher war er überzeugt, dass er auch weiterhin Erfolg haben werde, sei es auf der Jagd nach dem Dreigehörnten oder sei es beim Rotröcklein. Etwas peinlich allerdings war für ihn, dass ihn Sybill nach dem Begrüssungskuss fragte, ob die Swiss Water neuerdings mit Parfums handle. "Wieso?" tat er erstaunt. "Nun, du hast doch offensichtlich einige Gratismuster Parfum ausprobiert", lächelte seine Tochter spöttisch. Suter merkte, dass es am besten sein würde, auf den Ton einzugehen, und lächelte Sybill verschmitzt an. Er hatte Sybill auch schon auf Abenteuern entdeckt und hatte stets geschwiegen, so konnte er jetzt auch ihrer Verschwiegenheit sicher sein. Monika allerdings tat, als hätte sie weder etwas gerochen noch das Gespräch vernommen. Die hemmungslose Ausbeutung von Natur und Mensch, die ihr Vater betrieb, der ebenso hemmungslose Konsum von allem, was überhaupt konsumiert werden konnte, schien ihr hier oben in den Bergen noch viel unerträglicher als drunten in der Stadt, wo man solches als gegeben hinzunehmen pflegte.

Nach dem Aperitif fuhr Suter mit den beiden Töchtern ins Avers. Er wollte einen Blick ins Bregalgatal werfen, das er als wasserreich in Erinnerung hatte. Wenn es gelänge, dieses Wasser zu stauen, würde das eine viel bessere Rendite abwerfen als die paar Kühe, die jetzt dort weideten. Und vor allem, die Industrie brauchte Strom und zahlte gut dafür. Da konnte rückständige Viehwirtschaft - und konnte Viehwirtschaft in den Bergen anders als rückständig sein? - nicht mithalten.

Auf der Rückfahrt von Juf vernahmen sie beim Mittagessen in Cresta, dass Köbi tödlich verunfallt sei. Er habe anscheinend in den Abhängen des Sterlaberges einen Hirsch schiessen wollen. Man habe ihn gewarnt, da noch Schnee lag und die Hänge wegen der Feuchtigkeit sehr glitschig waren. Er habe aber nicht auf die Ratschläge gehört und sei in die Schlucht gestürzt. Er hätte sowieso nicht am Sonntag auf die Jagd gehen dürfen.

Töchter und Vater fuhren in gedrückter Stimmung weiter. Sybill, so leichtsinnig sie sonst war, machte sich doch Gewissensbisse und bereute, Köbi noch zusätzlich auf den Hirsch gehetzt zu haben. Monika aber war erschreckt. Tod hing über den Bergen.

Suter reagierte gereizt auf die ungewohnt ruhige Haltung seiner Töchter, darum zeigte er, als sie bei Bärenburg vorbeifuhren, auf das Arbeiterdenkmal und brummte: "Wenn man hobelt, fliegen Späne. Auch das Kraftwerk hat Leben gekostet! Dafür haben wir mehr Elektrizität, unsere Industrie hat Strom und die Arbeiter Arbeit. Und ihr", fügte er hinzu, als keine Antwort kam, "ihr sitzt in einem Mercedes und habt alles, was ihr euch wünschen könnt." "Ja, sogar Drogen," konterte Sybill, der durch den Tod Köbis bewusst geworden war, dass in ihrem konsumorientierten Leben viele Gefahren lauerten. Ausserdem war sie rücksichtslos genug, ihren Vater an seiner verwundbarsten Stelle zu treffen, nämlich mit der Tatsache, dass sein einziger Sohn drogenabhängig war. Jetzt schwieg Suter. Er musste sich eingestehen, dass zwischen einer uneingeschränkten Konsumproduktion und Konsumfreude einerseits, einem Ekel und einer Angst vor den modernen Errungenschaften andererseits und dem Drogenkonsum, Zusammenhänge bestanden. Gleichzeitig suchte er solche Tatsachen wieder zu leugnen und sein Fortschrittsglaube war zum grossen Teil deshalb so fanatisch, weil er diese Einsichten vor sich selbst und vor den andern nicht wahrhaben wollte.

Der Abschied in Thusis fiel knapp aus. Suter war froh, dass er mit den anderen Unterlandjägern abgemacht hatte, in Thusis das Nachtessen einzunehmen. Das würde ihn auf andere Gedanken bringen, man würde Berufliches bereden, guten Wein trinken zum Wildbret und morgen, ja morgen würde wieder die Jagd auf dem Tagesprogramm stehen.

Bevor der Tag anhellte, brach Suter am andern Morgen auf. Falls der Köbi auf der Jagd in den Schafberghängen gestürzt war, konnte man den Hirsch vielleicht dort treffen. Es galt also, keine Zeit zu versäumen. Seinen Freunden hinterliess Suter eine Notiz, er käme gegen Mittag zurück. Eine Erklärung war er ihnen nicht schuldig. In seiner Ungeduld nahm er den Wagen, obschon dies gegen die Regel verstiess. Bei einem Maiensäss liess er ihn stehen und pirschte schräg nördlich über die Alp unter dem Schafberg hinüber nach der Schlucht. Nebelstreifen behinderten die Sicht, die Nacht schien noch in manchen Bäumen zu hocken und sie nicht verlassen zu wollen. Suter scherte dies nicht. Er wollte den Dreigehörnten. Beim Hausfelsen aber zögerte er. Sollte er am Rande der jäh abstürzenden Felsen entlang gehen und schauen, ob er vielleicht den Hirsch so erblicken könnte, oder sollte er eher aufwärts halten gegen die Schafweiden?

Er entschloss sich für ersteres und umging vorsichtig die Abstürze, bis er gegen die kleine Lichtung oberhalb der zerfallenen Hütten kam. Er fand hier Spuren im Gras. Sie wiesen nach unten zu den Hütten. Suter schlich zu den Felsen, welche die Hütten überragen und lugte hinunter. Auf dem schmalen Grat, der sich von der obersten Hütte westwärts hinzieht, weidete der Hirsch. Kein Zweifel, der Dreigehörnte. Ein grosses, schönes Tier. Ein Zwölfender glaubte Suter durch das Glas ausmachen zu können. Die Gelegenheit war günstig, fast zu günstig. War der Hirsch wirklich so ahnungslos und fühlte sich so sicher, dass er ruhig, ohne zu wittern, weidete? Suter nahm das Gewehr, entsicherte, zielte, schoss. Aber offenbar hatte er zu hastig geschossen und nicht getroffen. Der Dreigehörnte machte einige Sätze und äugte zu Suter. Dieser schoss nochmals. Der Dreigehörnte machte einen Sprung, wie ein getroffenes Tier und verschwand auf die andere Seite des Grates. Suter eilte in grossen Sprüngen auf diese Stelle zu. Aber nichts war zu sehen, nicht einmal Spuren im Gras. Wie beim Gamsbock. Suter prüfte die Stellen, wo er das Tier ausgemacht hatte. Nichts. Er hatte auf ein Wahngebilde geschossen und die Knallerei hatte natürlich alle anderen Tiere gewarnt, die Jagd war für heute zu Ende.

Suter fluchte vor sich hin, schalt sich selbst einen Idioten. Dann beruhigte er sich, nahm einen grossen Schluck Schnaps aus der Feldflasche und dann noch einen. Plötzlich kam ihm ein anderer Gedanke. Wenn schon nicht den Dreigehörnten, so doch das Rotröcklein. Eine Pirsch musste heute geraten. Er schnürte den Rucksack, stieg ab in die Schlucht. Unten musste er das Wildwasser überqueren, wenn er weiterkommen wollte. Der Sprung auf einen ersten herausragenden Felsblock gelang, dann aber musste sich Suter durch das Wasser ans andere Ufer kämpfen. Gut, dass er seinen wasserdichten Jagdanzug trug. Er erreichte endlich festen Boden und versuchte, so gut es ging, den Schmutz von seinem Anzug zu wischen. Einigermassen zufrieden, dass ihm die Überquerung gelungen war, versuchte er die Stelle auszumachen, an der gestern Köbi abgestürzt war. Doch der Unfall musste weiter oben passiert sein, er fand keine Spuren. Er zuckte die Achseln und stieg hinan gegen Alp Sur.

Unterdessen war die Sonne aufgestiegen und brannte schon ordentlich heiss in die Schneise, sodass Suter froh war um den Schatten, den die alte Wettertanne mitten im gähen* Hang spendete. Er setzte sich. Plötzlich kam ihm sein Unterfangen absurd vor. Er pirschte auf ein Rotröcklein, von dem er nicht mehr wusste, als dass er es letzte Woche zwischen Alp Sur und Älpli getroffen hatte. War es nicht unsinnig, zu erwarten, dass sich dieses Rotröcklein nun wieder irgendwo auf der Alp herumtrieb und er, Suter, es erwischen würde? War es nicht wahrscheinlich, dass ihn die Pechsträhne, in die er beim Gamsbock und beim Dreigehörnten geraten war, nun auch beim Rotröcklein verfolgte? Aber Suter verdrängte diese Unsicherheiten. Er war ein Mann der Tat, und wenn sich auch mal Misserfolg zeigte, er würde das Schicksal schon wieder für sich gewinnen. Das erste, das ihm gelingen musste und sollte, war die Eroberung des Rotröckleins. Wenn er das Leni nicht fand, dann konnte er nach ihm fragen. Er würde schon herausbringen, wohin es gehörte. Das andere würde sich dann geben. Er konnte dem Mädchen und der Familie manches bieten.

Auf der Alp Sur war niemand. Nur die zwei Raben, die man dort etwa trifft und die dann Richtung Corver fliegen, krächzten heiser und setzten sich oberhalb der Hütten auf eine Arve, die, schwer mitgenommen von den letzten grossen Lawinen, einsam aus dem Herbstgeröll ragte. Suter liebte diese Raben nicht. Er hatte grosse Lust, sie zu schiessen. Doch er besann sich und liess das Gewehr sinken. Mit Raben konnte er weder Leni noch seinen Unterlandkollegen imponieren. Er stieg zu den Geröllbändern der Oberalp empor. Dort konnte er einen Überblick über einen grossen Teil des zerklüfteten Geländes gewinnen. Nichts war zu sehen. Suter stieg langsam hinunter zu den Hütten von Alp Sur. Dort hoffte er andere Jäger zu treffen, von denen er vielleicht etwas über Leni erfahren konnte, vielleicht auch über den Dreigehörnten. Denn, so hatte er inzwischen bei sich überlegt, er würde nochmals einen Versuch unternehmen. Dass sich ausgerechnet er, Suter, der Oberingenieur, von Spukgestalten und Einbildungen narren liess, das war doch einfach unmöglich.

Die zwei Jäger, die er auf Alp Sur traf, wussten weder etwas über das Rotröcklein, noch schienen sie je vom Dreigehörnten gehört zu haben. So machte sich Suter nach kurzer Rast auf den Rückweg ins Tal. Bevor er wieder anstieg, warf er einen Blick ins Berberitzentälchen, so benannt nach dem grossen Berberitzenstrauch, der dort mitten im Tälchen, seit jeher seinen Standort hat. Und dort schien sich etwas zu regen. Es war das Rotröcklein. Natürlich in der Nähe des Ortes, wo ich sie letztes Mal getroffen, durchfuhr es Suter. Ungesäumt schritt er auf den Berberitzenstrauch zu, hinter dem oder in dem das Rotröcklein zu stecken schien. Er brauchte nicht lange zu suchen.

"Hier bin ich", lachte das Leni, "du bist doch gekommen, mich zu suchen, nicht?" "Ja, dich will ich", gab er zur Antwort und haschte nach ihr. Aber wie beim ersten Mal entzog sie sich ihm. "So leicht fängst du mich nicht", lachte sie, "auch ein Ingenieur stösst etwa an seine Grenzen." "Das will ich dir gleich zeigen", und Suter machte eine rasche Bewegung, um Leni festzuhalten. Aber wieder war sie flinker und meinte spöttisch, er müsse sich mehr beeilen, wenn er ein Rotröcklein fangen wolle. Dieser neckende Widerstand und Spott ergrimmten Suter. "Sag was du willst, ich bin der stärkere." "Gut, dann zeigs halt", gab Leni gleichmütig zu Antwort und eilte den Hang hinan. Suter folgte. Doch während das Rotröcklein leicht die steile Wand hinaufturnte, indem sie sich an Erlenästen, die dort weit hinausragten, hielt, dann zwischen Arven und Tannen durchschlüpfte, hatte er in seiner schweren Jagdausrüstung etliche Mühe, emporzuklimmen, zumal er auf den herbstfeuchten Felsen immer wieder ausglitt. Dem Leni schien das Spiel zu gefallen. Sie setzte sich weiter oben auf ein Grasbord und schaute den Bemühungen Suters zu, gab auch etwa spöttische Ratschläge. "So, dort kannst du dich halten, aber pass auf, die Birke hält nicht mehr, nimm besser den Arvenstrunk, der ist noch ordentlich fest, nein, nicht diesen Farnbusch, der ist schlecht eingewurzelt..." "Wart nur, verdammte freche Kröte, das sollst du mir büssen. Ich erwische dich schon." "Natürlich, wenn du so pressierst und immer wieder mal runterrutschst. Aber nur nicht böse, Bubi, ich warte ja." "Ich bin kein Bubi", keuchte Suter. "Das ist aber schade, Bubi", gab das Rotröcklein zur Antwort und wie unabsichtlich hob sie ihr Kleid, sodass die nackten Schenkel sichtbar wurden. Doch dann liess sie das Röcklein fallen und eilte weiter. Beim grossen Fernleitungsmasten auf dem Älpli hielt sie an, fast konnte Suter sie fassen, doch da fragte Leni lieb: "Armer, du bist so verschwitzt und schmutzig, komm, wir wollen zuerst ein wenig baden." Und ohne auf die Antwort zu warten, eilte sie weiter. Beim Eingang zu der alten Eisengrube hielt sie, rief, dass man hier baden könne, entkleidete sich und sprang ins Wasser. Suter kannte diese alte Eisengrube. Sie war seit Jahrzehnten verlassen, immer mit Wasser gefüllt, das dunkel das braunschwarze Erzgestein an Wänden und Decken spiegelte. Meist trieben noch Eisschollen drin und auch jetzt lagen am Teichrand Schneereste. Aber zwischenhindurch schimmerte der nackte Leib des Rotröckleins. Sie sagte nichts mehr, schien zu warten, ihn, Suter, zu erwarten. Voller Wut und Gier streifte Suter die Jagdkleider ab und versuchte, das Leni watend zu erreichen.

Als er wieder zu sich kam, lag er in triefend nasser Unterwäsche neben der Eisengrube, die Jagdkleider verstreut um ihn herum. Er fror erbärmlich, raffte die Kleider zusammen und zog sie mühsam an. Wie er zum Gasthaus gekommen war, wusste er später nicht mehr zu sagen. Fest steht nur, dass er sofort ins Spital gebracht werden musste, völlig unterkühlt, und dass er sich eine Lungenentzündung zugezogen hatte. Vom Rotröcklein hat nie wieder jemand gehört. Wenn Suter später nach einem Leni fragen liess, zeigte sich, dass es wohl manches Leni gab, aber keines, das nur irgendwie dem Rotröcklein glich. Es musste eine weitere Einbildung gewesen sein. Zuerst der Gamsbock, dann der Dreigehörnte, dann das Rotröcklein.

Die Jagdkameraden hatten Frau Suter benachrichtigt, dass Julius ins Spital nach Thusis hatte verbracht werden müssen. Johanna Suter bestimmte, dass sie mit Monika anderntags Julius besuchen würde, während Sybill, sofern sich der Zustand des Vaters nicht verschlimmerte, ihrer Tätigkeit als Swissair-Hostess weiter nachgehen solle. Sie könne dann den Vater am ersten freien Tag besuchen, also am Donnerstag. Nachdem Johanna mit einiger Mühe Monika in ihrem Hotel in Thusis ausfindig gemacht hatte, gingen beide am späteren Vormittag ins Spital.

Als Frau und Tochter eintrafen, erschrak Julius. Er gab sich absichtlich noch etwas kränker, als er tatsächlich war. Nur auf diese Weise konnte er hoffen, dem bevorstehenden Verhör seiner Frau zu entgehen. Sie konnte in solchen Fällen, das wusste er von früher, mit schonungsvoller Unbarmherzigkeit vorgehen. Im normalen Alltagsleben wusste er sich den hochnotpeinlichen Fragen meist zu entziehen. Jetzt ging dies nicht, und er spürte schon bei der Begrüssung den forschenden Blick Johannas. So öffnete er nur wenig die Augen und murmelte Unverständliches vor sich hin. Je nachdem, wie es ihm gerade günstig schien, beantwortete er die Fragen, ob es felsig gewesen sei, ob es Schnee gehabt, ob es waldig gewesen sei, ob er geschwitzt, ob er gefroren habe, ob die Bäche viel Wasser geführt.... Ob seine Antworten passten, spielte dabei, das war ihm klar, keine Rolle; Johanna wusste sowieso alles. Was sie hörte, bog sie jeweils so zurecht, dass es ins Bild passte, das sie sich gemacht. So verstrich die erste halbe Stunde für Julius recht ungefährlich, auch den Fragen nach dem Wochenende konnte er leicht entgegnen, das übliche, Geschäft. Dann aber begann sich Johanna nach seiner Ausrüstung zu erkundigen. Dass diese im Gasthof geblieben, war klar. Johanna oder Monika würden sie dort holen. Johanna würde genau überprüfen, ob alles vorhanden, und wenn was fehlte, so gab es einen Riesenkrach mit dem Gasthof. Aber einen Krach mit dem Gasthofwirt konnte er wegen der Verhandlungen um das Wasserwerk jetzt auf keinen Fall brauchen. Doch dann kam die Frage nach dem Auto. Die Schlüssel mussten in seinem Hosensack sein. Das Auto jedoch war oben auf dem Schafbergpass. Weit oben. Er hatte es vergessen, völlig vergessen. Man musste es holen. Aber nicht Johanna, nur das nicht! Im Auto befanden sich zu viele Sachen, die seine Frau nichts angingen, wenigstens nach Auffassung von Julius. Da gab es nur eines, Monika sollte den Wagen holen, sie würde aus dem Auto entfernen, was nicht drin sein durfte und er musste ihr einen entsprechenden Wink geben. Julius atmete bei diesem Gedanken beruhigt auf. So würde es gehen. Jetzt nur noch rasch Monika informieren, bevor Johanna die Initiative übernahm. Er erklärte Monika rasch, wo das Auto sei, bemerkte, sie solle es so holen, dass alles in Ordnung sei und sah, dass seine Tochter begriff. Johanna mischte sich dennoch ein: "Wäre es nicht besser, wenn ich den Wagen holte? Monika so allein auf dem Bergsträsschen!" Doch Julius hatte abermals einen rettenden Gedanken: "Das wäre natürlich am besten, aber weisst du, ich fühle mich doch noch recht schwach, und da bin ich froh, wenn ich dich in meiner Nähe weiss, das beruhigt mich." Und das beruhigte auch Johanna. So wurde vereinbart, dass Monika am Nachmittag mit dem Postauto bis zum Gasthof fahren sollte, um dann das Auto zu holen.

3

Johanna begleitete ihre Tochter zum Postauto, nicht ohne nochmals lang und breit zu erörtern, ob man nicht mit dem Zweitwagen hätte fahren sollen. Monika winkte ab. Erstens habe man nun mal diese Sache so abgemacht, dass sie mit dem Postauto fahre und zweitens könne es ja möglich sein, dass Johanna den Zweitwagen selber brauche.

Im Gasthaus benötigte Monika mehr Zeit, als sie gedacht, um alle Sachen ihres Vaters zu sichten und zu verpacken. Als sie schliesslich aufbrach, war es schon gegen sieben Uhr und die Unterlandjäger, die sie hätten zum Auto des Vaters fahren können, waren nicht mehr da. Der Unfall Köbis und dann der Unfall Suters hatte die Leute erschreckt.

Unten im Tal mischten sich Bergschatten mit eindämmernder Nacht. Rasch kroch die Kälte, die sich während des Tages vor den noch kräftigen Sonnenstrahlen verborgen hielt, wieder unter den Bäumen hervor, legte sich als erste Nachtfeuchtigkeit auf die Weiden. Weiter oben war noch voller Tag und ganz in der Höhe, auf der Spitze des Mittelberges und auf den Gletscherbergen, lag noch ein letzter Hauch von Sonne. Monika beeilte sich, das weichende Licht einzuholen und mit ihm oben auf der Alp zu sein. Fast gelang ihr dies. Als sie die flache Strecke nach dem Dorf und dem Schuttkegel des Schafbergbaches überquert und zu steigen begonnen hatte, grüsste die Helle, und es war hier auch wärmer.

Die grossen Kehren des Strässchens verlangten viel Zeit. Monika würde den Wettanstieg mit den Abendschatten verlieren. So sah sie sich nach Abkürzungen um. Da auch Sennen und Älpler immer mehr das Auto benützten, wurden diese Abkürzungen jedoch nicht mehr oft begangen, teilweise waren sie kaum sichtbar und von Brombeer- und Himbeerranken überwachsen. Als sie endlich die unterste, steile Talstufe überwunden hatte, war die Sonne auch von den höchsten Höhen gewichen und die Dämmerung stieg aus den Tälern empor. Da das Strässchen nun weniger anstieg, kam Monika schneller voran. Vielleicht würde es ihr doch noch gelingen, das Auto vor Einbruch der Nacht zu erreichen. Der Weg zog sich hin, und kein Auto wurde sichtbar. Schon fühlte sich Monika verunsichert und mutmasste, ob sie vielleicht den Vater falsch verstanden und der Wagen gar nicht hier zu finden wäre. Doch dann sah sie im schwindenden Licht die Umrisse des Fahrzeuges.

Monika öffnete den Wagen, putzte erst die Scheiben, die schon tau-feucht geworden waren, steckte dann den Schlüssel ein, drehte und erwartete das Anstottern. Aber es blieb ruhig, ganz ruhig, als ob sie den Zündschlüssel in eine falsche Öffnung gesteckt. Sie zog ihn wieder her-aus, vergewisserte sich, dass sie keine Fehler gemacht, steckte ihn erneut ins Zündschloss, drehte, Ruhe. Dann ein kleines Knacken und wieder Nichts. Vielleicht springt er doch noch an, hoffte Monika. Der Motor war offensichtlich ausgekühlt und da war anzunehmen, dass er sich erst ein wenig erwärmen musste. Also erneutes Drehen, aufs Gas drücken, vom Gas weg, lange den Anlasser betätigen, dann kurz, dann gemischt. Der Wagen rührte sich nicht.

Monika bekam es mit der Angst zu tun. Beim Aufstieg hatte sie kei-ne Menschen gesehen, es schien auch niemand mehr auf der Alp zu sein, der ihr helfen könnte. Die Hütten der unteren Alp waren dunkel gewesen. Sie versuchte, den Wagen anzustossen. Aber er war zu gross und zu schwer. "Luxuskutschen können nicht leicht geschoben wer-den", dachte Monika bitter und wünschte sich anstelle des Mercedes einen 'Döschwo' oder kleinen Fiat. Diese Wünsche verwandelten den Wagen aber nicht... Er blieb schwer, protzig, unbeweglich. Monika musste versuchen, Hilfe zu holen. Glücklicherweise fand sie im Hand-schuhfach eine Taschenlampe und konnte sich so den Weg ausleuch-ten. Das war dringend nötig, denn inzwischen war es sehr dunkel geworden. Tapfer marschierte Monika vorwärts und erreichte nach einer Weile die höhere Alp. Auch hier lag alles im Dunkeln. Trotzdem rief Monika, so laut sie konnte, pochte an jede Hüttentüre. Keine Ant-wort, Stille. Sie war allein.

Es blieb ihr nichts anderes übrig, als zum Wagen zurückzukehren, um erneut zu probieren, ob er nicht doch anspränge. Wie sie sich nochmals vergewisserte, dass sich wirklich kein menschliches Wesen in der Nähe aufhielt, das helfen könnte, sah sie eine kleine Helligkeit oben auf dem Kamm des Guggisbergs. Sie schaute, die Helligkeit wuchs rasch. Es war der Mond, der langsam herzuschauen begann. Monika drückte sich an eine Hüttentür, so, dass sie durch die beiden Wände beidseitig der Türe ein wenig vor dem kalten Nachtwind ge-schützt war, und wartete. Der Mond würde den Weg erhellen, würde ihr wohl auch ein wenig hinunterleuchten, zurück ins Tal. Als sie sich auf den Weg machen wollte, hörte sie Geräusche. Tritte, eine Art keu-chender Atem. Sie guckte hervor, vorsichtig. Wenige Meter von ihr entfernt, mitten auf dem Strässchen, ging langsam ein mächtiger

Hirsch. Er hatte drei Hörner, ein gut ausgebildetes Geweih, dazwischen eine kleinere Geweihstange, wie ein kleines Bäumchen. Monika hielt den Atem an. Das war der Dreigehörnte.

Er witterte, warf den Kopf empor, äugte kurz und verschwand mit mächtigen Sätzen gegen die Schafplanggen hinauf. Monika wartete. Nichts geschah, alles war wieder ruhig. Nach einigem Zögern machte sie sich auf den Rückweg, vorsichtig das Strässchen musternd, soweit sie es überblicken konnte. Dann schritt sie etwas rascher aus. Sie musste doch das Auto wieder erreichen, dort dann beschliessen, was zu tun war. Doch dann kam von den Schafplanggen her ein Ruf, laut, unheimlich. Und gleich darauf von weiter unten, wohl von der Alp her, ein zweiter Ruf, antwortend und drohend zugleich. Monika hatte so etwas noch nie gehört, doch nach kurzem Erschrecken wurde ihr klar, dass das Brunftsrufe der Hirsche waren. Da musste sie aufpassen, dass sie nicht zwischen die beiden Rivalen geriet. Zwar waren es keine Elche, von deren Angriffslust Monika einmal gelesen, aber man konnte nie wissen. So eilte sie zum Auto. Dort würde sie mindestens in Sicherheit sein, denn den Wagen würden die Hirsche nicht angreifen. Sie erreichte das Auto, setzte sich hinein, um etwas auszuruhen. Dann wollte sie noch einen letzten Versuch unternehmen, den Wagen in Fahrt zu bringen, bevor sie ihn stehenlassen und zu Fuss ins Dorf zurückwandern müsste. Wieder und wieder ertönte das Brunftgeschrei der Hirsche. Monika schaute durch die Seitenfenster, dann durch den Rückspiegel. Ein Hirsch schritt auf dem Strässchen auf das Auto zu. Doch wie sie den Blick nach vorne wandte, sah sie den anderen Hirsch, der auch auf dem Strässchen dem Auto entgegen schritt. Beim Wagen mussten sie sich treffen. Fast schien es Monika unrecht, den Tieren, die sich wohl allein wähnten, zuzuschauen. Aber es blieb ihr ja keine Wahl. Der Dreigehörnte, der andere Hirsch, beiden kamen näher und näher. Sie stiessen immer wieder Brunftschreie aus, mächtige Laute, gequälte Laute. Sahen die Hirsche sie nicht, sahen sie das Auto denn nicht? Monika überlegte, was sie tun sollte. Doch bevor sie mit sich zu Rate gekommen war, schien der vordere Hirsch sie gewittert zu haben. Er verschwand gegen die Rheinschlucht hinunter, und im Rückspiegel stellte Monika fest, dass nun auch der Dreigehörnte verschwunden war. Sie war wieder allein und schaute um sich. Der Mond stand gross am Himmel, fast rund. Die Berge warfen schwarze Mondschatten und die Gletscher leuchteten fahlweiss. Kein Licht von Menschen, soweit sie schaute. Angst ergriff Monika, abgrundtiefe Angst. Dann erlosch alles, in einer grossen Gegebenheit von Schwarz und Grau und Weiss. Als Monika wieder erwachte, war sie ruhig. Es war alles unwesentlich geworden, das Auto, ihre Einsamkeit oben auf dem Hochsträsschen, sie selbst... Und da fiel ihr ein, dass sie vielleicht das Auto gar nicht richtig gestartet hatte. Erst draussen schauen, ob nicht die grossen Bremssteine, die der Vater normalerweise allen vier Rädern unterstellte, die Abfahrt hinderten. Dies war auch tatsächlich der Fall. Mit einiger Mühe schob Monika sie weg, musste für den grössten sogar mit beiden Händen anpacken und so sehr anstemmen, dass sie fast unter den Wagen gerutscht wäre. Dann nochmals alles kontrollieren. Monika steckte den Zündschlüssel ein, erinnerte sich, dass ihr Vater ja noch eine Sicherheitszündung hatte einbauen lassen, betätigte auch diese, der Wagen begann erst leise zu stottern, dann regelmässig und lauter zu brummen. Sie konnte losfahren.

Dort, wo sich das Strässchen langsam gegen die grossen Kehren der Talstufe zu neigen beginnt, hielt Monika an. Sie wollte versuchen, ob nicht das grosse, unfassbare Erleben wieder gerufen werden könnte. Sie öffnete die Wagentür, stieg aber nicht aus. Geduldig wollte sie warten. Der Mond war höher gestiegen, sodass die schwarzen Schatten kürzer geworden waren. Er leuchtete jetzt hinein ins breite Tal des Rheins, wo Monika jetzt Lichter ausmachen konnte, leise, ruhige Lichter späteren Abends, aber auch grelle, unruhige Kegellichter der Autos, deren Schalten und Surren bis zu ihr herauftönte. Vor ihr die schmutziggraue Masse der Staumauer. Wenn sie das Auge abwandte, konnte sie ins nächste Tal schauen, ins Madris, wo ein Ausgleichsbecken geplant wurde. War sie nicht nahe der Stelle, wo Michel mit der Mähmaschine abgestürzt war? War nicht ob ihr der Schafberg, auf dessen anderer Seite Köbi den Tod gefunden? Weiter unten war ihr Vater verunfallt. Warum, das wusste sie nicht, hatte er nicht gesagt. Und war sie nicht selbst fast Opfer geworden? Wäre der Wagen nicht mehr angesprungen, was hätte sie dann gemacht? Sie hätte die ganze weite Strecke zum Dorf zu Fuss zurücklegen müssen, begleitet von einem Mond, der nun fahl und hart geworden, begleitet vielleicht auch vom Dreigehörnten oder von einem röhrenden Hirsch oder von anderen Wesen, die da noch in der Nacht sein mochten. Monika schloss die Wagentüre. Warum das alles, warum die Unfälle, die Toten, warum diese verdammte schmutziggraue Mauer? Dann riss sie sich zusammen. Sie fuhr weiter gegen das Tal hinunter. Aber wie sie den Wagen trotz des starken Gefälles etwas beschleunigen wollte, sah sie einen

Hirsch auf der Strasse, einen grossen, hellen Hirsch. Vielleicht war es nur das Mondlicht, welches das Fell fast weiss erscheinen liess. Monika gab Gas, der Hirsch da vorne sollte ausweichen. Aber er wich nicht. Immer näher fuhr Monika an ihn heran. Aber anstatt über das Strassenbord zu springen, drehte sich der Hirsch ihr zu, langsam. Es war wieder der Dreigehörnte. Irgendwie war er jedoch anders als der Dreigehörnte, den sie früher am Abend getroffen, anders auf eine Art, die sie nicht verstehen konnte. Was tun? Ihr schien, der Dreigehörnte versperre ihr absichtlich den Weg. Und doch machte er keinerlei Anstalten, auf das Auto zuzugehen. Er stand einfach, stand ruhig, gross, hell im fahlen Mondenschein. Dann staunte Monika. Er warf keinen Schatten, er stand auf der Strasse, warf aber keinen Schatten. Monikas Hände am Steuer verkrampften sich, hielten das Lenkrad wie eine letzte Rettung. Sie starrte ihn an, den Dreigehörnten, den Hirsch ohne Schatten. Dann war er weg, einfach weg, verschwunden. Er hatte keinen Sprung gemacht, er war einfach nicht mehr da. Der Krampf wich einem Zittern, das so stark war, dass Monika den Wagen bremsen musste. Es dauerte einige Zeit, bis sie wagte, langsam und überaus vorsichtig weiterzufahren.

Das Dorf war ruhig, alles schlief. Nur der Mond erhellte die paar Häuser, die sich auf dem kleinen Hügelvorsprung zusammendrängten. Je eine Strassenlaterne gab es über dem kleinen Dorfplätzchen und bei der Rheinbrücke. Hier konnte sie unmöglich übernachten, doch befand sich weiter oben im Avers eine Gaststätte, die wohl noch offen war. Monika fuhr talaufwärts und richtig, das Gebäude war erleuchtet, man konnte von aussen sehen, dass im Restaurant noch einige wenige Gäste waren. Doch als Monika mit ihrem Köfferchen durch die Türe trat, wurde sie barsch gefragt, was sie denn hier wolle, es könne da nicht einfach irgendwer kommen und übernachten. Monika hatte trotz des unfreundlichen Empfanges keine Lust, weiter zu fahren, zumal sie vielleicht, es war schon gegen elf Uhr, bis nach Thusis hätte fahren müssen, um noch ein freies Zimmer zu finden. So erklärte sie ruhig, sie heisse Suter, ihr Vater sei bei der Swiss Water. Unterdessen war der Hotelier herangekommen, und dieser erkannte sie. "Selbstverständlich können Sie hier bleiben, entschuldigen Sie bitte, aber es ist doch schon ein wenig spät, und wir sind kein Passantenhotel." Monika nickte, entschuldigte sich ihrerseits, dass sie noch so spät Umtriebe mache, sagte aber doch, sie hätte grässlichen Hunger. Sie erhielt einen kalten Teller und ein Mineralwasser. Der Wirt wollte ihr

Gesellschaft leisten. Monika aber bat ihn, sich nicht zu bemühen. Nach dem Essen ging sie sofort zu Bett und schlief traumlos bis in den Morgen hinein.

Monika war auch schon an Begräbnissen gewesen, aber noch nie hatte sie sich so unsicher gefühlt wie an diesem Tag. War sie doch nicht einmal sicher, ob sie überhaupt hingehen sollte. Schliesslich hatte sie keinerlei nähere Beziehung zu Köbi gehabt, und der kleine Flirt, den Sybill am Samstag mit Köbi gehabt, gab dazu auch keinen Anlass.

Nach altem Schamser Recht gingen die Frauen beim Leichenzug voran, und Monika reihte sich bei jenen Frauen ein, die auch fremd zu sein schienen. Langsam entfernte sich der Trauerzug vom Häuschen der Vazer, bewegte sich zur Kirche. Der Pfarrer, ein alter Bündner, der in seine Heimat zurückgekehrt war, sprach die Worte, die man erwartete. Doch dann, ganz am Schluss seiner kleinen Ansprache, sagte er so eindringlich, dass wohl einmal bedacht werden müsste, wieso das Tal so viele junge Burschen verloren habe, oft scheine es, dass Kräfte, die man nicht kenne, wirken und dass man diese Kräfte wohl selbst hervorgelockt hätte, indem man die uralte Ruhe der Berge mit Technik störte und im Winter die Hänge und Alpen, die doch sonst in dieser Jahreszeit in der grossen Stille wären, aufsuchte und Unruhe brächte. Der Pfarrer fügte bei, es scheine ihm, dass all jene, die solche Störungen verursachten, getrieben würden von unverständlichen Kräften, und dass wohl die alte Ruhe erst wieder einkehre, wenn diese Kräfte wichen. Monika war benommen. Der alte Pfarrer sprach aus, was sie selbst schon gefühlt. Es war da wohl ein Wettstreit von Kräften, die hinter den Menschen standen, die abwechslungsweise mit den Menschen wirkten und kämpften.

Als die Trauernden aus der Kirche schritten, trat eine alte Frau zu Monika. "Warum bist du gekommen? Du bist mit Schuld am Tod und wagst es, im Trauerzug mitzugehen." Zwei, drei andere Frauen hörten diese Worte, näherten sich feindlich Monika und umringten sie. "Ich bin nicht schuld!" rief sie, angstvoll in die harten Gesichter blickend. Glücklicherweise trat der alte Pfarrer hinzu und sagte zu den Frauen: "Sie hat keinen Teil an dem, was geschehen." Die Frauen liessen von Monika und der Pfarrer ging weiter. Monika schlich zum Auto und fuhr nach Thusis.

Dort suchte sie ihre Mutter. Sie fand sie unten im Restaurant, zusammen mit ihrem Bruder Marcel und einem gemeinsamen Bekannten, Urs Eggermann. Monika war überrascht, ihren Bruder vorzufinden, zumal die Familie monatelang nichts von ihm vernommen hatte. Marcel war als intelligenter, aufgeweckter Bub nicht nur der Liebling des Vaters, sondern des ganzen Familien- und Bekanntenkreises gewesen. Als er vierzehnjährig war, änderte sich dies plötzlich. Marcel war von einem Ferienaufenthalt in Genf mit einigen Tagen Verspätung zurückgekehrt. Versuche, ihn mittels der Polizei ausfindig zu machen, waren ebenso gescheitert, wie spätere Bemühungen, Licht in diese dunklen Tage zu bringen. Marcel schwieg. Festzustellen war nur, dass er von da an immer häufiger an verschiedenen Drogenplätzen Zürichs auftauchte. Mehrfache Versuche, ihn in eine Mittelschule zu schicken, scheiterten, zumal er einen Hang zu Irrealem entwickelte, der sich in unverständlichen Gedankengängen äusserte, aber auch Eingebungen erkennen liess, die hie und da mit erstaunlicher Treffsicherheit Zusammenhänge aufzeigten. So war es anscheinend auch jetzt gewesen. Wie Monika später erfuhr, hatte Marcel am Vorabend unerwartet zu Hause angerufen und gesagt, er möchte seinen Vater besuchen, der sei doch krank. Sybill, völlig überrumpelt durch dieses unvermutete Wissen, hatte ihn über den Unfall orientiert. Anscheinend kurz nach diesem Telefon hatte Urs Eggermann Marcel zufälligerweise in einer Beiz getroffen. Da er sowieso ins Bündnerland reiste, hatte er Marcel vorgeschlagen, ihn mitzunehmen, was Marcel sehr gerne angenommen hatte.

Monika freute sich, Urs anzutreffen. Er war Chemiker, aber im Unterschied zu Suter hatte er sich mehr und mehr von der naturwissenschaftlich-technischen Weltauffassung entfernt. Er stand mit seinem Weltbild Capra nahe, wenn er auch viel zurückhaltender war und sich davor hütete, persönliche Überzeugungen als tatsächliche Wahrheiten hinzustellen. Monika hatte nicht gewusst, dass Urs am Heinzenberg ein Ferienhäuschen besass, in das er, wann immer möglich, hinauffloh, vor allem natürlich im Herbst, wenn die Nebel im Mittelland graulastend alles überdeckten. Er wollte noch bei Tageslicht zu seinem Häuschen gelangen und verabschiedete sich bald, versprach aber, anderntags Suter im Spital zu besuchen.

Julius ging es etwas besser, und er begrüsste seine Familie mit kräftiger Stimme. Aber dann fragte Marcel plötzlich: "Hast du das Einhorn nun geschossen und wo liegt es?" Julius schaute befremdet auf seinen Sohn. "Was meinst du? Ich war doch nicht auf einer Einhornjagd!" "Doch, doch, Einhorn oder so was, ein dreigehörntes Tier", murmelte Marcel, "ich sehe es doch." "Wo siehst du es denn", lachte der Vater verlegen. "Oben auf der Alp, dort, wo es scharfe Gräte hat, dort kommt es herauf, springt hinunter." Marcels Augen öffneten sich weit. "Und dann verschwindet es, und dann kommt es wieder. Es spiesst dich auf." Suter überdeckte seine Betroffenheit, indem er angriff: "Hör auf mit diesem dummen Quatsch, du siehst wieder einmal Herointiere." "Nein, kein Stoff, was ich sehe, ist so, ich sehe es ja!" Nun versuchte Julius abzulenken: "Nun, wenn du schon ein Einhorn siehst, was siehst du denn sonst noch?" Marcel schwieg erst, dann sagte er unvermittelt: "Da ist ein Mädchen, der Hirsch, der rote Rock." Der Vater schimpfte ihn wütend an, er solle solche Spintisierereien lassen. Da sehe er, wohin er mit dem Zeug komme, ins Irrenhaus. Marcel erwiderte nichts. Aber man sah, dass er überzeugt war, Wirklichkeit geschaut zu haben. Doch er besass nicht die Energie, dem Geschauten nachzugehen. Die Drogen hatten seine Kräfte zu sehr ausgezehrt. Johanna fürchtete, dass Marcel weitere Dummheiten, wie sie es nannte, äussern würde und verabschiedete sich rasch von ihrem Mann, indem sie Marcel mit sich zog. Nicht ohne Hintergedanken. Sie misstraute Julius gründlich und nicht zu unrecht, und sie nahm die Bemerkungen des Sohnes als Hinweis, dass wieder einmal "über dem Hag gegrast" worden war. Nun, sie würde diesen Jagden im Bündnerland ein Ende setzen. Vor den Kindern allerdings äusserte sie sich nicht dazu. Noch immer hielt sie am Schein einer harmonischen Ehe fest, auch wenn sie selbst sich nicht scheute, zwischenhinein alle ihre Verdächtigungen, mit entsprechend spitzen Bemerkungen, den Kindern mitzuteilen.

4

Monika blieb beim Vater. Der aber drehte sich ab und gab damit zu
verstehen, dass er keine Unterhaltung mehr wünsche. Trotzdem wagte Monika einen Versuch: "Ich habe gestern Nacht das Auto oben auf
der Alp geholt, da habe ich auch den Dreigehörnten gesehen." Aber sie
kam nicht weiter. Der Vater richtete sich halb auf, schrie sie an, ob sie
auch verrückt geworden sei, schimpfte weiter, bis er an einem Husten-
anfall zu ersticken drohte und Monika die Schwester herbeizuläuten
gezwungen war. Sie fuhr zurück zum Gasthaus. Kurz darauf erschien
Urs Eggermann, um sie für den Spitalbesuch abzuholen. Sie deutete
an, dass sie mit ihrem Vater ein Zerwürfnis gehabt, doch bat er sie,
trotzdem mitzukommen. Spannungen würde er als unbeteiligter
Dritter wohl neutralisieren. Dem war auch so. Suter hatte seiner Tochter gegenüber ein schlechtes Gewissen und tat, als ob nichts geschehen,
und nach halbstündigem Geplauder gingen Eggermann und Monika
weg. Auf dessen Frage, ob sie länger in Thusis bleibe, meinte Monika,
sie habe sich dies noch nicht weiter überlegt. Abgemacht sei nur, dass
sie, so habe auch der Arzt geraten, in den nächsten Tagen hier sein
sollte, da der Zustand des Vaters noch nicht zufriedenstellend sei. Vorerst wolle sie die Zeit ausnützen, um sich mit der Gegend vertraut zu
machen. Urs anerbot sich, ihr als Führer zu dienen. Nicht nur sei er seit
Jahren hier sozusagen ansässig, sondern er habe auch manche erd-
kundliche, geschichtliche oder sprachliche Unterlagen. "Aber das habe
ich bei dir gar nicht erwartet", platzte Monika heraus. "Nicht wahr?
Ich selbst auch nicht", lachte Urs. "Bei einem Chemiker erwartet man
ja höchstens ein paar Fläschchen und Reagenzgläschen." "Nun, ich
wusste schon, dass du nicht so ganz ins Schema passt", fuhr Monika
fort, "ich nehme dein Angebot, mich in die Gegend einzuführen, gerne an." "Heute Nachmittag auf Burg Hohen Rätien?" Monika nickte.
"Dann zieh dir gute Schuhe an, einen Regenschutz, 's Wetter ist nicht
über alle Zweifel erhaben, und ein wenig Proviant schadet auch
nichts." Die beiden vereinbaren, sich um halb zwei beim Aufstiegs-
weglein zu treffen.

Wider Erwarten hatte sich das Wetter um die Mittagszeit wieder
gebessert, es war einer jener heissen Frühherbsttage geworden, wie
sie etwa unter Föhneinfluss entstehen. Aber unter den Stauden und
Bäumen, die an der Westseite der Hohen Rätien wachsen, war es doch

ordentlich kühl. Monika und Urs stiegen rasch zur Ruine hinauf. Nur einige Handwerker hämmerten in der Kirche, die renoviert wurde, und weiter unten, auf der steilen Alpweide gegen Süden, weideten ein paar Ziegen, die wohl jemand heraufgetrieben hatte, damit sie noch das letzte Gras abfrässen und die Bäume am Überwuchern hinderten. Die Ruinen erweckten jenen Eindruck von Überbesuchtheit, wie er auch in Domen und Kathedralen entsteht, die von Touristen zum Konsumobjekt entwürdigt werden. Monika war enttäuscht. Urs Eggermann spürte dies. Er hatte die Ruinen schon an Tagen besucht, da das Wetter sein wildes Spiel getrieben oder auch früh im Frühjahr, wenn der Aufstieg noch schneebedeckt und vereist war. Dann hatte er etwas erlebt, das Hohen Rätien zum Sagenort, ja, wie die Kirche andeutete, zu einem Ort besonderer Ausstrahlung gemacht hatte. Aber dies musste für Monika Behauptung bleiben. Um ihr doch etwas Besonderes zu bieten, machte Urs den Vorschlag, sie könnten über Carschenna nach Thusis zurückkommen und dabei die alten Stein-zeichnungen anschauen.

Monika nahm den Vorschlag gerne an. So wanderten die beiden wei-ter, zuerst den alten oberen Passweg entlang, dann über die sonnen-erwärmten Halden südlich des Carschenna-Grates bis Carschenna. Monika hatte Wegweiser, Hinweise, Ruhebänklein und anderes mehr erwartet, wie man sie im Touristikland Graubünden zuhauf antrifft. Nichts davon. Wie sie von Crap Carschenna abwärts gingen, fasste Urs Monika plötzlich am Arm und zeigte mit der andern Hand nach vorn: "Siehst du die Lärchen? Das ist die Allee, die oben an den Fels-zeichnungen sich hinzieht." "Allee?" fragte Monika erstaunt. "Du wirst es selbst sehen!" Und wirklich. Der Weg führte zwischen uralten Lärchen hindurch, die ihn in unregelmässigen Abständen begleiteten. Doch bevor sie ganz hindurchgeschritten waren, bog Urs links ab. "Da unten sind die Felszeichnungen, komm!" Erst wollte sich nichts zeigen, doch dann fanden sie immer wieder Zeichnungen, oft halb überwachsen durch Moos und Büsche, oft aber auch freigelegt. Am häufigsten waren die Schalensteine, aber auch Spiralen, die wohl die Sonne bedeuteten, sonderbare Vierecke mit Sonnenkreisen verziert. Und dann ein besonders grosser Gneisrücken, oben mit einem Ein-schnitt, der wohl einen Hirsch oder einen Menschen aufnehmen konnte, weiter unten eine Quelle, in die vom Einschnitt eine Rinne sich hinunterzog. Monika setzte sich an die Quelle, trank. "Komm, setz dich auch," bat sie Urs. "Ich möchte hier ein wenig ruhen." Und sie schloss die Augen. Aber es kam nicht Ruhe, sondern es kamen Bilder. Zur Quelle neigte sich eine Frau, trank aus hohler Hand. Neben ihr ein Bogen, weiter hinten ein Hirsch. Auch der Hirsch trank. Frau und Hirsch verschwanden. Dann weiter oben, neben der alten Tanne, ein alter Mann, mit grossem Hut, einem Stock, zwei Hunde sprangen um ihn herum. Dann ein Krächzen, Rabenkrächzen. Urs flüsterte ihr zu: "Siehst du, Raben kommen uns besuchen, wohl Raben eines alten Gottes." Monika öffnete die Augen. Es waren Raben, richtige Raben. Aber der Alte stand immer noch neben der alten Tanne. Monika wies mit der Hand auf ihn, damit auch Urs ihn sähe, denn er war wirklich wie die Raben. Urs sah den Alten nicht, erlebte aber durch Monika dessen Wirklichkeit. Dann war die Göttin wieder da, wuchs, gross, immer grösser. Monika graute. Sie wollte rufen, aber ihr Mund blieb stumm. Sie wollte zu Urs hinschauen. Aber die Augen blieben blicklos. Es sank die Leere auf sie, grosse erfüllte Leere.

Stumm gingen sie weiter, hinunter gegen Sils. Sie schritten rüstig aus auf dem Strässchen, nahmen auch etwa eine Abkürzung. Doch wie sie unten waren und annahmen, dass sie nun auf die Strasse gelangten, die sie zurück nach Thusis führte, waren sie davon getrennt durch Müll, durch einen langgezogenen Abfallhaufen, der nicht enden zu wollen schien. Schlussendlich entschloss sich Urs, über den Abfall abzusteigen. Monika folgte, sie hätte oben bleiben wollen, oben beim alten Gott, bei den Zeichnungen. Bei den Lärchen auf dem Hügelkamm. Bei der Göttin, der zu Ehren der kleine Quell aus der dunklen Felsengrotte floss. Aber davon war sie nun getrennt, getrennt durch das langgezogene Müllband.

Da Urs Eggermann anderntags seinen Berufspflichten nachgehen musste, war Monika sich selbst überlassen. Sie machte vormittags und nachmitttags einen kurzen Besuch beim Vater, aber die Besuche blieben unpersönlich. Zudem spürte Monika, dass die alten Wesen, die sie auf Carschenna getroffen, und die moderne Welt der Technik ihres Vaters unversöhnbar waren. Der Dreigehörnte in seiner anderen Form, in der weissen Form, wie das Monika bei sich nannte, gehörte zu den alten Wesen; ihr Vater aber hatte ihn gejagt. War er wohl darum verunglückt? Es standen jedoch auch Kräfte hinter ihrem Vater. Sie erinnerte sich der Staumauer, wie sie drohend und gebietend über dem Lei-Bach gehangen. Sie dachte an die Leute, mit denen ihr Vater zusammenarbeitete, besessene Leute, die immer mehr Autobahnen, immer mehr Bergbahnen bauten. Weiter oben sterbende Wälder, durch Skipisten verwüstete Alpen. Sie hatte ihren Vater und seine Freunde darauf aufmerksam machen wollen. Die hatten nur gelacht, sie eine typische Alternative gescholten. Es sei ja nicht erwiesen, dass der Autoauspuff die Wälder krank mache. Ausserdem gebe es immer noch genügend Alpen für die Kühe. Eigentlich wäre es doch gar nicht schlecht, wenn es etwas weniger Rinder gäbe wegen der Fleisch-, Milch- und Butterschwemme. Und einige hatten gar ihr Bedauern geäussert, dass der Plan einiger Mailänder, eine Art Bergbahntransversale hoch von Gipfel zu Gipfel zu bauen, am Widerstand blöder Naturschützler gescheitert war. Überhaupt seien den Menschen kaum noch Grenzen gesetzt, nachdem sie auf dem Mond gelandet waren und sie immer weiter in den Weltraum vorstiessen. Wenn man einen Schaden verursache, gebe es Mittel, ihn wieder gutzumachen. Sie, Monika, solle mal so einen richtigen Science-Fiction-Film anschauen. Dann sehe sie, wenn auch übertrieben, wohin die Entwicklung führe.

Monika erinnerte sich, wie einer ihrer Lehrer gesagt hatte, auch der Verkehr sei eine Gottheit. Man opfere ihm jährlich Tausende von Menschenleben, wohl mehr, als etwa die Azteken in ihren blutigsten Jahren ihren Göttern geopfert. Alle hatten gegrinst, nahmen es als faulen Witz. Der Lehrer hatte dies bemerkt und gesagt, man solle sich doch einmal klar machen, dass die Tausenden von Verkehrstoten einfach eingerechnet würden, dass man bewusst die Verkehrsgesetzgebung so gestalte, dass Tote zu erwarten sein mussten, einkalkulierte Menschenopfer. Waren die toten Burschen nicht auch eine Art Opfer der Technik? Oder die Toten des Kraftwerkbaus?

An sich wäre Monika gern in Thusis geblieben. Sie hatte widerwillig zugesagt, am Samstagabend an einem Treffen der christlichen Jugendgruppe im Restaurant Freihof mitzumachen und Abwesenheit wäre ein guter Grund gewesen, Vreni, der Leiterin, eine Absage erteilen zu können. Aber Johanna, die jener Richtung der Familie nahestand, die Pfarrherren hervorzubringen pflegte, hatte darauf bestanden, sie müsse unbedingt am Treffen teilnehmen. Monika hatte es letztlich als klüger erachtet, nachzugeben, als ein Wochenende mit der verärgerten Mutter zu verbringen.

Der Abend war nach bewährtem Schema geplant. Erst ein Picknick am Feuer mit gebratenen Kartoffeln, Äpfeln und Cervelats, dann ein Vortrag über ein der Religion nahestehendes Thema, dann Diskussion, dann Tanz.

Der Referent des Abends war von gewohnter Durchschnittlichkeit, und sprach über ein Thema, das ebenfalls seit Jahrhunderten zur eisernen Ration gehörte; über die Wunder Jesu und dass sie einen Beweis für seine Göttlichkeit darstellen. Auch die anschliessende Diskussion brachte die üblichen Argumente, Behauptungen, man könne Wunder auch naturwissenschaftlich erklären, es handle sich um seelische Phänomene wie Beeinflussung oder Einbildung und um gruppentypische Erscheinungen bei sozialen Randgruppen. "Alles auch schon gehört", dachte Monika. Doch dann erregte ein weiteres, eher linkisch vorgebrachtes Argument ihre Aufmerksamkeit. Ein Philosophiestudent meinte nämlich, man könnte die Wunder auch anders erklären. Es handle sich doch einfach um eine Einwirkung aus der überbewussten Welt, die Kant die transzendente nennt, auf unsere wahrnehmbare Welt, und da die transzendente Welt nicht raumzeitlich sei, gebe es dort auch keinen Zusammenhang von Ursache und Wirkung. Dort wäre also Freiheit und damit die Möglichkeit eines nicht erklärbaren Geschehens. Die Gruppe allerdings ging nicht auf diese Erklärungen ein. Sie waren zu kompliziert. Das Mädchen, das den Philosophen mitgebracht und zu seinen Aussagen ermuntert hatte, trat aber für ihn ein und meinte zum Referenten, man müsse sich doch mit Kant auseinandersetzen. "Richtig, richtig", meinte dieser, "aber ihr müsst wissen, Kant ist der Mann, der gesagt hat, man könne Gott nicht beweisen. Und dabei hat unser Philosoph doch eben bewiesen, dass Gott ist, denn man muss nur die geistige Welt als Gott setzen und dann stimmt alles." Der Philosophiestudent, Stephan, wollte etwas erwidern, aber die andern riefen, es sei nun genug Kant, die Hauptsache sei ja, dass Gott sei, und übrigens seien sie hier versammelt, um einen gemütlichen Abend zu haben. Man begann Platz zu machen. Vreni holte das Tonbandgerät, das jede weitere Diskussion übertönte, und die Tänzchen begannen.

Monika wollte sich heimlich davonstehlen. Doch als sie sich umschaute, wie sie dies unauffällig angehen könnte, erblickte sie unweit von sich an einem Nebentischchen Stephan, der eifrig auf seine Begleiterin einredete. Kurz entschlossen ging Monika zu den beiden hin, fragte, ob sie Platz nehmen dürfe. Rosy war froh über die Unterbrechung, Stephan schaute eher misstrauisch. Monika spürte dies, liess sich aber nicht beirren. "Wenn die geistige, transzendente Welt völlig jenseits unserer Erfahrungsmöglichkeiten ist, dann ist dort alles möglich, nicht?" fragte sie Stephan. "Natürlich", antwortete er, sofort interessiert, "es ist dort auch Gott möglich, nur nicht beweisbar." "Muss es denn der christliche Gott sein, sind nicht auch andere überbewusste oder transzendente Wesen möglich?" Stephan zögerte etwas. "Das ist weder beweisbar noch unbeweisbar." "Und diese Wesen könnten wie der christliche Gott in unsere Tatsachenwelt hinein wirken?" Stephan bejahte, fügte aber bei, Kant habe nur einen Gott angenommen. "Aber heute, da wir so viel über andere Religionen wissen, müssen wir doch deren Göttern dasselbe Recht zubilligen wie dem christlichen Gott, es mag also viele verschiedene Götter geben!" "Das ist Glaubenssache. Das kann man nicht wissen." "Es ist jedoch wahrscheinlich, dass es in der transzendenten Welt auch Abstufungen gibt wie in unserer Welt, also vielleicht auch Wesen, die unserer Realität näher sind und auf sie einwirken und solche, die ganz in der Ferne sind." "Du, das geht mir zu weit", platzte nun Stephan heraus. "Ich glaube, du willst gar mythische Glaubenssätze aufstellen." Monika schwieg. Es wurde ihr bewusst, dass sie wirklich auf dem Weg zurück zu den Mythen war. Sie erhob sich, tat, als ob sie an ihren Platz zurückginge, sah, wie Rosy und Stephan sich zum Tanzen erhoben und benutzte die Gelegenheit, um sich unbemerkt zu entfernen.

5

Am Montagnachmittag reiste Monika wieder nach Thusis, neben dem pflichtgemässen Spitalbesuch wollte sie die Felszeichnungen von Carschenna nochmals aufsuchen.

Als sie sich abends in den Speisesaal begab, sah sie einen Herrn zwischen vierzig und fünfzig bei einem Glas Wein Akten studieren. Er kam ihr irgendwie bekannt vor, doch konnte sie ihn natürlich nicht darauf ansprechen und begab sich an ihren Tisch. Kurze Zeit darauf erhob sich der Herr und schritt auf sie zu. Er wirkte sehr gepflegt, hatte schon reichlich gelichtete, teilweise graumelierte Haare und ein glattrasiertes Bankiersgesicht. Er verbeugte sich leicht, sagte fragend: "Fräulein Suter, wenn ich mich nicht irre?" und als Monika bejahend nickte, stellte er sich vor: "Steiger, Turbinenbau AG." Monika erinnerte sich, Steiger war einer der Generaldirektoren dieser Firma, ein entfernter Geschäftsfreund ihres Vaters. Sie bat ihn, sich zu ihr zu setzen, denn offensichtlich erwartete er dies von ihr, und Monika empfand es auch als recht angenehm, nun nicht allein ihr Abendessen einnehmen zu müssen. "Ich bin auf Geschäftsreise", bemerkte Steiger. "Wir wollen überprüfen, ob sich die bestehenden Wasserkraftwerke nicht mit neuen Turbinen besser ausnützen lassen, und vielleicht gibt es auch sonst einiges zu installieren", fügte er leise lächelnd hinzu. "Dann machen Sie es wie ich, nur umgekehrt. Ich mache Ferien und arbeite dabei, und Sie arbeiten und machen wohl ein wenig Ferien nebenbei, oder nicht?" "Erraten! Aber darf ich nicht meinen Wein holen und Ihnen Gesellschaft leisten?" "Natürlich." Steiger winkte dem Ober, liess nicht nur sein Glas, sondern auch eines für Monika bringen. "Wie zum Kuckuck kommen Sie dazu, gerade in Thusis Ferien zu machen?" "Sie wissen nicht? Mein Vater ist verunfallt und liegt hier im Spital." "Keine Ahnung. Ich bin die letzten Tage stets unterwegs gewesen und führte nur rein geschäftliche Gespräche."

Monika erzählte vom Unfall ihres Vaters und dass sie dessen Auto auf dem Schafbergsträsslein habe holen müssen. "Und das haben Sie so ohne weiteres gemacht? Hatten Sie denn keine Angst, so allein oben in den Bergen? Das Vieh ist doch bereits herabgetrieben worden!" "So ganz geklappt hat's schon nicht, der Wagen wollte erst nicht anspringen, dann röhrten die Hirsche, dann ..." Monika schwieg. "Und was?

Gab es sonst noch Schwierigkeiten?" "Keine besonderen. Nur die Staumauer hat mich schockiert." "Warum? Ist eine schöne, starke Mauer." "Das mag sein, aber ich habe anderes gehört." "Nun, die Wasserzinsen sind ja hoch genug." "Es geht vielleicht nicht nur um Wasserzinsen", meinte Monika eher hilflos. Steiger war wie ihr Vater, nur gewandter, rücksichtsloser. Er spürte ihren Widerstand und wechselte das Thema. "Wie verbringen Sie denn jetzt die Zeit hier in Thusis?" Monika erzählte einiges, vermied es aber, Carschenna zu erwähnen. Steiger erwies sich als kenntnisreicher Zuhörer. Er wusste nicht nur Bescheid über verschiedene rätoromanische Dialekte, sondern hatte auch einiges über die Walser gelesen. Auf die erstaunte Frage Monikas, warum er sich damit befasst habe, antwortete Steiger, moderne Industrieplanung müsse sich mit den verschiedensten Umwelteinflüssen und Gegebenheiten auseinandersetzen. Und sein Konzern, wie ja auch die verwandte Swiss Water, plane auch Feriensiedlungen, und da spielten Kenntnisse über die Einheimischen und Zugewanderten eine wichtige Rolle. "Wieso lassen Sie denn die Bevölkerung nicht einfach in Ruhe?" "Gut gesagt. Und wo bleibt unser Verdienst? Wir kalkulieren die Bevölkerung und die Folklore mit ein. Man kann keinen zoologischen Garten bauen, ohne zu wissen, wie sich die Tiere verhalten. Alles muss eingeplant werden." "Und wenn die Leute nicht verplant werden möchten?" "Sie werden schon mögen. Geld hilft allemal." Es stimmte, was Steiger sagte. Und Monika fühlte, dass er Recht behalten könnte. Sie äusserte dies jedoch nicht. Ebensowenig hätte sie wohl einem Computer beibringen können, dass sein Programm nicht stimmt. Aber wer hatte Steiger programmiert? Eine müssige Frage. "Sie finden mich anscheinend zu wenig romantisch," lächelte Steiger, der ihre Gedanken erraten zu haben schien. "Aber jede Zeit hat ihre Gebote. Wir werden bestimmt durch die Bevölkerungsexplosion, mangelnden Boden, Technisierung der Produktion und damit auch der Konsumation. Da hilft nur Planung, unsentimentale Planung." "Ja, ihr plant alles, wohl auch den Krieg." "Natürlich! Rüstung und auch Kriege sind in einer überproduzierenden Wirtschaft unentbehrlich. Und zudem: Der Krieg fördert die Technik, und die Technik will sich wieder im Kriege zeigen. Wir haben keine Kriege mehr mit persönlichem Einsatz. Es wird der siegen, der über die leistungsfähigere Technik verfügt." "Und wie geht es dem Menschen in dieser unheiligen Verbindung?" "Der Mensch? Nun, der wird vielleicht einmal überflüssig. Wenn Sie die Unfallstatistik überprüfen, so kommt immer wieder der Faktor menschliches Versagen ins Spiel. Also müssen wir dieses Versagen möglichst ausschalten." "Und damit den Menschen?" "Na, den können wir ja in irgendein Reservat einsperren. Huxley spricht sowas an in 'Brave New World'...." Steiger schwieg, hob dann sein Glas, trank Monika zu und meinte: "Vielleicht ist es ja auch ganz schön im Reservat. Falls man Sie dort auch antreffen kann." Monika war durch diesen plötzlichen Themawechsel überrumpelt. Sie hob ebenfalls ihr Glas, trank Steiger zu und lächelte ihrerseits: "Dann auf eine fröhliche Reservatszukunft! Aber damit wir diese auch noch munter erleben können, möchte ich gerne schlafen gehen. Gute Nacht." Steiger stand auf und begleitete Monika bis zur Speisesaaltüre.

Beim Morgenessen fand Monika ein Billet von Steiger, worin er mitteilte, er möchte am späteren Vormittag gerne ihren Vater im Spital besuchen und würde sich freuen, sie dorthin begleiten zu dürfen. Monika wartete auf ihn, und sie gingen zusammen ins Spital. Suter war hocherfreut über den Besuch, wunderte sich aber ein wenig, dass Steiger mit seiner Tochter kam. Monika erklärte ihm, dass sie Steiger im Hotel getroffen hatte. Steiger ergänzte ihre Ausführungen mit der Bemerkung, er habe sich mit Monika sehr gut unterhalten am Abend und er hoffe, dass sie ihn auf der morgigen Geschäftsreise begleiten könne. Er fahre wegen des Vereinatunnels über den Flüela nach Lavin und dann über den Julier zurück. Suter war etwas verwundert, noch verwunderter war Monika über die unvorhergesehene Einladung Steigers. Aber da Suter betonte, es sei ihm eine Freude, wenn Monika eine schöne Fahrt machen könne, blieb ihr nichts anderes übrig, als einzuwilligen. Steiger hatte sie eingeplant.

Am andern Morgen war der Himmel wolkenlos. Es würde ein wunderschöner Tag werden. Nachts aber musste Nebel durch die Landschaft gezogen sein, denn Rauhreif hing an den Sträuchern und Bäumen, und es war empfindlich kalt.

Steiger erwartete Monika im Speisesaal, wo sie zusammen frühstückten. Danach bat er sie, ihn zum Wagen zu begleiten. Sie nahm neben ihm Platz, und er fuhr ohne Halt bis zur Flüelapasshöhe. Der Nordwind strich über den Pass, die kleinen Teichlein waren alle zugefroren, und die Schafe, die in versprengten Grüpplein herumzogen, blökten unzufrieden. Sie warteten offensichtlich darauf, in tiefere Regionen heruntergeholt zu werden. Als Monika und Steiger, die sich ein wenig Bewegung verschaffen wollten, zwischen ihnen durchschritten, gerieten die Schafe in Unruhe, drängten zu den beiden hin, das Blöken erfüllte weithin die Luft. Steiger jagte die Schafe, die sich allzu zudringlich herandrängten, zurück, meinte dann aber, dass ein Rückzug angemessen wäre. Doch das war rascher gesagt, als getan. Die Schafe betrachteten die beiden Spaziergänger offensichtlich als Hirtenpaar, das sie abholen käme, und liessen sich nicht vertreiben.

Da tauchte die Rettung auf in Gestalt eines Schäfers, oder einer Gestalt, die wohl der Schäfer war. Denn er hatte zwei Hunde bei sich, irgendeine Mischung aus Bläss und Bergamasker und einen Stock. Er trug eine lange, dunkle Pelerine und einen grossen Hut. "Was treibt Ihr euch da oben herum und stört die Schafe?" Steiger trat zu dem Mann hin, streckte ihm eine 50-Frankennote entgegen. "Nehmt das für die Arbeit, die wir Ihnen ungewollt verursacht haben." Aber der Schäfer lachte ein Lachen, das eigentlich gar kein Lachen war, sondern sich anhörte, wie wenn ein Bergbach in ein Felsloch stürzt und sich dort mahlend hindurchdreht. "Geld", sagte er dann, "Geld gibst Du mir, Geld." "Du kannst es sicher brauchen", insistierte Steiger, "allzuviel wirst Du mit deinen Schafen nicht verdienen." "Nein, mit den Schafen, die hierher gehören, verdiene ich weniger, als Ihr mit Euren verdammten Bauten, die nicht hierher gehören." Und grinsend fuhr er weiter: "Aber die Schafe werden noch weiden, wenn Ihr und Euer Geld und Eure Mauern und Autos schon lange verschwunden sind. Ruinen machen gutes Gras." "Da ziehst Du den kürzeren. Wo wir einmal sind, bleiben wir." Als Antwort stürzten sich die Hunde auf Steiger. Der Schäfer musste sie mit aller Kraft zurückhalten. "Wo kei Wäse isch, wäst au nüüt." Mit diesen Worten wandte sich der Schäfer brüsk ab, ohne das Geld genommen zu haben, liess einen langen Pfiff ertönen, gab den Hunden einen Befehl, und diese trieben die Schafe weg in die Hänge hinüber. "Der verdammte Lump", fluchte Steiger mit hochrotem Gesicht. Aber Monika fasste ihn am Arm. "Lassen Sie ihn, er liebt seine Berge." "Wir werden ja sehen, wessen Liebe mächtiger ist, seine zu Schaf und Berg oder meine zu Fortschritt und Plan." Dann wandte er sich voll Monika zu. "Aber Sie helfen doch mir, nicht dem alten Schäfer?" Monika zögerte, sagte dann tapfer: "Ich weiss nicht, ich glaube, ich muss dort stehen, wo ich muss, aus mir heraus muss." Steiger erwiderte nichts mehr, lenkte aber seine Schritte zum Auto zurück. Schweigend fuhren sie ab, hinunter nach Zernez, wo Steiger eine Konferenz hatte.

Da Monika an der Sitzung weder teilnehmen konnte noch wollte, ging sie spazieren. Während sie über das weite Inntal schaute, auf die Lärchen, die schon gelb leuchteten, auf das herbstlich gebräunte Gras und die von Frühschnee bedeckten Berge, überlegte sie, was nun geschehen würde. Steiger würde seine Niederlage gegenüber dem alten Schäfer nicht einfach hinnehmen. Er würde versuchen, den Gesichtsverlust wieder wett zu machen und wohl mehr als nur wett machen. Doch dann genoss sie den Herbsttag und beruhigte sich. Steiger war ein mächtiger Mann. Aber war er nicht ein Nichts verglichen mit dem alten Schäfer?

"Wie war die Sitzung?" fragte sie daher Steiger unbefangen, als er kurz nach zwölf zu ihr ins vereinbarte Restaurant trat. "Scharfe Debatten wie immer", lachte Steiger. "Sie wissen, es gibt manche Küchlein und Kuchen zu verteilen, und jeder will ein möglichst grosses und vor allem ein möglichst schmackhaftes Stück für sich ergattern" "Aber Ihr seid doch eine Arbeitsgemeinschaft?" "Eben. Warum schliessen sich Unternehmen zusammen? Einmal, weil bei den Kuchen, um beim Bild zu bleiben, Teile sind, die die eigene Firma nicht besonders gut verdaut, und zweitens, weil zu grosse Bissen Verdauungsbeschwerden verursachen. Dann gibt man sie dem Nachbarn und schlussendlich geht es dabei allen gut." Monika verschluckte die Frage, ob es auch den Bergen gut gehe dabei und lenkte das Gespräch auf das Essen: "Nun, Sie haben wohl Hunger, nicht nur geschäftlichen. Ich auch." "Gut", lachte Steiger, "dann rasch ans Essen, wir haben ja noch ein tüchtiges Stück Rückfahrt vor uns." Das warmtrockene Herbstwetter und der Rehpfeffer machten Durst. Beide liessen es sich bei mehr als einem Glas Maienfelder wohl sein, wobei Steiger wegen des Autofahrens etwas Zurückhaltung übte. Aber flotter als am Morgen fuhr er trotzdem, und als er allzu rasch den Albulapass hinaufraste, bat ihn Monika, er möge doch ihr das Steuer mal übergeben. Sie kenne den Wagen und eine Ablösung sei nur vernünftig. Wider Erwarten willigte Steiger ein, doch nachdem sie losgefahren, meinte er: "Wissen Sie, warum ich Sie ans Steuer liess?" Monika schüttelte den Kopf. "Ganz einfach. Sie am Steuer zu sehen ist eine einzigartige Gelegenheit. Die will ich nicht verpassen." Monika sagte nichts. Zwar freute sie das Kompliment ein wenig, aber sie fühlte sich verplant. Allzu hart zurückweisen konnte sie Steiger nicht. Schliesslich musste sie noch einige Zeit mit ihm fahren, und ihr Vater hatte wohl noch manche Geschäfte mit Steiger, und da galt es, diese nicht durch Unbedachtsamkeit zu gefährden.

Monika fuhr bis Thusis. Als sie aus dem Wagen stiegen, lud Steiger sie zum Nachtessen ein. "Sie waren eine so glänzende Fahrerin, dass ich Ihnen eine Gegenleistung schuldig bin. Einverstanden?" Müde wie sie war, wehrte sich Monika nicht. "Ich will rasch auf mein Zimmer gehen und mich duschen, komme aber auf acht Uhr." "Prima, ich muss mich auch ein wenig erfrischen." Während sich Monika zurecht machte, bereute sie, zugesagt zu haben. Irgendetwas an Steiger missfiel ihr, und sein Verhalten auf dem Flüela hatte dies ungute Gefühl bestätigt. Aber sie hatte zugesagt und fand keinen Vorwand, einen Rückzieher zu machen.

Trotzdem hatte die gemeinsame Fahrt eine gewisse Vertraulichkeit erzeugt, sodass es Steiger nicht schwer fiel, während des üppigen Mahls ein loses, von Gegenstand zu Gegenstand hüpfendes Gespräch in Gang zu halten. Monika machte mit, sie wollte keine Spielverderberin sein, und der Wein, den beide reichlich schon während der Lachsvorspeise genossen, hatte ihr die Zunge gelöst. Als er sich später von ihr im Hotelkorridor verabschiedete, küsste er sie erst leicht auf beide Wangen, dann fast schmerzend erobernd auf den Mund. Monika war so überrascht, dass sie sich nicht abwenden konnte. Aber sie entzog sich seinen Armen, die er während des Kusses um sie gelegt. "Gute Nacht", sagte sie und wollte so schnell wie möglich verschwinden. "Bis später", antwortete er und ging in sein Zimmer. Monika beschloss, sich gleich schlafen zu legen. Sie war schon im Pyjama, als es leise klopfte. Sie ging zur Türe und fragte, wer da sei. Keine Antwort, aber wiederum ein Klopfen. Monika zögerte erst, dann öffnete sie, man konnte ja nicht wissen, was das Klopfen bedeutete. Herein trat Steiger im Schlafrock, fasste sie und küsste sie auf den Mund. Sie wehrte sich. Aber er war stärker, und als sie um Hilfe rufen wollte, verschloss er ihr mit seinen Lippen den Mund. Dann zog er ihr die Pyjamahose herunter. Sie wollte sie wieder heraufziehen, aber sie war seiner Kraft und Gewandtheit nicht gewachsen. Sein Schlafrock öffnete sich, er war nackt darunter. Sein Glied hob sich, er versuchte, in sie einzudringen. Dabei keuchte er: "Nun hab ich dich. Du gehörst mir. Mach Platz für mich." Fast hätte Monika nachgegeben, dann aber stiess sie ihn plötzlich von sich, schlug ihm mitten ins Gesicht, dass er zurücktaumelte, öffnete die Türe, schob den Verdutzten hinaus, schloss hinter ihm. Monika zitterte vor Abscheu und Wut. Sie fühlte sich beschmutzt. So begab sie sich unter die Dusche, seifte sich gründlich ein, liess das Wasser lange über ihren Körper laufen. Das beruhigte. Und dann musste sie lachen. Das war also der Herr Generaldirektor. Ein Bündel aus sexueller Gier und Macht, nichts mehr. Ein Nichts, das meinte, etwas Grossartiges zu sein. Und sie begriff, dass er bauen wollte, musste. Nur so war er jemand, nur wenn er baute, plante, vergewaltigte, war er etwas. Und vielleicht war die ganze Technisierung, Industrialisierung auch nur ein solcher Aufstand des Nichts, ein Schaffen aus der Leere? Die Wut und der Ekel stiegen erneut in ihr auf. Monika musste brechen, krampfhaft. Es wollte kein Ende nehmen. Dann duschte sie nochmals. Der Steiger war abgewaschen, herausgekotzt. Sie würde anderntags nach Hause fahren. Thusis war ihr verleidet. Ihr Vater bedurfte ihrer nicht mehr, es ging ihm ja besser, und überdies war er ein guter Bekannter des Steiger. Doch dann kam ihr ein anderer Gedanke. Nach Hause zu ihrer Mutter, die doch der Welt oder Unwelt des Steiger sehr nahe stand, wollte sie noch nicht. Sie würde nach Carschenna gehen, die alten Steinzeichen anschauen...

Doch als Monika am andern Morgen in den Speisesaal trat, kam Steiger auf sie zu, setzte sich zu ihr an den Tisch und meinte einleitend, sie solle bitte entschuldigen, falls er gestern etwas wirr gewesen sei. Er habe Kopfwehtabletten vor dem Nachtessen genommen, dann getrunken, da wäre es möglich, dass diese Kombination ein bisschen zu viel für ihn gewesen sei. Monika blieb nichts anderes übrig, als die Entschuldigung anzunehmen. Denn wenn sie irgend etwas anderes vorbrachte, würde Steiger behaupten, er könne sich an nichts erinnern. Der Gedanke aber, mit diesem Steiger weiter zusammen sein zu müssen, war für sie unerträglich.

Sie verabschiedete sich nach dem Morgenessen knapp, packte zusammen, ging dann ins Spital, ihren Vater besuchen. Suter fragte, wie denn die Fahrt mit Steiger gewesen, Monika antwortete ausweichend. Dann lenkte sie das Gespräch auf das Befinden des Vaters. Als dieser bemerkte, es gehe jetzt bedeutend besser, meinte sie, sie würde in diesem Falle abreisen, vielleicht noch einen kurzen Abstecher in den Süden machen, da dort anscheinend schönes Wetter sei. Suter war einverstanden, und Monika verabschiedete sich.

6

Von Norden hatten sich in der Nacht dicke grauschwere Nebelschwaden ins Tal geschoben. Sie hatten sich in die Wälder eingenistet,
drohten immer wieder auch Hohenrätien zu verschlingen und über-
zogen Strassen und Wege mit herbstlicher Feuchte. Monika liess sich
von ihrer Absicht, nach Carschenna zu gehen, nicht abbringen. Aber
sie fürchtete sich, nach den Erlebnissen der letzten Nacht, den Weg
allein zu gehen, und zudem lag Carschenna verborgen in den Nebelwolken. So nahm sie den Wagen ihres Vaters und fuhr so hoch auf dem
Alpsträsschen wie möglich, ohne auf die Verbotstafeln zu achten. Es
war ja wohl auch so, dass sie, von ihr aus gesehen, keine Unbefugte
war, denn es hatten sich ihr oben alte Wesen gezeigt, und die würden
ihr sicher den Zugang gestatten. Dies schien sich zu bewahrheiten. Als
Monika den Wagen in die letzten Kehren gegen Tarneras hinauf-
zwängte, wurden die Nebelwolken lichter. Sie spielten noch etwa in
bizarren Gebilden, flohen rasch den Felswänden entlang, liessen sich
von der Hauptmasse der Wolken wieder in die Tiefe ziehen. Monika
parkierte in der letzten Kehre, hier, auf nebelfreier Höhe, wollte sie zu
Fuss weiter.

Sie erinnerte sich, wie sie den Wagen auf dem Schafsbergsträsschen
nicht mehr anfahren konnte, wie er protzig dagestanden hatte, so gar
nicht in die Berge, zu den alten Wesen passend. Praktisch wie sie war,
wollte sie einer erneuten Panne vorbeugen und parkierte den Wagen
mit der Schnauze nach unten. So würde er bergabwärts anrollen können. Das Wenden mochte einigen Lärm verursacht haben, und das war
wohl der Grund, warum sich die Türe der alten Holzfällerhütte, die
sich in der Kehre tief in den Boden duckte, öffnete, und ein Mann, der
so alt und verwittert wie die Hütte schien, heraustrat. "Warum machst
du solchen Lärm?" Monika entschuldigte sich und erwähnte, dass der
Wagen ihr letzthin auf dem Schafbergsträsschen stehen geblieben sei.
"So fährst du überall in die Berge hinauf? Was suchst du hier oben?"
Monika war auf diese Frage nicht gefasst und schwieg. "Du hast hier
oben nichts zu suchen. Suchst du Kräuter oder Steine?" "Nein, ich
komme hier herauf, um die Felszeichnungen anzuschauen." Der Alte
blickte unter seinen wirr-weissen Augenbrauen scharf auf Monika.
"Meinst du, die seien zum Anschauen da?" Monika zögerte. Was sollte sie antworten, wie erklären, was ihr die Zeichen bedeuteten? "Lass

sie in Ruhe und mich auch. Wir haben im Sommer genug fremdes Zeug hier oben. Ist der Sommer vorbei, gehört der Berg uns und denen, die immer da waren." "Diese wehren mir den Besuch sicher nicht." "Woher weisst du das?" "Ich war schon einmal hier oben. Letzte Woche. Darum weiss ich es." Es schien Monika nicht geraten, Näheres zu erzählen. Der Alte schaute sie lange an. "Dann geh", sagte er plötzlich. "Du kannst hier hinauf gehen, es ist näher." Was den Sinneswandel des Alten bewirkt hatte, wusste Monika nicht. Sie war zufrieden, dass er sich ihr nicht mehr in den Weg stellte, sondern sogar behilflich war. Monika stieg über die Weiden zwischen den Tannen hinauf. Oben auf der felsigen Krete standen die Lärchen, golden leuchtend. Hie und da fiel von einem der alten Bäume eine Nadel nieder, drehte sich ein wenig in der Luft, legte sich dann zu den anderen Nadeln auf dem Boden und flocht dort mit am gelben Nadelteppich. Monika setzte sich auf einen Felsblock an der Sonne und schaute in die Lärchen. Wer wohl hier einst durchgeschritten war? Waren es die alten Druiden gewesen, die aufstiegen, um die Zeichen zu betrachten und zu deuten? Monika sah die Gestalten vorbeiziehen, altertümlich gekleidet, fremdartig und doch mit der Landschaft verwachsen. Aber sie wusste, dass dies nur ihr Traum war, keine Wirklichkeit, wie sie sie das letzte Mal erlebt hatte.

Dann stieg sie hinunter zum Felsen der Artemis, wie sie ihn bei sich nannte. Sie hatte in einem Buch über griechische Mythologie gelesen, dass Artemis die Hirschgöttin war, die Artemis, die beim Wasser sitzt, Artemis, die Herrin der Tiere.

Der Felsen lag still, leicht beschattet in der Herbstsonne. Bis unten an den stotzigen Hang reichte das Nebelmeer, jetzt nicht mehr bewegt, sondern in langsamen Wogen in sich selbst verharrend. Es schien seine Ruhe gefunden zu haben zwischen den Bergen, in die es sich weit hineingeschoben hatte, vom Unterland her, das es bedeckt hielt. Aber es trennte mehr als der bewegte Nebel von all dem, was unter ihm lag. Oben waren die Berge, die Sonne, die gelben Lärchen, war Monika, vielleicht auch der Alte in seiner alten Hütte. Aber den sah Monika nicht. Sie schaute, und während sie schaute, vergass sie ihr Schauen, wurde Teil des Nebels, der Felsen und Berge. Und sie vergass alles, auch sich selbst, lange Zeit. Doch dann erwachte sie, oder glaubte zu sich zu erwachen. Der Nebel war wieder gestiegen, kalt umhüllte er sie. Monika erhob sich, sie fröstelte, wollte zurückgehen. Aber der Nebel warf seine dichtesten Schleier um und über sie, dunkelte sie ein. "Ich muss mich beeilen, bevor die Dämmerung sich mit dem Nebel vermischt", dachte Monika. Aber es gab keinen Weg mehr. Hier starrte ein entlaubter Busch aus dem Nebel, dort ragte eine Tanne, düster vermummt. Monika wollte die steile Halde hinaufsteigen zu den gelben Lärchen. Doch plötzlich senkte sich die Halde wieder, eine Gegensteigung hatte sie genarrt, sie war abwärts, nicht aufwärts gegangen. Alles vorher Vertraute war nun unvertraut, war drohend, unerkennbar. Monika setzte sich, sie hatte Angst, Grauen ergriff sie.

Sie rief um Hilfe, krächzend erhoben sich zwei Raben, flogen als schwarze Schatten an ihr vorbei, verschwanden im Nebel. Dann wieder Stille, graue Stille. Monika rief erneut. Nur wenn niemand kam, der des Weges kundig war, würde sie versuchen, allein weiterzugehen, irgendwie ins Ungewisse hinein, einfach abwärts. Sie rief wieder, ein letzter Versuch, bevor sie hinunterstieg. Denn lange konnte sie nicht mehr warten, sonst mischte sich Nacht in den Nebel. Es kam Antwort. Sie rief nochmals, die Stimme kam näher. Es war der Alte von der alten Hütte. Nur war er grösser, als sie ihn in Erinnerung hatte, trug jetzt einen altmodischen Regenhut, einen langen Stock, eine Pelerine. Und zwei Bergamasker sprangen auf sie zu, bellten, schwiegen dann auf kurzen Befehl des Alten, setzten sich zu seinen Füssen. "Ich hörte dich rufen. Komm." Und schon schritt der Alte davon. Monika musste sich beeilen, damit sie ihn im Nebel nicht aus der Sicht verlor.

In der Hütte brannte ein Petroleumlicht, es duftete nach frischem Kaffee. "Hättest nicht so lange bleiben sollen. Schon mancher kam nicht zurück." Der Alte schob ihr ein Kacheli Kaffee hin, langte auf das Geschirrbord, holte eine Flasche herunter, goss daraus in ihr Kacheli. "Da, trink, Carschenna-Schnaps. Wacholder und Schafgarbe." Ein eigentümlicher Duft, wie er aus einer Mischung von Kaffee und Kräuterschnaps entsteht, stieg empor. Monika trank das ganze Kacheli leer. "So ist's recht. Wie bist du wieder heruntergekommen?" Monika sah den Alten erstaunt an. "Aber du hast mich ja selbst geholt." "Hab ich. Ja so..." Dann, nach einer Weile: "Sahst du zwei Raben?" "Ja, sie flogen durch den Nebel." Der Alte schwieg, lauschte. Und in sein Schweigen hinein ertönte das Brunftgeheul der Hirsche. "Nimm noch ein Kacheli." Und obschon Monika abwehrte, goss der Alte ihr nochmals ein Kacheli voll mit Kaffee und Schnaps. "Du kannst es brauchen. 'S gibt eine schwierige Fahrt. Ich komme mit." Schweigend trank sie ihren Kaffee. Dann zog der Alte Regenkleider an, rief seinem Hund, es war nurmehr ein schwarz-weiss gefleckter Köter, sie schloss den Wagen auf, der Alte stieg mit seinem Hund ein.

Monika musste langsam fahren, denn nur mit Mühe durchleuchteten die Scheinwerfer die grauschwarze Wand aus Nacht und Nebel, die sich stets erneut vor ihr auftürmte und sich dann über dem Wagen verschlingend zusammenschloss. Glücklicherweise sass der Alte neben ihr, der ruhig seinen Hund am Halse kraulte und auch nicht erschrak, wenn sie plötzlich bremste, weil eine unerwartete Kehre vor ihr auftauchte. Kurz vor Sils bat sie der Alte, anzuhalten. Sie waren jetzt unter der Nebeldecke, und die Lichter von Thusis wurden sichtbar. "Du findest nun ohne mich weiter," sagte er, "aber behalte in dir, was du bei mir oben gefunden hast." Dann pfiff er seinem Hund und schritt in Wald und Nacht zurück.

Glossar der Mundart- und Brauchtumsbegriffe

Glossar der Mundart- und Brauchtumsbegriffe

Beckeli	runde, grosse Tasse ohne Henkel, meist aus Blech
Büscheli	Reiswelle, für Kachelofen gebündeltes Holz
Büscheler	ein meist alter Mann, der Büscheli macht, oft tief in den Wäldern. Oft sagenhaft mit Dämonen verbunden
Fänggen	Berggeister
Gaden	Stall
gäh	steil
Gebsen	grosse, flache Gefässe, in denen die Milch aufbewahrt wird
glusten	gelüsten, begehren
gschpässig	sonderbar, "spasshaft"
Krätze	hoher, geflochtener, auf dem Rücken getragener Korb
Klüngel	Haufen, Menge
Mäsen	junge Rinder
mööggen	dummdreiste Laute ausstossen
Nana	Grossmutter

Schermen	Vordach, auch verlängertes Dach bei Alphütten
Schlipfe	Erdrutsch
Tavetscher	Kachelofen aus Speckstein, der im Tavetschertal gewonnen wird
uufläätig	unangemessen, frevlerisch
Vergandung	Verwilderung ehmals gepflegter Alpen
vergelstern	in Schrecken versetzen
Wächten	Schneeüberhang an Gräten
zauren	uralter, wortloser Gesang, durch Treicheln (grosse Kuhglocken) begleitet, von 2-3 Männern gesungen
Znüni	Vesper, Zwischenmahlzeit
Zwölf Nächte	Die Nächte zwischen Weihnachten und Dreikönigstag (6. Januar), Zeit der Geisterfahrten, insbesondere wilde Jagd Odins.

weitere Bücher aus dem IKOS-Verlag:

Conrad G. Weber
'Die abenteuerlichen Wege, die Lilla Petra ging'
Roman
12x19,5 cm, 120 Seiten, gebunden,

Eine Lilla Petra hat es tatsächlich gegeben und alle Vorkommnisse auf den Wegen, die Lilla Petra ging, haben sich so ereignet wie sie erzählt sind... England war ihre zweite Heimat geworden, und sie liebte das Land, über dem der Glanz einer grandiosen Geschichte lag. Aber in seinem sozialen Gewebe schwellten Geschwüre, die aufzubrechen drohten... Petra erlebte das geschichtliche Spektakel der ersten Jahrhundertwende. Solche Spektakel sind keine Purzelbäume der Geschichte. Sie sind voraussehbare apotheotische Schlusspunkte einer Epoche... Es war auf unwahrscheinlichen Wegen, dass Petra wieder dorthin gelangte, wo die Geschichte begonnen hatte...

IKOS-Verlag

Ilse Krämer

Aus Licht und Schatten

Gedichte
60 Seiten broschiert,

Ilse Krämer

*Wo kein Wunsch
das Wasser kräuselt*

Gedichte und Aphorismen
68 Seiten broschiert,

*Mit grosser Liebe zur Sprache gibt die
deutsche Lyrikerin Ilse Krämer der
Weisheit ihres Herzens Ausdruck*

IKOS-Verlag

Remo F. Roth

Hat AIDS einen Sinn?

Behandlungsmöglichkeiten der HIV-Infektion auf der
Grundlage tiefenpsychologischer Imaginationsmethoden

13,5 x 21 cm, 120 S., Broschur mit Farbumschlag u. s/w-Illustrationen

Der Titel dieses Buches provoziert!
Warum die Titelfrage dennoch gestellt und
im positiven Sinn beantwortet werden darf,
erklärt der Autor aus tiefenpsychologischer
Sicht.
Seine langjährige Erfahrung mit Träumen
und Imaginationen HIV-positiver Menschen
führte Dr. Remo F. Roth zu bahnbrechen-
den Entdeckungen, welche die Kluft zwischen der somatischen und der psychothera-
peutischen Behandlung HIV-Betroffener
überwinden könnte. Es geht im Wesentli-
chen darum, diesen Menschen eine neue Art
der Mystik zu erschliessen, welche psychisch
und physisch heilend zu wirken scheint.
Der hier beschriebene therapeutische Ansatz
will einen Anfang in diese Richtung machen.

IKOS-Verlag